Edith Kneifl

# Klippensturz

Ein Istrien-Krimi

Edith Kneifl

**Klippensturz**

*„Wer sich in Familie begibt, kommt darin um“*

*Heimito von Doderer*

# 1.

Laura Mars sah rot. Hässliches, bräunliches Rot. Nicht nur der kahle Hinterkopf des Mannes war blutverschmiert, auch der hochflorige hellgraue Teppich hatte ein paar Spritzer abbekommen.

Der Mann lag auf dem Bauch, die Beine leicht angewinkelt und seltsam verdreht. Eine Blutlache hatte sich wie ein tiefroter Brei um Kopf und Schultern ausgebreitet. Nur die linke Gesichtshälfte war sichtbar. Sein Auge stand einen Spalt offen.

Sie beugte sich über den leblosen Körper.

Neben dem zerschmetterten Haupt des Mannes lag ein zweiter Kopf. Titos kalte Augen starrten sie unverwandt an.

Sie ging in die Hocke, griff, ohne zu überlegen, nach der schweren Bronze, die ihr jedoch gleich wieder aus der Hand glitt. Entgeistert starrte sie auf ihre blutbeschmierten Finger.

Obwohl sich Laura nicht für zartbesaitet hielt, wurde ihr flau im Magen. Stöhnend ließ sie sich auf den Drehstuhl hinter dem Schreibtisch sinken, nahm ein Taschentuch aus ihrer Handtasche und wischte sich das Blut von den Händen.

Sie war sich sicher, dass es sich bei dem Toten um Notar Milan Vuković handelte.

Auch wenn es ziemlich offensichtlich war, vielleicht sollte sie sich lieber vergewissern, ob der Mann wirklich tot war?

Ihn noch einmal anzufassen, kostete sie große Überwindung. Als sie sein Handgelenk ergriff, war sie beinahe erleichtert, keinen Puls zu spüren. Doch sie bildete sich ein, dass der Tote ihren Bewegungen mit seinem halb geöffneten Auge folgte.

Sofort ließ sie seine Hand los.

Sie war nahe dran, sich zu übergeben, zwang sich aber, sich die Schädelverletzung genauer anzusehen. Das Blut war inzwischen gestockt, füllte zur Gänze die große Wunde.

Sie schauderte. Ihre Knie zitterten, als sie sich aufrichten wollte. Wankend hielt sie sich an der Schreibtischkante fest und ließ sich wieder auf den Stuhl fallen.

Sowas kann auch nur mir passieren, stöhnte sie leise.

In ihrem Kopf drehte sich alles. Sie wusste nicht, was sie tun sollte. Auf jeden Fall musste sie jemanden anrufen. Rettung oder Polizei?

Wo war nur ihr Handy? Hatte sie es im Auto vergessen?

Sie leerte den Inhalt ihrer Handtasche auf den Schreibtisch. Kein Mobiltelefon.

Ein lautes Geräusch ließ sie zusammenzucken.

Die schwere Pendeluhr schlug sieben Mal.

***

Punkt zwölf Uhr mittags war sie in Wien losgefahren. Sie hatte den Notar von unterwegs aus angerufen und ihren Besuch für den frühen Abend angekündigt. Der alte Herr war überaus höflich gewesen und hatte ihr mehrmals versichert, dass er auf jeden Fall auf sie warten würde.

Erleichtert registrierte sie seine ausgezeichneten Deutschkenntnisse, da sie die Sprache ihrer Mutter kaum beherrschte. Adriana hatte es verabsäumt, ihre Tochter zweisprachig zu erziehen, und als Erwachsene hatte Laura keine Lust mehr gehabt, die Sprache ihrer Vorfahren mütterlicherseits zu erlernen.

Auf der Strecke war nicht viel Verkehr gewesen. Auch an der slowenisch-kroatischen Grenze hatte sie nicht lange warten müssen.

Dank Navi hatte sie den großen Parkplatz in der Prolaz Sv. Nikole, nahe der Hafenpromenade von Pula, sofort gefunden. Bis zum Forum, dem Stadtplatz von Pula, waren es von dort nur ein paar Schritte durch die Fußgängerzone.

Die Kanzlei des Notars befand sich im zweiten Stock eines rosa gestrichenen Palastes, schräg gegenüber dem Augustustempel. Die Eingangstür war offen gestanden. Sie hatte dennoch unten angeläutet, bevor sie das Haus betrat. Niemand meldete sich.

Laura war zu Fuß in den zweiten Stock hinauf. Auch die Tür zur Kanzlei war nur angelehnt gewesen. Da keiner auf ihr Klopfen reagiert hatte, war sie eingetreten. Was sie nun heftig bereute.

***

Ein sanftes Vibrieren an ihrem Oberschenkel riss sie aus ihren Gedanken. Erleichtert nahm sie ihr Handy aus der Hosentasche, ignorierte die eingetroffene Nachricht und wählte die internationale Notrufnummer. Während sie auf das Eintreffen der Polizei wartete, sah sie sich in der Kanzlei näher um.

An den Wänden hingen alte Stiche, die Pula im 19. Jahrhundert zeigten. Die Einrichtung bestand hauptsächlich aus Antiquitäten. Eine alte Stehlampe, eine mit bordeauxrotem Samt überzogene Couch, ein dunkelbrauner Ledersessel, ein mächtiger Schreibtisch und ein riesiger Bücherschrank neben der Tür. Der Laptop auf dem Schreibtisch wirkte wie ein Fremdkörper in diesem altmodischen Ambiente.

Sie ließ die Ereignisse der letzten Tage vor ihrem inneren Auge Revue passieren.

Vorgestern läutete sie der Briefträger wegen eines eingeschriebenen Briefes um acht Uhr früh aus dem Bett. Am liebsten hätte sie ihm nicht aufgemacht. Der Brief stammte von einem Notar aus Pula. Er teilte ihr mit, dass ihre Großmutter Natalija Bogdanović, frühere Marković, vor kurzem verstorben war und sie in ihrem Testament als Alleinerbin eingesetzt hatte. Dem Brief war auch zu entnehmen, dass Großmutter Natalija ihr eine Villa in Opatija hinterlassen hatte. Der Notar schlug ihr einige Termine für die Testamentseröffnung vor.

„Das gibt's nicht", stöhnte sie und las den Brief ein zweites Mal.

Großmama Natalija war längst tot. Vor zehn Jahren hatte Laura ein offiziell aussehendes Schreiben erhalten, in dem sie vom Ableben ihrer Großmutter in der Psychiatrischen Anstalt auf der Insel Rab unterrichtet worden war.

Nachdem sie sich wieder etwas gefangen hatte, rief sie ihren Vater an. Mischa Mars war ebenso überrascht wie sie. Er hatte keinen Kontakt mehr mit der Familie seiner ersten Frau. Die kroatische Verwandtschaft war ihm von Anfang an suspekt gewesen. Vor allem mit seinem Schwiegervater, dem Patriarchen Josip, war er jahrelang auf Kriegsfuß gestanden.

Er riet Laura, sich mit ihrem Onkel Nikola in Verbindung zu setzen. Sein Schwager war als Einziger der Familie Marković zu Adrianas Begräbnis in Wien erschienen.

Laura hatte nach dem Tod ihrer Mutter starke Beruhigungsmittel genommen und mit ihrem Onkel nur ein paar Worte gewechselt. Danach war der Kontakt zu den kroatischen Verwandten ganz abgebrochen. Auch

Mischa hatte weder eine Adresse noch eine Telefonnummer und erinnerte sich nur, dass Nikola ein Hotel und Restaurant in Rovinj besaß. So war es für Laura nicht schwer, die Telefonnummer ihres Onkels im Internet herauszufinden.

Ein Mann hob ab, meldete sich mit Marković. Es war nicht die Stimme ihres Onkels, dafür klang sie zu jung. Zum Glück sprach der Mann Deutsch. Wie sich bald herausstellte, handelte es sich um ihren Cousin Mateo. Er wusste, dass ihre gemeinsame Großmutter erst kürzlich verstorben war, wirkte aber nicht sonderlich interessiert.

„Seit sie die Familie verlassen hat, haben wir nichts mehr von ihr gehört", sagte er.

Als Laura die Villa in Opatija erwähnte, stieg sein Interesse merklich. Er begann jede Menge Fragen zu stellen, die sie nicht beantworten konnte. Sie kündigte ihr Kommen an und legte auf, bevor er sie weiter mit Fragen löcherte.

***

Die Pendeluhr schlug viermal. 19 Uhr 15. Die kroatische Polizei schien nicht die schnellste zu sein.

Laura bemühte sich, den Toten nicht anzusehen.

Ihr Blick fiel auf einen Tresor, der von dem gewaltigen Bücherschrank halb verdeckt wurde. Die Tür stand einen Spalt offen. Einige Dokumentenmappen lugten hervor.

Rasch schaute sie die Schriftstücke durch. Großmamas Testament befand sich nicht darunter.

Plötzlich entdeckte sie zwischen Tresor und Bücherschrank ein kleines, in schwarzes Leder gebundenes Buch. Es schien dazwischengerutscht zu sein. Das Büchlein wirkte ziemlich abgegriffen. Laura hob es auf, warf einen flüchtigen Blick hinein und ließ es beinahe wieder fallen.

Diese Schrift! Sie kannte diese Schrift. Wie kam das Tagebuch ihrer Mutter hierher?

Als ihr klar wurde, dass es sich um das Tagebuch ihrer Großmutter handelte, die eine ähnlich schöne und deutliche Schrift gehabt hatte wie ihre Tochter Adriana, vernahm sie laute Schritte im Stiegenhaus.

Hastig steckte Laura das schwarze Buch in ihre Handtasche.

## 2.

Zwei uniformierte Polizisten und ein großer, dunkelhaariger Mann in Zivil betraten die Kanzlei. Der Zivile stellte sich als Kommissar Viktor Novak vor.

Ungeniert musterte Laura den Polizeikommissar, der seinen Untergebenen in schroffem Ton knappe Befehle erteilte und sich dann den Toten genauer ansah, ohne ihn zu berühren.

Ihr gefiel sein hartes, kantiges Gesicht mit den ausdrucksvollen hellen blauen Augen. Diese Augen erinnerten sie an jemanden. Ihr wollte partout nicht einfallen, an wen, bis ihr Blick auf ein großes gerahmtes Foto hinter dem Schreibtisch fiel.

Marschall Tito in weißer Uniform blickte streng auf sie herab. Der Kommissar hatte tatsächlich Titos Augen. Er wirkte ebenfalls streng und energisch, aber gleichzeitig auch ruhig und gelassen. Als er ihr wieder seine Aufmerksamkeit schenkte, fiel ihr seine tiefe Stimme auf. Sie mochte tiefe Stimmen.

Viktor Novak bat sie ins Nebenzimmer und deutete ihr, auf dem Stuhl der Sekretärin Platz zu nehmen.

Während er einem Uniformierten irgendwelche Anweisungen gab, fegte er mit einer raschen Handbewegung diverse Schreibutensilien beiseite und setzte sich auf den Schreibtisch. Beinahe berührten seine Beine ihre Schulter. Die körperliche Nähe zwischen ihnen irritierte Laura.

Vom Kroatischen ins Deutsche wechselnd fragte er Laura, was sie nach Pula geführt hatte. Sie beantwortete seine Frage wahrheitsgemäß, jedoch kurz und knapp. Dann gestand sie ihm, dass sich ihre Fingerabdrücke auf der Mordwaffe befinden würden, da sie die Büste blöderweise angefasst hatte.

„Sranje“, fluchte der Kommissar auf Kroatisch.

„Entschuldigen Sie“, sagte er rasch auf Deutsch.

„Nein, nein, Sie haben recht, das ist wirklich eine verdammte Scheiße. Ich verstehe nicht, was in mich gefahren ist. Jeder Idiot weiß, dass man an einem Tatort nichts anfassen darf.“

„Warum sind Sie sich so sicher, dass es sich bei der Tito-Büste um die Tatwaffe handelt?“

„Das ist doch offensichtlich. Sie ist voller Blut.“ Sie blickte auf ihre blutbefleckten Finger. „Ich würde mir gern die Hände waschen. Darf ich?“

Kommissar Novak schüttelte den Kopf, fischte ein Päckchen Desinfektionstücher aus seiner Sakkotasche und reichte es ihr.

Während sie sich notdürftig die Hände reinigte, trafen der Gerichtsmediziner und die Leute von der Spurensicherung ein.

„Sie gehen jetzt besser. Wir reden nachher weiter. Ich habe jede Menge Fragen an Sie. Halten Sie sich also bitte zu unserer Verfügung.“

„Ich muss heute noch nach Rovinj“, protestierte Laura.

Nach kurzem Überlegen befahl er einem Kriminaltechniker, an Ort und Stelle ihre Fingerabdrücke abzunehmen.

Kaum war die Prozedur beendet, sagte er in freundlicherem Ton: „Warten Sie unten am Platz im Café Cvajner auf mich. Ich komme, so schnell es geht, nach."

Vor dem Café gab es keinen freien Tisch. Da sie keine Lust hatte, sich irgendwo dazuzusetzen, ging sie hinein, suchte zuerst die Toilette auf und wusch sich gründlich die Hände. Danach nahm sie in dem originell eingerichteten Künstlercafé an einem Tisch beim Fenster Platz.

Sie fühlte sich eine Spur besser. Die außergewöhnlichen Vintage-Möbel, die witzigen, farbenfrohen Tapeten und die moderne Malerei an den Wänden munterten sie auf. Für einen Augenblick gelang es ihr, das Bild des toten Mannes, vor allem seinen blutverschmierten Kopf, zu verdrängen.

Der Cappuccino schmeckte ausgezeichnet und der kleine rubinrote Teranino, den ihr der Kellner wärmstens empfohlen hatte, erwies sich als echter Stimmungsaufheller. Da sie noch fahren musste, verzichtete sie darauf, sich ein zweites Gläschen des köstlichen Rotweinlikörs zu bestellen.

Sie blickte hinaus auf den schönen Forumsplatz, der bereits in der Antike der Mittelpunkt von Pula gewesen war.

Ohne Vorwarnung tauchte wieder der tote Notar vor ihren Augen auf. Um sich auf andere Gedanken zu bringen, gab sie den Namen des Platzes auf Google ein und las, dass von den drei Tempeln, die das Forum umrahmt hatten, nur mehr einer erhalten war, der Augustus-Tempel mit seinen sechs korinthischen Säulen. Laut Wikipedia war er um Christi Geburt errichtet und der Göttin Roma geweiht worden. Im Zweiten Weltkrieg war er von einer Fliegerbombe großteils zerstört, zum Glück aber nach dem Krieg detailgerecht rekonstruiert worden. Die Rückwand des zerstörten Dianatempels hingegen wurde beim Bau des Rathauses in dieses integriert.

Da der Kommissar auf sich warten ließ, rief Laura im Hotel Katarina auf einer kleinen Insel gegenüber der Stadt Rovinj an, um Bescheid zu geben, dass sie erst spätabends eintreffen würde. Dann nahm sie das schwarze Lederbüchlein aus ihrer Handtasche und begann sich in die Geheimnisse ihrer Großmama zu vertiefen.

Sie begriff rasch, dass es sich nicht um ein gewöhnliches Tagebuch handelte, sondern um Briefe, die Natalija an ihre Tochter Adriana geschrieben hatte.

***

*Meine geliebte Adriana, wenn du dies liest, werde ich längst tot sein. Ich möchte, dass du die Wahrheit über mich erfährst und dir selbst ein Urteil bildest. Bisher kennst du nur die Version, die Josip und die anderen dir erzählt haben.*

*Non, je ne regrette rien ... um mit meiner Lieblingssängerin Edith Piaf zu sprechen. Nein, ich bedauere nichts. Als er meine Garderobe betrat, war es um meinen Verstand geschehen. Groß, schlank, dunkles, volles Haar und fast schwarze Augen. Ich gehöre nicht zu den Frauen, die Männer in Uniformen unwiderstehlich finden, doch er sah so überaus elegant aus in seiner weißen Galauniform mit den roten Epauletten auf den Schultern und den vielen Orden auf der Brust. Seine Schultern bedurften keiner Pölsterchen, sie waren breit genug. Er war ein stattlicher Mann. Und er hatte mir einen riesigen Strauß Kamelien und Konfekt mitgebracht ...*

*Aber lass mich meine Geschichte, die zum Teil auch deine ist, von Anfang an erzählen. Verzeih, wenn ich Fehler mache, aber ich möchte dir unbedingt in meiner Muttersprache schreiben, befürchte jedoch, dass ich mich schriftlich auf Deutsch nicht mehr so gut ausdrücken kann wie früher. Dieses slowenisch-serbokroatische Kauderwelsch, das ich inzwischen spreche, verwirrt mich mehr, als mir lieb ist.*

*Wo soll ich beginnen? Am besten in Triest. Wie du weißt, lebten meine Eltern in dieser Stadt bis zum Ausbruch des Zweiten Weltkrieges. Meine Mutter stammte aus einer wohlhabenden österreichischen Ärztefamilie.*

*Als die ersten Bomben auf Triest fielen, flüchteten meine Eltern nach Piran, in die Heimatstadt meines Vaters. Mein slowenischer Vater war vor dem Krieg ein bekannter Cellist. Nach Kriegsende blieben sie in Piran, da mein Vater dort Arbeit als Musiklehrer gefunden hatte. Mich schickten sie auf eine Schule in Triest. Ich lebte bei Freunden meiner Mutter, die genug mit sich selbst zu tun hatten und sich nicht besonders um mich kümmerten. Ich war damals 15 und hatte einen großen Traum: Ich wollte Tänzerin werden. Und das wurde ich auch. Während meiner Schulzeit nahm ich heimlich Tanzunterricht bei einem pensionierten altösterreichischen Tanzmeister. Mit 17 hatte ich mein erstes Engagement und mit 18 wurde ich Mitglied des Opernballetts am Teatro Giuseppe Verdi in Triest. Mit 19 tanzte ich in Schwanensee den zweiten Schwan von links. Bis heute liebe ich Tschaikowskys Musik über alles. Für mich waren er und Giuseppe Verdi die größten Komponisten aller Zeiten.*

*Ich erinnere mich sehr gut an jenen Tag, als ich mein Debüt feierte. Das Opernhaus befand sich in einem völlig desolaten Zustand. Kein Wunder, die halbe Stadt lag in Schutt und Asche. Die Elektrik war völlig im Eimer, zeitweise ging das Licht aus und wir mussten im Finstern weitertanzen. Auch der Bühnenvorhang musste händisch geöffnet und geschlossen werden.*

*Aber zurück zu dem schönen Offizier der jugoslawischen Volksarmee, der damals noch kein General war. Es war Liebe auf den ersten Blick. Und es kam, wie es kommen musste. Wir wurden ein Liebespaar. Leider war dieser wunderbare Mann bereits gebunden. Und so nahm die Tragödie ihren Lauf.*

*Ich bin meinem Herzen gefolgt, und ich hoffe, du bist in dieser Hinsicht nach mir geraten. Zumindest verdankst du mir deinen Freiheitsdrang und deine Neugierde auf das Leben.*

## 3.

Als Laura den Kommissar aus dem Palast gegenüber kommen sah, steckte sie das schwarze Büchlein rasch in ihre Handtasche. Die Zeilen ihrer Großmutter hatten sie sehr berührt, doch sie konnte sich nicht länger damit beschäftigen, denn der Kommissar näherte sich schnellen Schrittes dem Café.

Viktor Novak schien etwa in ihrem Alter zu sein. Vielleicht auch ein, zwei Jahre jünger. Südländische Männer altern schneller, dachte sie nicht zum ersten Mal.

Er war groß, schlank, breitschultrig und bewegte sich leichtfüßig. Vermutlich trieb er viel Sport. Seine leichten O-Beine ließen sie auf Fußball tippen.

Der Kommissar wirkte angespannt, wenn nicht gar verärgert. Kein Wunder, schließlich hatte er es mit einem Mord zu tun.

Er schaute ihr nicht in die Augen, als er unaufgefordert ihr gegenüber Platz nahm.

Der Kellner kam sofort herbeigeeilt.

Auf Novaks Frage, ob sie einen zweiten Kaffee wolle, schüttelte sie den Kopf.

„Oder noch einen Teranino?"

Diesem Mann entgeht nichts, dachte sie und beschloss, sich vor ihm in Acht zu nehmen.

„Damit mich später die Verkehrspolizei festnimmt? Ich muss heute, wie ich Ihnen bereits gesagt habe, nach Rovinj."

Dem Kommissar entkam ein Lächeln.

Er bestellte Kaffee, eine Kremsnita und eine große Flasche Mineralwasser mit zwei Gläsern.

Als er ihr einschenkte, sagte er: „Was soll ich bloß mit Ihnen anfangen? Sie sind in eine üble Sache hineingeraten. Ich bin mir nicht sicher, ob Ihnen Ihre schwierige Lage wirklich bewusst ist. Warum haben Sie eigentlich als Erstes die Polizei und nicht die Rettung angerufen?"

Sie reagierte nicht, obwohl ihr eine heftige Bemerkung auf der Zunge lag.

Er betrachtete sie mit hochgezogenen Brauen.

Sie hielt seinem kühlen, durchdringenden Blick stand, schaute ihn ebenso ernst und eindringlich an.

„Es bestand für mich nicht der geringste Zweifel daran, dass der Mann tot war", sagte sie.

„Der Tod scheint, laut Gerichtsmediziner, erst vor kurzem eingetreten zu sein", verriet ihr der Kommissar. „Das heißt, sein Körper muss noch warm gewesen sein, als Sie ihn berührt haben."

„Sie glauben doch nicht, dass ich den armen Mann erschlagen habe", empörte sich Laura. „Warum hätte ich das tun sollen? Ich kannte diesen Notar nicht. Wie ich Ihnen vorhin schon gesagt habe, war er der Testamentsvollstrecker meiner kürzlich verstorbenen Großmutter. Durch seinen Tod wird für mich alles nur noch komplizierter. Haben Sie seine Papiere durchsucht? Ich habe kein Testament gesehen, als ich ...“ Sie brach ab, als sie sein spöttisches Lächeln bemerkte.

„Sie verdächtigen mich also nicht ernsthaft?“

„Würde ich sonst mit Ihnen hier seelenruhig Kaffee trinken und Kuchen essen?“

Nun musste auch sie grinsen. Die Einvernahme in dem hübschen Künstlercafé war in ihren Augen ungewöhnlich.

Viktor runzelte die Stirn.

Ihr war bewusst, dass sie seit den vielen plastischen Operationen nach ihrem schweren Verkehrsunfall, bei dem ihr Mann ums Leben gekommen war, kein normales Lächeln mehr zustande brachte.

„Ich hatte einen schlimmen Unfall und musste zahlreiche Gesichts-OPs über mich ergehen lassen. Ein charmantes Lächeln ist leider nicht mehr drin“, klärte sie ihn auf.

„Das tut mir sehr leid ... kein Problem.“ Er wirkte verlegen.

„Sie haben vorhin einen relativ gefassten Eindruck auf mich gemacht. Schließlich findet man nicht jeden Tag einen Toten.“

Es klang wie eine Frage.

„Leider hatte ich schon öfter mit ungewöhnlichen Todesfällen zu tun.“

„Beruflich? Sind Sie Ärztin oder etwa gar eine Kollegin?“

„Nein, nein, nichts dergleichen. Ich hatte nur Pech. Aber das ist eine lange Geschichte und hat absolut nichts mit diesem Fall zu tun.“

Sie wunderte sich, dass er nicht nachfragte, sondern sie nur lange ansah und ihr dann ein Stück von seiner köstlich aussehenden Cremeschnitte anbot. Nun war sie endgültig davon überzeugt, dass er sie nicht ernsthaft verdächtigte.

„Sie sind niemandem im Haus begegnet?“, fragte er, während sie die wunderbare Puddingcreme kostete.

„Nein.“

„Der Täter muss das Haus verlassen haben, kurz bevor Sie eingetroffen sind. Oder er war sogar noch im Haus ...“

„Warten Sie. Das Eingangstor unten stand halb offen. Aber ich habe niemanden gesehen, habe, offen gesagt, auch nicht darauf geachtet.“

Bemüht, sich die Szene in Erinnerung zu rufen, begann sie diese halblaut zu rekonstruieren. „Der Forumsplatz lag völlig im Schatten. Ein paar Kinder brausten mit ihren Fahrrädern und Rollern herum. Auf den Stufen vor dem Augustus-Tempel saßen junge Leute. Als ich mich dem Palast genähert habe, sind mir zwei Frauen aufgefallen, die an der Hausmauer lehnten und rauchten, aber die haben wahrscheinlich zu den Kindern gehört. Ach ja, und als ich hier im Café gesessen bin und auf Sie gewartet habe, habe ich auch einen Mann beobachtet, der vor dem Gebäude auf und ab ging. Ich habe ihn für einen italienischen Touristen gehalten.“

„Wie sah der Mann aus?“

Sie zuckte mit den Schultern. „Etwa um die 50, dunkles, grau meliertes Haar, kleiner als Sie und sehr schlank. Sein Gesicht habe ich nicht genau gesehen.“

„Was hatte er an?“

„Einen eleganten grauen Anzug und darunter ein schwarzes T-Shirt. Wegen seiner schicken Kleidung hielt ich ihn für einen Italiener. Tut mir leid, aber ich habe weder ihm noch den Frauen größere Beachtung geschenkt. Ich war viel zu aufgeregt, wegen des Toten ..."

„Ihre Beobachtungsgabe ist nicht schlecht. Sollte Ihnen später noch etwas einfallen, was uns weiterhelfen könnte, rufen Sie mich an, okay?"

Der Kommissar reichte ihr seine Karte.

„Ich fürchte, das ist alles, woran ich mich erinnere."

„Erzählen Sie mir mehr über diese Erbschaft", forderte er sie auf.

„Da gibt es nicht viel zu erzählen." Laura kramte in ihrer Handtasche und reichte ihm den Brief des Notars.

Er machte mit seinem Handy ein Foto davon und gab ihn ihr ungelesen zurück.

„Und wer ist sonst noch in diese Angelegenheit involviert? Haben Sie Verwandte hier?"

Laura klärte ihn mit knappen Worten über ihre Familienverhältnisse auf und erzählte ihm auch, dass sie die Haupterbin ihrer Großmutter war.

Der Kommissar schaute sie irritiert an.

„Das ist merkwürdig. Sie sagten vorhin, dass Sie Ihre Großmutter kaum gekannt haben."

„Ich habe sie nur einmal gesehen."

Laura hatte die alte Dame um die Jahrtausendwende herum gemeinsam mit ihrer Mutter in der Psychiatrischen Klinik auf der Insel Rab besucht.

Erst als Adriana erfahren hatte, dass Natalija nach dem Tod des Generals psychisch krank geworden und in der Psychiatrie gelandet war, hatte sie wieder Kontakt mit ihr aufgenommen.

Sie war entsetzt über den geistigen Verfall ihrer Mutter gewesen und hatte sogar daran gedacht, sie nach Wien zu holen.

Der behandelnde Arzt, der gleichzeitig Natalijas Stiefsohn war, hatte sie jedoch davon überzeugt, dass Natalija gut bei ihm aufgehoben wäre.

Laura hatte nur vage Erinnerungen an diesen Besuch bei ihrer Großmutter.

Mehrere nüchterne, kasernenartige Gebäude in einer großen, gepflegten, aber menschenleeren Parkanlage. Einsamkeit, Stille, Hoffnungslosigkeit. Sie spürte die bedrückende Stimmung von damals, als sie daran dachte.

Natalija musste Anfang 70 gewesen sein. Ihr Gesicht war fast faltenlos gewesen und hatte eigentümlich geglänzt. Das dichte, lange Haar hatte sie zu einem altmodischen Zopf geflochten, was sie beinahe wie ein junges Mädchen aussehen hatte lassen. Aber ihre Augen waren trüb und leer gewesen. Außerdem hatte sie verwirrt gewirkt.

„Ich habe meine Großmutter kaum gekannt und weiß nicht viel über ihr Leben. Meine Mutter hat nicht gern über ihre Familie gesprochen."

Laura wusste nur, dass Natalija ihren Mann und ihre Kinder wegen eines anderen Mannes verlassen und ihre Familie dadurch ins Unglück gestürzt hatte. Doch das ging den Kommissar nichts an.

„Als ich den Brief des Notars erhielt, war ich sehr überrascht, da ich meine Großmutter ja längst für tot hielt", fuhr sie fort, da er beharrlich schwieg.

„Warum?"

Laura erzählte ihm von dem Brief mit der Todesnachricht, den sie vor Jahren aus der Psychiatrischen Klinik auf Rab bekommen hatte.

„Diese Nachricht hat mich ein, zwei Jahre nach dem Tod meiner Mutter erreicht. Als Todesursache war Herzstillstand angegeben worden."

„Und Sie wurden tatsächlich vom Krankenhaus über das Ableben Ihrer Großmutter verständigt?"

„Auf dem Briefkopf stand die Adresse der Psychiatrischen Klinik. Die Unterschrift war unleserlich, trug aber den Stempel der Direktion. Das Begräbnis hatte bereits stattgefunden, als der Brief bei mir eintraf. Ich habe damals keinen Kontakt mit meinen kroatischen Verwandten aufgenommen. Ich hatte genug eigene Probleme ..."

„Existiert dieser Brief noch?", unterbrach er sie.

„Ja, aber ich habe ihn nicht dabei. Er liegt zuhause in einer Schreibtischschublade. Ich könnte meinen Vater bitten, ihn einzuscannen und mir auf mein Handy zu schicken."

„Das ist momentan nicht nötig. Wir wissen nicht, ob ein Zusammenhang zwischen dieser Erbschaft und der Ermordung von Vuković besteht. Er könnte auch aus einem anderen Grund umgebracht worden sein."

„Das hoffe ich beinahe", seufzte Laura.

Ihre Verwandten würden nicht begeistert von ihrer Involvierung in einen Mordfall sein.

Das Aufblitzen in seinen hellen blauen Augen war nicht zu übersehen.

„Verstehen Sie mich bitte nicht falsch ... Ich meine nur ... Ach, hören Sie auf, mich so missbilligend anzusehen. Sie machen mich richtig nervös."

Sein spöttisches Lächeln verschlimmerte ihre Nervosität.

„Hinter dem Ganzen könnte sich durchaus eine dramatische Familiengeschichte verbergen. Die Erbschaft könnte sehr wohl eine Rolle spielen."

„Das mag sein. Aber dann hätte ich am wenigsten Grund gehabt, den alten Herrn zu ermorden. Das ist doch logisch, oder?"

„Gier ist eines der Hauptmotive bei Mordfällen", setzte der Kommissar seinen Gedankengang halblaut fort. „Ich hoffe, der Computer des Notars wird uns weiterhelfen. Meine Leute werden seinen Mailverkehr genauer unter die Lupe nehmen."

„Wenn Sie momentan keine Fragen mehr an mich haben, sollte ich besser aufbrechen. Ich fahre nicht gern im Dunkeln."

Viktor Novak begleitete sie zum Parkplatz. Er hatte seinen Wagen ebenfalls dort abgestellt.

Während sie durch das kurze Stück der Fußgängerzone, vorbei an kleinen Geschäften und Lokalen, schlenderten, fragte er: „Sind Sie zum ersten Mal in Pula?"

„Ich war mal als Kind mit meiner Mutter hier, aber ich kann mich nur an das Amphitheater erinnern. Das hat mich anscheinend sehr beeindruckt."

„Spuren der Römer sind über die ganze Stadt verteilt. In diesem Hinterhof hier wurden zum Beispiel Überreste einer römischen Villa gefunden."

Er deutete auf einen dunklen Durchgang.

Als sie bei ihrem Wagen angelangt waren, reichte er ihr die Hand und sagte: „Ich werde mich in den nächsten Tagen bei Ihnen melden. Sie können mich ebenfalls jederzeit anrufen, nicht nur, wenn Ihnen noch irgendetwas einfallen sollte, sondern auch, wenn ich Ihnen sonst irgendwie helfen kann."

Er schaute ihr tief in die Augen. Und dieses Mal war sein Blick überhaupt nicht kalt und distanziert.

## 4.

Das Gespräch mit dem Kommissar beschäftigte Laura während der Fahrt nach Rovinj mehr, als ihr lieb war.

Seine Bemerkung über das mögliche Tatmotiv hatte sie verunsichert. Sie war unkonzentriert und fuhr zu schnell.

Als der hohe Kirchturm der Basilika von Vodnjan in Sicht kam, überlegte sie, in dem Städtchen kurz anzuhalten und einen Kaffee zu trinken. Sie war müde, ihre Augen brannten. Der linke Scheinwerfer hatte einen Wackelkontakt.

Die Rücklichter des Wagens vor ihr begannen zu tanzen. In der Dämmerung verschwamm die Umgebung zu einem Einheitsbrei.

Sie kramte in ihrer Handtasche, suchte ihre Augentropfen und übersah prompt die Verkehrspolizei am Ortsrand. Mit 70 Stundenkilometern raste sie an ihnen vorbei.

Fluchend stieg sie auf die Bremse. Zu spät.

Im Spiegel sah sie zwei uniformierte Polizisten im Laufschritt näher kommen. Sie öffnete das Fenster auf ihrer Seite und empfing sie mit schuldbewusster Miene. Im Geiste kramte sie all ihre Kroatisch-Kenntnisse zusammen, entschuldigte sich mehrmals und beteuerte dann auf Englisch, dass sie das Ortsschild übersehen hatte. Umständlich erklärte sie ihnen, dass sie nicht gerne im Dunkeln fahren würde, heute Abend aber unbedingt nach Rovinj müsste, weil sie dort ein Hotelzimmer reserviert hatte.

All ihre Erklärungen und Entschuldigungen halfen nichts. Die Polizisten forderten sie auf auszusteigen. Schuldbewusst und mit zittrigen Händen verließ sie ihren Wagen. Sie kam sich vor wie in einem amerikanischen Kriminalfilm. Es fehlte nur, dass sie sich mit gespreizten Beinen und ausgestreckten Armen auf ihr Wagendach stützen musste und von hinten gefilzt wurde.

Die Polizisten wollten nicht nur ihre Papiere sehen, sondern verlangten auch, dass sie den Kofferraum öffnete. Ihr schlechtes Gewissen war im Schwinden begriffen. Wut kam hoch. Sie wollte eine zynische Bemerkung über Menschenschmuggel fallen lassen, hielt sich aber zurück. Als sie beanstandeten, dass sie keine Sicherheitsweste dabeihatte, und verlangten, dass sie in ein Röhrchen blies, war sie nahe am Durchdrehen und musste sich sehr beherrschen, nicht ausfällig zu werden.

Trotz Teranino blieb sie beim Alkoholtest unter 0,5 Promille. Gut, dass sie keinen zweiten getrunken hatte.

Danach überprüften die beiden Kerle peinlich genau ihren Wagen, beanstandeten den Wackelkontakt ihres linken Scheinwerfers und wollten sie nicht weiterfahren lassen.

Die Verständigung war eine Katastrophe. Die Beamten sprachen kein Deutsch und beherrschten die englische Sprache nur rudimentär. Lauras Kroatisch war mehr als lausig.

Sie biss die Zähne zusammen und fragte mit gepresster Stimme: „Darf ich mal kurz telefonieren? Ich würde gern Polizeikommissar Novak aus Pula anrufen. Vielleicht könnte er für uns dolmetschen."

Außer „Polizeikommissar" und „telefonieren" hatten die beiden sicher kein Wort verstanden. Der Ältere nickte gnädig.

Obwohl es ihr peinlich war, den Kommissar wegen so einer lächerlichen Angelegenheit zu belästigen, war ihr niemand anderer eingefallen, der ihr helfen könnte. Und schließlich hatte er zum Abschied angeboten, dass sie sich jederzeit an ihn wenden dürfe.

Zum Glück hob Viktor Novak nach dreimaligem Klingeln ab.

„Ich werde gerade von Ihren Kollegen schikaniert", beschwerte sie sich. „Zwei Verkehrspolizisten wollen mich wegen eines schadhaften Scheinwerfers und der fehlenden Sicherheitsweste nicht weiterfahren lassen. Können Sie mir irgendwie helfen?“

Bildete sie sich nur ein, dass er ein Lachen unterdrückte, als er fragte, was sie glaube, dass er für sie tun könne?

„Mit den beiden reden. Wir haben massive Kommunikationsprobleme.“

„Na gut, geben Sie mir einen der Kollegen. Ich kann Ihnen nichts versprechen, ich habe keinerlei Befehlsgewalt über unsere tüchtige, aber manchmal etwas übereifrige Verkehrspolizei.“

Laura reichte dem älteren Beamten ihr Handy.

Der Uniformierte schien dem Kommissar lang und breit die Lage zu schildern. Laura verdrehte die Augen zum Himmel, obwohl sie das Gefühl hatte, dass der Beamte gegenüber Kommissar Novak einen eher devoten Ton anschlug. Mit ihr hatte er jedenfalls viel herrischer gesprochen.

Als er Laura das Handy zurückgab, deutete er ihr, dass der Kommissar noch einmal mit ihr reden wolle.

„Sie können weiterfahren, aber den Scheinwerfer sollten Sie schleunigst reparieren lassen. Ich schicke Ihnen eine SMS mit der Adresse einer Werkstatt in Rovinj.“

Bevor sich Laura bedanken konnte, sagte er: „Das Strafmandat wegen Geschwindigkeitsüberschreitung müssen Sie zahlen, da kann ich leider nichts machen.“

„Ist okay, ich war zu schnell“, beteuerte Laura. „Wie haben Sie das geschafft? Was haben Sie denen gesagt?“

„Die Wahrheit. Dass Sie einen Termin mit einem Ermordeten hatten und sich deshalb in einer Art Ausnahmezustand befinden, also sehr erregt seien. Ich denke, Sie wären besser in Pula geblieben ...“

„Bitte keine Vorwürfe! Ich bin wirklich mit den Nerven am Ende ..."

„Ich mache Ihnen keine Vorwürfe, so beruhigen Sie sich doch."

„Ich bin ganz ruhig", sagte sie mit zitternder Stimme.

„Wir werden uns bald wiedersehen. Das Testament Ihrer Großmutter ist bisher nicht aufgetaucht. Meine Leute haben die ganze Kanzlei auf den Kopf gestellt ..."

„Glauben Sie, dass der Täter es mitgenommen hat?", unterbrach sie ihn.

„Das wollen wir nicht hoffen. Aber auf jeden Fall habe ich noch einige Fragen wegen dieses Testaments."

„Okay. Rufen Sie mich an. Sie haben ja meine Nummer ... Vielen Dank", fügte sie leise hinzu.

Er hatte bereits aufgelegt.

„Scheiße, Scheiße, Scheiße", schimpfte sie und trommelte mit der Handfläche auf ihr Lenkrad, als sie endlich weiterfahren durfte. Was für ein Tag! Die lange, anstrengende Autofahrt von Wien nach Istrien, der ermordete Notar, diese selbstgerechten Idioten, die angedroht hatten, ihr den Führerschein abzunehmen, und jetzt auch noch dieser peinliche Vorfall mit dem Kommissar. Es reichte!

Sie begann leicht hysterisch zu lachen. Ausgerechnet ein Strafmandat wegen zu schnellen Fahrens! Das klang wie ein schlechter Witz. Laura war eine übervorsichtige Autofahrerin. Seit dem verheerenden Unfall, bei dem ihr Mann zu Tode gekommen war, fuhr sie extrem langsam, unterschritt normalerweise alle Geschwindigkeitsbeschränkungen. Sie hatte Lust, ihren Vater anzurufen und ihm von dem Strafmandat zu erzählen. Er würde sich köstlich darüber amüsieren.

Fast im Schritttempo schlich sie dann durch den Ort. Am Ende des Städtchens stieg sie wieder leicht aufs Gas, griff nach ihrem Handy und rief Mischa an.

In diesem Moment kam ihr ein Polizeiwagen mit eingeschaltetem Blaulicht entgegen.

„Ich melde mich später!" Hektisch ließ sie das Handy auf den Beifahrersitz fallen. Auf eine weitere Strafe wegen Telefonierens am Steuer hatte sie wirklich keinen Bock.

Laura wunderte sich, dass hier so viel Polizei auf den Landstraßen unterwegs war. Anscheinend war sie in eine Geldbeschaffungsaktion geraten.

Bei Bale, einem pittoresken, von Olivenhainen und Weingärten umgebenen Städtchen auf einem Hügel, verpasste sie die Abzweigung nach Rovinj. Sie drehte bei der nächsten Gelegenheit um und fuhr zurück, nahm sich jedoch vor, diese Stadt mit dem mittelalterlichen Kastell demnächst zu besuchen.

Von der schönen Landschaft bekam sie in der Finsternis nichts mehr mit. Als Entschädigung empfing sie Rovinj, die Perle der Adria, in vollem Lichterglanz. Einen Moment lang vergaß sie den Mord und Kommissar Novak, stellte ihren Wagen auf einem großen Parkplatz ab und fuhr mit einem Shuttlebus zum Hafen.

## 5.

Das Hotel Island Katarina befand sich auf einer kleinen Insel, die der Stadt vorgelagert war. Mischa hatte ihr dieses Hotel empfohlen. Während Laura auf die Fähre wartete, rief sie ihre kroatischen Verwandten an. Wieder hob ihr Cousin ab. Sie gab ihm Bescheid, dass sie am nächsten Tag bei ihnen vorbeischauen würde.

Die Fahrt mit der kleinen Fähre dauerte fünf Minuten. Außer Laura waren nur einige ältere Paare am Boot. Sie war die Einzige mit Gepäck.

Zu ihrer Linken schälte sich die Halbinsel Zlatni rt, das Goldene Kap, aus dem Dunkel. Laura hatte im Internet gelesen, dass es dort einen Naturpark mit schönen, einsamen Badebuchten gab. Davon sah man momentan noch nichts, ins Auge fielen vor allem die modernen Hotelbauten.

Früher war die Halbinsel im Besitz eines Barons Hütterott aus Triest gewesen, dem auch die Insel Sv. Andrej mit dem alten, mittlerweile zu einem Schloss umgebauten Kloster gehört hatte.

***

Ihr Zimmer im Hotel Island Katarina war riesengroß und hatte einen Balkon mit einem fantastischen Blick auf das Meer und die gegenüberliegende Stadt. Die angestrahlte Kirche von Rovinj, die mehrstöckigen Häuser, deren Lichter sich im Wasser spiegelten, der hell erleuchtete Hafen – was für ein romantischer Anblick!

Auf einmal wurde Laura von Sehnsucht erfasst. Sehnsucht nach niemand Bestimmtem. Sie wünschte sich nur, sie könnte all diese Pracht mit einem Mann, den sie liebte, teilen.

Sie schalt sich selbst albern, duschte, zog ein weißes, langärmeliges Kleid an und legte sich die Korallenkette ihrer Mutter um den Hals.

Weiß stand ihr gut. Trotz ihrer blonden Haare und hellen Augen hatte sie einen dunklen Teint. Und so kurz nach dem Sommer war sie sowieso tiefgebräunt.

Als sie durch den Garten in der Mitte der Hotelanlage schlenderte, begegnete sie anderen Gästen. Die Leute waren eher leger gekleidet und gafften sie ungeniert an.

Sie kam sich overdressed vor, störte sich aber nicht daran, ignorierte die aufdringlichen Blicke und sah eine Weile den fetten Möwen zu, die im Zierteich plantschten.

Im Restaurant wurde sie von den Kellnern mit ausgesuchter Höflichkeit behandelt. Sie bekam einen Tisch am Fenster und bestellte à la carte, obwohl die Speisen am Buffet sehr appetitlich aussahen. Doch Laura mochte keine Buffets.

Da sie hungrig war, wählte sie als Vorspeise ein Carpaccio vom Boskarin-Rind, garniert mit Rucola und Balsamico-Creme, und als Hauptgericht Coda di Rospo mit Kartoffeln und Mangold. Der Seeteufel zählte zu ihren Lieblingsfischen, da er keine Gräten hatte. Dazu bestellte sie ein Glas Malvazia und eine große Flasche Wasser.

Da beide Portionen sehr reichlich ausgefallen waren, verzichtete sie auf einen Nachtisch, schnappte sich nach dem Essen die halbvolle Wasserflasche und begab sich auf ihr Zimmer.

An Schlaf war nicht zu denken. Das Gesicht des ermordeten Notars ging ihr nicht aus dem Sinn. Er starrte sie mit seinen blutverschmierten Augen vorwurfsvoll an, so als trage sie Schuld an seinem Tod. Um auf andere Gedanken zu kommen, setzte sie sich auf den Balkon und rief ihren Vater an. Das Gespräch verlief eher unerfreulich. Er riet ihr, schleunigst zurück nach Wien zu fahren.

„Die Probleme mit dem Testament lassen sich auch von zuhause aus regeln. Ich kenne einen Juristen, der sich auf solche Fälle spezialisiert hat ..."

„Hör auf, Papa! Ich kann nicht weg. Ich gehöre zu den Verdächtigen, falls du das noch nicht begriffen haben solltest."

Sie übertrieb absichtlich.

„Anrufen könntest du ihn wenigstens", blieb Mischa hartnäckig.

Damit er endlich Ruhe gab, notierte sie sich die Telefonnummer des Anwalts.

„Soll ich nach Rovinj kommen?", fragte Mischa.

„Nein, auf keinen Fall!" Sie legte auf.

Weder das hellerleuchtete Rovinj noch der Mond, der sich im Wasser spiegelte, halfen ihr, sich zu entspannen. Die Erinnerung an den Mord ließ sich nicht so einfach vertreiben. Sie versuchte trotzdem, sich abzulenken, griff nach ihrem Handy und informierte sich im Internet über die alte Hotelanlage mit dem nostalgischen Charme.

Der polnische Graf und skandalumwitterte Lebemann Karol von Korwin-Milewski hatte diese knapp 13 Hektar große Insel Erzherzog Karl Stefan von Habsburg Anfang des 20. Jahrhunderts abgekauft und sich dort ein neoklassizistisches Schloss mit Jugendstilelementen und einige Dependancen für seine zukünftigen Gäste errichten lassen. Kreuz und quer über die Insel waren Wege mit Bänken und Trinkbrunnen angelegt worden sowie eine Mole für die Boote. Das verkarstete Eiland wurde zu einer blühenden Oase mit Palmen, Oleandern, Magnolien und Myrtensträuchern. Bald ging hier die sogenannte gute Gesellschaft aus und ein und feierte in den milden Sommernächten rauschende Feste.

Nach dem Ersten Weltkrieg war Schluss mit dem glamourösen Trubel. Erst in den 1960er Jahren wurde die Insel wieder in ein Ferienparadies umgewandelt.

Laura fand, dass ein bisschen von dem alten Glanz bis heute spürbar war.

Obwohl sie müde war und zu viel gegessen hatte, raffte sie sich zu einem kleinen Spaziergang auf.

Sie schlenderte durch den gut beleuchteten Park. Wohltuende Düfte nach Lavendel, Rosmarin und Salbei umschmeichelten ihre Nase, Pinien, Zypressen, Kiefern und riesige Kastanienbäume säumten die Wege, verlassene Volieren und hübsche Brunnen erinnerten an glorreiche vergangene Zeiten.

Die Hotelbar hatte geöffnet. Auf der Terrasse saßen zwei ältere Damen. Laura nahm an einem der verlassenen Tische Platz.

„Sie müssen drinnen bestellen", sagte eine der Damen und verwickelte sie in ein Gespräch.

Laura erfuhr, dass es sich um zwei pensionierte Lehrerinnen aus Wien handelte, die seit vielen Jahren hier Urlaub machten und im Hotel Stammgäste waren. Nachdem sie über die Familienverhältnisse der beiden aufgeklärt worden war, die eine war Witwe, die andere geschieden, begannen sie Fotos ihrer Enkelkinder auf ihren Handys zu suchen und fragten Laura, ob sie auch Kinder habe. Die Frage aller Fragen!

Ein Nein hätte wie das Amen im Gebet die nächste Frage zur Folge: Konnten Sie keine bekommen oder haben Sie nie den Richtigen kennengelernt? Mitleidiger oder sogar misstrauischer Blick. Eine Frau ohne Kinder war auch im 21. Jahrhundert ein Mensch zweiter Klasse. Dass eine Frau bewusst keine Kinder in die Welt setzte, schien für die meisten Leute unvorstellbar zu sein. Mit so einer Frau musste irgendetwas nicht stimmen.

Laura ersparte sich dieses tiefsinnige Gespräch, indem sie die Flucht ergriff und an der Bar ein Glas weißen Malvazia bestellte, das sie, die Terrasse vermeidend, mit auf ihr Zimmer nehmen wollte.

Vor dem Hoteleingang stand einer der Hotelangestellten und rauchte.

Plötzlich sehnte sie sich nach einer Zigarette.

Sie hatte vor Jahren mit dem Rauchen aufgehört und genehmigte sich nur höchst selten eine Zigarette. Heute war wieder so ein Tag, an dem ihr Körper nach Nikotin verlangte. Sie bat den jungen Mann, ihr eine Zigarette zu verkaufen.

„Bedienen Sie sich, nehmen Sie gleich mehrere. Hier gibt es keine zu kaufen“, sagte er lächelnd, als er ihr sein Päckchen reichte.

Sie rauchte eine mit ihm und trank ihren Wein im Stehen. Als sie ausgedämpft hatte, bestand er darauf, dass sie eine Gute-Nacht-Zigarette auf ihr Zimmer mitnahm.

Sie hob sich die Zigarette für den nächsten Tag auf und legte sich sofort hin. Der Schlaf wollte sich nicht einstellen, obwohl die Matratze wunderbar war, also knipste sie das Licht an und begann im Tagebuch ihrer Großmutter weiterzulesen.

***

*Meine große Liebe hieß Igor Bogdanović, aber das weißt du ja. Leider habt ihr euch nie kennengelernt. Ich habe ihm allerdings viel von dir erzählt. Du hast mir all die Jahre so schrecklich gefehlt. Igor hat mich oft ermutigt, dir zu schreiben. Einmal hat er sogar vorgeschlagen, dich in Wien mit unserem Besuch zu überraschen. Doch das habe ich nicht gewagt. Ich kenne dich, mein Kind. Du bist ein Sturkopf, womöglich hättest du uns gar nicht empfangen. Dabei bin ich mir sicher, dass du Igor sympathisch gefunden hättest. Wahrscheinlich hättet ihr euch blendend verstanden. Heute denke ich oft, dass es ein Riesenfehler war, euch nicht miteinander bekannt zu machen.*

*Er wäre sicher begeistert von dir gewesen. Er hatte sich immer eine Tochter gewünscht ... Verzeih, mein Liebes, ich höre schon auf zu lamentieren.*

*Lass mich dir weiter von den schwierigen Anfangsjahren in Triest erzählen. Eine Scheidung war nicht möglich. Igors Frau war psychisch krank. Außerdem war sie angeblich schwanger. Wie sich später herausstellte, hatte sie die Schwangerschaft nur vorgetäuscht, um ihn zu zwingen, bei ihr zu bleiben. Ich sah ein, dass er sie unmöglich verlassen konnte. Also verließ ich ihn.*

*Wochenlang war ich todunglücklich, weinte mich täglich in den Schlaf. Weder meine Eltern noch die Bekannten, bei denen ich wohnte, wussten von meiner aussichtslosen Affäre. Ich hatte auch keine Freundinnen, denen ich mich anvertrauen wollte. Es gab nur einen Menschen, mit dem ich über Igor reden konnte, und das war Josip.*

*Ich kannte ihn seit meiner Schulzeit. Er war vier Jahre älter als ich und wohnte im Haus nebenan, oben in Opicina, und nahm mich oft mit seinem Topolino mit hinunter in die Stadt.*

*Josip war Kroate, stammte aus Poreč, lebte aber in Triest, weil es in Istrien keine Arbeit gab. Im Hafen von Triest hatte er einen Job gefunden. Er wollte Schiffsingenieur werden, war ein ernster, strebsamer junger Mann. Und er war mir in dieser schweren Zeit ein guter Freund und eben der Einzige, der mich tröstete, nachdem ich die Beziehung mit Igor beendet hatte.*

*Als ich bemerkte, dass seine Gefühle für mich nicht rein freundschaftlicher Natur waren, wollte ich sofort auf Distanz gehen. Er bedrängte mich nicht, ließ mir Zeit und bald hatte ich mich so an seine Gesellschaft gewöhnt, dass ich mir nicht mehr vorstellen konnte, ohne ihn zu sein. Er tat alles für mich, verwöhnte mich auf seine Art, ja er betete mich richtiggehend an. Wenige Monate nach-*

*dem ich mich von Igor getrennt hatte, gab ich Josip das Jawort.*

*Ein großer Fehler. Wir passten nicht zusammen. Das bemerkte ich leider erst, als es zu spät war. Kaum waren wir verheiratet, durfte ich den Namen Igor nicht mehr erwähnen. Als ich aus der Zeitung erfuhr, dass Igor zum General ernannt worden war, drehte Josip zum ersten Mal komplett durch.*

*Naiv, wie ich war, dachte ich, es läge daran, dass Igor Serbe war. Er stammte aus Belgrad. Josip hasste die Serben inbrünstig. Bevor wir uns kennenlernten, war er politisch aktiv gewesen. 1943, nachdem Italien die Fronten gewechselt hatte, besetzte die deutsche Wehrmacht Istrien. Josip war als knapp 20-Jähriger der kroatischen Ustascha beigetreten. Das war eine faschistische Bewegung, aber das weißt du sicher. In späteren Jahren wollte er von Politik nichts mehr wissen. Wenn er getrunken hatte, schwafelte er jedoch unsinniges Zeug, schwärmte zum Beispiel nach wie vor von der Ustascha. Ich glaube nicht, dass er ein richtiger Faschist war. Aber was weiß ich schon? Ich habe mich mein Leben lang nie besonders für Politik interessiert.*

*Auf jeden Fall hasste Josip Präsident Tito. Er schimpfte immer über diesen Kommunisten. Daran wirst du dich vielleicht noch erinnern, mein liebes Kind. Im Grunde konnte es ihm kein Politiker recht machen, er schimpfte genauso auf Stalin, auf Hitler und den jeweiligen amerikanischen Präsidenten in einem Atemzug. Manchmal hatte ich den Eindruck, er hasste die ganze Menschheit. Er ließ an niemandem ein gutes Haar. Josip war eben ein ewig unzufriedener und frustrierter Mann. Es war, wie gesagt, ein Riesenfehler, ihn zu heiraten. Ich habe mich damals wohl in sein schönes, ebenmäßiges Gesicht und seinen feschen Schnurrbart verschaut. Ja, er war ein schöner Mann, wie Clark Gable sah er aus, als er noch jung war.*

## 6.

Laura verzichtete auf das bestimmt köstliche Frühstück im Hotel und ging schwimmen.

Das Wasser war eindeutig ihr Element und hier war es warm und kristallklar. Eine halbe Stunde schwamm sie der Sonne entgegen. Bald vergaß sie auf Mord und Totschlag, legte sich auf den Rücken, genoss die warmen Sonnenstrahlen in ihrem Gesicht und ließ sich von der sanften Strömung treiben.

Danach legte sie sich auf eine Liege am schmalen Kiesstrand.

Unendlich still schien die Welt hier. Das leise Plätschern der Wellen, die am flachen Ufer versandeten, machte sie schläfrig.

Sie verspürte nicht die geringste Lust, ihre Verwandten zu besuchen. Andererseits war sie auch neugierig auf diese Leute. Sie kannte nur Onkel Nikola und seine Frau Ivana. Ihren Cousin und seine Familie hatte sie noch nie gesehen. Mateo musste mindestens sieben Jahre jünger sein als sie, rechnete sie, denn als sie zum letzten Mal mit ihrer Mutter die Verwandtschaft in Rovinj besucht hatte, war sie sieben und Ivana gerade mit ihm schwanger.

Die stylishe Strandbar sperrte gerade auf. Lauras nüchterner Magen meldete sich. Sie nahm unter einem weißen Sonnenschirm Platz, bestellte einen doppelten Espresso und eine Portion Radicchio mit Minze, Feta und Erdbeeren.

Schweren Herzens fuhr sie zu Mittag hinüber nach Rovinj. Ihr Gepäck ließ sie im Hotel, in der Hoffnung, doch noch ein paar Tage hier bleiben zu können.

Während der Bootsfahrt fasste sie in Gedanken kurz für sich zusammen, was sie über den kroatischen Zweig ihrer Familie wusste.

Ihre Mutter Adriana hatte ihr Elternhaus 1973 verlassen, um an der Wiener Kunsthochschule Grafik zu studieren. Während des Studiums hatte sie begonnen, für eine Zeitschrift zu arbeiten. Dort lernte sie den jungen Journalisten Mischa Mars kennen, verliebte sich in ihn und heiratete ihn, als sie schwanger wurde.

Natalija hatte ihre Tochter, so gut sie konnte, unterstützt, ihr jahrelang heimlich Geld geschickt.

Als Nikola, Adrianas jüngerer Bruder, die Tochter eines Hotel- und Restaurantbesitzers in Rovinj heiratete, besuchte Adriana mit der kleinen Laura zum ersten Mal wieder ihre Heimat.

Natalija hatte ihre Familie bereits verlassen. Keiner sprach über sie. Laura glaubte, ihre Oma wäre im Himmel. Opa Josip war ständig betrunken und kümmerte sich nicht um seine Enkelin. Adrianas Beziehung zu ihrem Vater war sehr angespannt, sie verstand sich jedoch gut mit ihrem Bruder Nikola und verbrachte auch in den nächsten Jahren die Ferien öfters mit Laura in Istrien.

Mischa brachte sie immer mit dem Auto nach Rovinj und holte sie nach drei, vier Wochen wieder ab. Er hielt es nie lange bei den Verwandten seiner Frau aus. Laura hingegen hing sehr an ihrem Onkel Nikola. Schon als kleines Kind teilte sie seine Liebe zum Meer.

Bei ihrem letzten Aufenthalt war es zu einem heftigen Streit zwischen Adriana und ihrem Vater gekommen. Laura konnte sich selbst nicht mehr daran erinnern, aber Mischa hatte ihr erzählt, dass Josip seine Tochter rausgeschmissen hatte.

Als einige Jahre später der erste Jugoslawienkrieg ausbrach, fuhren sie erst recht nicht mehr nach Kroatien. Und nach dem Tod ihrer Mutter brach Laura den Kontakt zum kroatischen Zweig ihrer Familie fast ganz ab. Onkel Nikola schrieb noch manchmal Weihnachtskarten. Laura gratulierte ihm jährlich zu seinem Geburtstag.

Heute führte Lauras Cousin Mateo das Hotel und das Restaurant. Nikolas Sohn war mittelgroß und muskulös gebaut, hatte hübsche, ebenmäßige Züge, blickte aber mürrisch drein.

Seine Frau Mariella fand Laura hingegen vom ersten Augenblick an sympathisch. Sie fiel ihr bei der Begrüßung um den Hals und küsste sie herzlich. Obwohl Laura Berührungen sonst eher vermied, störte es sie nicht.

Die kleine, rundliche Kroatin war unvorteilhaft gekleidet. Ihre großgemusterte, helle Bluse und der hautenge, kurze Rock ließen sie voluminöser aussehen, als sie war.

Mateos und Mariellas 16-jährige Tochter Liliane, genannt Lily, mochte Laura ebenfalls auf Anhieb. Das hübsche Mädchen hatte einen flotten Kurzhaarschnitt und war sehr burschikos mit Jeans und schwarzem T-Shirt bekleidet.

Ivana begrüßte Laura weniger herzlich. Sie musterte sie von unten bis oben und murmelte: „Du hast dich gemausert. Warst so ein kleines dünnes Ding ..."

Onkel Nikola ließ sich nicht blicken.

„Wo ist Nikola?", fragte Laura.

„Verschwunden", murmelte Mateo.

Laura sah ihn erstaunt an.

„Er ist gestern früh mit seinem Boot weggefahren. Bei Jugo, dieser Idiot", sagte Ivana.

Laura erinnerte sich, dass es sich bei dem Jugo um einen starken Wind aus dem Süden handelte, der hohe Wellen und Regen mit sich brachte.

Lily vermutete, dass ihr Opa zu seinem Leuchtturm gefahren war.

Zum Glück sprachen alle mehr oder weniger gut Deutsch.

Laura war bereits gestern aufgefallen, dass, außer den Verkehrspolizisten, die meisten Leute in Istrien Deutsch zumindest verstanden, was wohl auf den blühenden Tourismus zurückzuführen war.

Mariella forderte Laura auf, im Gastgarten Platz zu nehmen, und fragte, ob sie hungrig sei.

„Ich habe gerade gegessen. Zu einem Kaffee sage ich aber nicht nein."

Während sie gemeinsam Kaffee tranken, erzählte Laura vom Grund ihrer Reise und dem Vorfall gestern in Pula.

Und auf einmal redeten alle durcheinander.

Mariella und Lily wollten mehr Details über den Mord wissen, während sich Ivana und Mateo auf Kroatisch darüber empörten, dass Laura Alleinerbin ihrer Großmutter war.

Laura verstand, worum es ging, so schlecht war ihr passiver kroatischer Wortschatz dann doch nicht.

Kaum hatten sie sich wieder eingekriegt, trat Nikola auf den Plan. Er sah erschöpft aus, so als hätte er die ganze Nacht durchgemacht. Laura hätte ihren Onkel beinahe nicht erkannt. Er war schwer gealtert. Die ehemals volle Haarpracht war einer Halbglatze gewichen, außerdem wirkte er ungepflegt. Sein aufgeschwemmtes Gesicht war voll grauer Bartstoppel, aus seinen Nasenlöchern lugten graue Härchen hervor und seine Kleidung war verschmutzt. Laura musste an einen Obdachlosen denken, ihr Onkel hatte keine Ähnlichkeit mehr mit dem stattlichen, gutaussehenden Mann, der er einst gewesen war.

Außerdem benahm er sich seltsam. Als Ivana und Mateo ihn mit Fragen bestürmten, murmelte er nur: „Lasst mich in Frieden."

Dann umarmte er Laura, drückte sie an seine Brust. Er roch stark nach Alkohol.

„Ljepotice, meine Schöne, ich freue mich so, dass du uns besuchst."

Als er erfuhr, dass Laura im Hotel Island Katarina abgestiegen war, bestand er darauf, dass sie ihr Zimmer dort aufgab und zu ihnen zog.

„Gib ihr das schönste Zimmer", sagte er zu Mariella. „Ich muss erst einmal duschen. Dein Onkelchen stinkt zehn Meter gegen den Wind." Er zwinkerte Laura zu.

Mariella zeigte Laura das Haus. Lily begleitete sie. Die neue Tante schien ihr zu gefallen.

„Während der Kriege war das Hotel geschlossen. Nach der Wiedereröffnung haben meine Schwiegereltern keinen Cent mehr hineingesteckt. Sie waren fast bankrott", entschuldigte sich Mariella, als sie Laura durch das finstere Haus führte.

„Mateo träumt schon länger davon, das Hotel komplett zu renovieren. Ich hätte auch nichts gegen ein schickes kleines Boutique-Hotel einzuwenden. Aber woher sollen wir das Geld nehmen? Nikola hat uns ruiniert. Versteh mich nicht falsch, ich mag meinen Schwiegervater, obwohl er unberechenbar, vielleicht sogar ein bisschen verrückt ist. Und jetzt hat er auch noch diesen blöden Leuchtturm gekauft."

„Von wegen blöder Leuchtturm! Ihr werdet sehen, wenn er ihn erst renoviert hat, werden sich die Touristen darum reißen, dort zu wohnen", verteidigte Lily ihren Großvater.

„Was verstehst du denn davon, mein Schatz", sagte Mariella und wollte ihrer Tochter den Arm um die Schultern legen.

Lily stieß ihre Hand weg. „Du bist schon genauso gemein wie die anderen", stieß sie hervor und rannte davon.

„Sie ist in einem schwierigen Alter." Mariella zuckte mit den Achseln.

„Nikola ist und bleibt ein Träumer. Er hat tausende großartige Ideen, plant laufend neue Projekte, bringt aber nie etwas zu Ende. Manchmal kann ich Ivana sogar verstehen, obwohl wir beide uns nicht riechen können. Doch das hat andere Gründe. Schließlich ist es ihr Elternhaus, das er mit Hypotheken belastet hat. Im Geschäft lässt er sich, seit ich zur Familie gehöre, so gut wie nur als Gast blicken. Ivana arbeitet dagegen rund um die Uhr. Ich meine, so ein Leben ist kein Honiglecken."

Laura hatte genug gehört. Sie wollte mit diesen familiären Problemen nichts zu tun haben.

Mariella schien ihren Unmut zu bemerken und sagte in fröhlichem Ton: „In letzter Zeit geht's wieder bergauf. Mateo hat im Frühjahr einen Spitzen-Pizzakoch eingestellt. Das Geschäft läuft seither hervorragend, vor allem mit Take-away verdienen wir echt Kohle."

Das Zwei-Sterne-Hotel Luka in der Nähe des Marktes und des Fischerhafens verdiente Lauras Meinung nach nicht einmal einen Stern.

Von außen machte das dreistöckige Gebäude keinen allzu schäbigen Eindruck. Die Fassade schien vor kurzem erst gelb gestrichen worden zu sein. Drinnen sah es allerdings weniger hübsch aus. Die Fenster wirkten undicht und die Holzböden gehörten dringend abgeschliffen.

Die Familie Marković teilte sich das erste Stockwerk. Die Räume waren notdürftig hergerichtet worden, außerdem waren zwei kleine Bäder eingebaut worden. Man hatte es jedoch verabsäumt, zwei getrennte Wohnungen zu installieren. Die ehemaligen Hotelzimmer dienten den Familienmitgliedern als Schlafzimmer.

„Ivana und Nikola schlafen getrennt, weil er fürchterlich schnarcht", erklärte Mariella. „Mateo und ich teilen uns ein Zimmer. Lily hat ein eigenes, und einen Raum haben wir zu einem gemeinsamen Wohnzimmer umfunktioniert, aber das benützen wir so gut wie nie."

Gemütlich sieht anders aus, dachte Laura.

Die restlichen Zimmer im zweiten und dritten Stock wurden weiterhin vermietet.

Die Einrichtung war völlig veraltet. Dunkle, schwere Möbel, graue Teppichböden und grell gemusterte Tapeten aus den 1970er Jahren. Gemeinschaftsbäder und Toiletten befanden sich am Gang.

Laura bekam eines dieser Zimmer im zweiten Stock. Als sie auf der Türschwelle stand und einen Blick hineinwarf, hätte sie am liebsten sofort kehrtgemacht. Sie wünschte, sie wäre in dem schönen Hotel Katarina geblieben. Doch Mateo war in der Zwischenzeit mit dem Boot zur Insel hinübergefahren und hatte ihr Gepäck geholt.

„Wir haben momentan nur ein paar junge Gäste, oben im dritten Stock. Du hast also die Dusche und das Klo am Gang fast für dich allein, nur mit unserem Pizzakoch musst du sie teilen", sagte Mariella.

„Weißt du, wo ich diese Autowerkstatt finde?" Laura zeigte ihr die Nachricht des Kommissars. „Einer meiner Scheinwerfer hat einen Wackelkontakt."

„Das soll sich Mateo gleich mal ansehen. Wo hast du geparkt?"

„Etwas außerhalb der Stadt."

„Gib mir deinen Autoschlüssel. Ich schicke Mateo den Wagen holen."

Die hat ihren Mann gut im Griff, dachte Laura amüsiert.

## 7.

Mateo hatte Lauras Koffer in der Zwischenzeit auf ihr Zimmer gebracht. Nachdem sie ausgepackt und ihre Sachen in einer wurmstichigen Kommode verstaut hatte, eilte sie wieder hinunter.

Im ersten Stock traf sie auf ihren Onkel. Er schien sie abgepasst zu haben.

„Komm zu mir, slatkice. Lass uns in Ruhe miteinander plaudern. Wir haben uns so lange nicht gesehen", sagte er leise und nahm Laura bei der Hand.

Sie konnte ihm nicht widerstehen. Schon als Kind hatte sie sich gut mit ihm verstanden. Da er seinen Militärdienst bei der Marine geleistet hatte, spielte er gerne den alten Seebären. Außerdem war er ein begnadeter Geschichtenerzähler.

Laura folgte ihrem Onkel in sein Zimmer. Er bat sie in einem abgewetzten Ohrensessel Platz zu nehmen und setzte sich auf sein Bett. Auf einem Nierentischchen zwischen ihnen standen eine Flasche Sliwowitz und eine Karaffe mit Wasser.

Laura lehnte ein Schnäpschen ab, wollte nur Wasser.

Er erkundigte sich, was sie in den letzten Jahren gemacht hatte, und fragte, was ihr Vater so trieb.

Sie wusste nicht, wo sie anfangen sollte. Zu viele Jahre lagen zwischen ihrem letzten Treffen und heute. Die meisten seiner Fragen beantwortete sie mit den üblichen Floskeln. Als er nach dem zweiten Gläschen Sliwowitz von seinem Leuchtturm zu erzählen begann, war sie erleichtert.

Laura hatte bereits mitgekriegt, dass er sich vor kurzem auf einer kleinen Insel in der Nähe von Rovinj einen Leuchtturm, der seit langem nicht mehr in Betrieb war, gekauft hatte. Er plante darin Fremdenzimmer einzurichten.

„Es gibt schon neun solche umgebaute Leuchttürme an der kroatischen Küste. Eigentlich möchte ich dort keine Fremden haben. Am liebsten würde ich selbst auf dieser Insel meine letzten Tage verbringen. Allein! Für mich ist der Leuchtturm eine Art verlorenes Paradies. Auf diesem Fleckchen Erde mitten im Wasser ist man der Ewigkeit sehr nahe. Diese endlose Weite, die Gewalt der Natur, der grenzenlose Himmel ... Das Meer bringt eine große Freiheit mit sich."

Nikolas wettergegerbtes Gesicht sah müde aus, aber seine Augen wirkten überraschend jung, als er ins Schwärmen geriet.

„Seit der Leuchtturm außer Betrieb ist, hat sich keiner mehr um seine Instandhaltung gekümmert. Wenn ich ihn nicht gekauft hätte, wäre er verfallen und irgendwann eingestürzt."

„Nikola, der Retter der Leuchttürme", scherzte Laura.

Er strahlte sie an. „Wenn ich meine Ruhe haben will, fahre ich einfach hinüber. Die Insel ist winzig. Es gibt nur eine Anlegestelle für kleinere Boote. Im Westen liegt versteckt zwischen zwei Felsen eine sandige Bucht, höchstens vier, fünf Meter breit. Dort treffe ich mich bei Sonnenuntergang meist mit meinen besten Freunden."

„Die besuchen dich dort regelmäßig?"

Er lächelte verschmitzt. „Die habe ich immer dabei." Er deutete auf die Flasche Sliwowitz und die Zigaretten am Tisch.

„Das Wasser ist dort türkisgrün. An heißen Tagen lege ich mich gerne hinein, komme mir dann vor wie in einer riesigen Badewanne."

Laura lachte.

Ihr Onkel erschrak.

„Schau nicht so entgeistert. Ich hatte einen schweren Unfall und musste einige Gesichtsoperationen über mich ergehen lassen. Meine Nase, mein Kinn, ja die ganze Mundpartie wurden wiederhergestellt. Seither sieht es aus, als würde ich eine Grimasse schneiden, wenn ich lächle."

Als Nikola mehr über diesen fatalen Unfall wissen wollte, vertröstete sie ihn auf später. „Erzähl mir lieber mehr von deinem Leuchtturm."

„Heutzutage funktioniert bei Leuchttürmen praktisch alles automatisch, es ist also keine Hexerei mehr. Aber meiner ist eben schon ewig lange außer Betrieb. Da funktioniert gar nichts mehr. Die gesamte Elektrik ist im Eimer. Das Notstromaggregat spinnt ebenfalls zeitweise. Mateo hat mir vor einigen Wochen versprochen, sich das Problem näher anzusehen. An ihm ist ein Elektroingenieur verloren gegangen. Nur weil sich Ivana eingebildet hat, der Junge müsse das Restaurant übernehmen, durfte er nicht studieren. Dabei haben selbst seine Lehrer darauf gedrängt, dass er die technische Hochschule besuchen soll. Er gerät nach mir, ist kein Geschäftsmann. Auch ich hatte nie eine gute Hand für Geschäfte, habe immer wieder Schulden angehäuft. Weder das Hotel noch das Restaurant haben mich je interessiert ..."

Er wurde durch heftiges Klopfen an der Tür unterbrochen.

„Laura, du sollst runterkommen. Da ist ein Polizist, der nach dir gefragt hat", drang Lilys Stimme durch die geschlossene Tür.

***

Im Gastgarten wartete Polizeikommissar Victor Novak. Er hatte sich nicht hingesetzt, sondern stand mit vor der Brust verschränkten Armen im Schatten der Hausmauer. Seine Laune schien nicht die beste zu sein.

Nachdem er Laura flüchtig begrüßt hatte, kam er gleich zur Sache:

„Ich muss mit allen Familienmitgliedern reden, aber zuerst mit Ihnen."

„Und zwar allein", sagte er zu Mariella und Lily, die Laura neugierig gefolgt waren. Seine Stimme klang fast bedrohlich.

„Möchten Sie etwas trinken?", fragte Mariella höflich.

„Nein danke. Ich bin nicht zu meinem Vergnügen hier."

Der Gastgarten war zu dieser frühen Nachmittagsstunde fast leer. Viktor Novak wählte einen Tisch weit weg vom Eingang.

„Der Notar hatte zwei Platzwunden am Kopf", begann er, kaum hatten sie sich hingesetzt. „Erst der zweite Schlag ist tödlich gewesen. Erschlagen wurde er eindeutig mit der bronzenen Tito-Büste. Die erste Verletzung dürfte von einem Sturz stammen. Er scheint mit dem Hinterkopf auf die Schreibtischkante gefallen zu sein. Sein Tod ist ein paar Minuten, bevor Sie ihn gefunden haben, eingetreten, das steht jetzt fest. Sie müssen also dem Täter begegnet sein, entweder im Haus oder vor dem Haus. Denken Sie nach! Und kommen Sie nicht auf die Idee, jemanden schützen zu wollen."

Er funkelte sie mit seinen schönen blauen Augen, die jetzt grünlich schimmerten, verärgert an.

„Hören Sie auf mit Ihren Einschüchterungsversuchen. Das funktioniert bei mir nicht. Ich habe Ihnen alles erzählt, woran ich mich erinnere."

„Verzeihen Sie bitte. Man verroht, wenn man ständig mit Tatverdächtigen und Delinquenten zu tun hat."

Er wirkte schuldbewusst.

„Verstehen Sie denn nicht, es liegt in meinem Interesse, dass dieser Fall möglichst rasch aufgeklärt wird", beteuerte Laura. „Was ist mit dem verschwundenen Testament? Haben Sie auf dem Laptop des Notars Hinweise darauf gefunden?"

„Sein Laptop war in dieser Hinsicht nicht sehr ergiebig, das Testament befand sich nicht im Speicher. Auffallend war, dass der Tresor zwar ausgeräumt, aber nicht aufgebrochen worden ist."

„Haben Sie mit der Sekretärin des Notars gesprochen?"

„Sie sind unverbesserlich, eine richtige Nervensäge", sagte er grinsend. „Im Grunde geht es Sie nichts an ..."

„Dieser Fall geht mich sehr wohl was an", unterbrach ihn Laura.

„Na gut. Sie geben ja sowieso keine Ruhe. Frau Horvat hat ausgesagt, dass neben einer Menge Bargeld in ausländischer Währung, hauptsächlich Euro und amerikanische Dollar, wichtige Schriftstücke darin aufbewahrt wurden. Ob sich das Testament Ihrer Großmutter darunter befand, wusste sie nicht. Manche Schriftstücke hat der Notar auch mit nach Hause genommen, weil er oft abends weiterarbeitete ..."

„Haben Sie sein Haus durchsucht?"

„Noch nicht. Wir haben zu wenig Personal ..." Seine Worte klangen beinahe kleinlaut.

Laura spürte, wie sie langsam die Oberhand in diesem Gespräch gewann. Lange hielt dieses Gefühl nicht.

„Holen Sie mir bitte die anderen", sagte er in strengem Ton. „Ich muss mit allen sprechen. Es ist sehr wichtig zu wissen, wo sich jeder von ihnen gestern Abend aufgehalten hat."

„Was haben meine Verwandten mit diesem Fall zu tun?"

„Wir haben einen Hinweis auf eine verdächtige Person bekommen, die sich zur Tatzeit in dem Gebäude befunden hat. Und jetzt ist wirklich Schluss. Lassen Sie mich meine Arbeit machen."

„Kann ich dabei sein?"

„Verstehen Sie Kroatisch?"

„Nur ein paar Worte, aber ich könnte ihre Mimik und Gestik im Auge behalten. Nicht, dass ich einen von ihnen verdächtige ... ich möchte nur sehen, wie sie reagieren."

Er zögerte.

Sie sah ihm tief in die Augen.

„Von mir aus, aber Sie dürfen sich nicht einmischen."

Als sich endlich alle, außer Nikola, der nicht heruntergekommen war, obwohl Lily ihm Bescheid gesagt hatte, um den Tisch gruppiert hatten, fragte Viktor Novak sie der Reihe nach, wo sie gestern Abend gewesen waren.

Laura verstand mehr, als sie erwartet hatte. Sie bekam mit, dass der Kommissar ihre Verwandten nicht nur nach ihren Alibis fragte, sondern mit ihnen den ganzen Tag zu rekapitulieren versuchte.

Ivana war in die Kirche gegangen, so wie fast jeden Abend. Irgendein wichtiger Trauergottesdienst für eine verstorbene Nachbarin.

Mateo erwähnte, dass seine Mutter täglich in die Kirche ging. „Denn für irgendjemanden wird immer eine Messe gelesen", fügte er hinzu. Er behauptete, an jenem Tag zum Leuchtturm seines Vaters gefahren zu sein, um sich die kaputte Elektrik genauer anzusehen. Ivana beteuerte, dass sie ihren Sohn in die Marina begleitet und gesehen habe, wie er losfuhr, bevor sie sich auf den Weg zur Kirche gemacht hatte.

Mariella hatte einstweilen mit Gino, dem Pizzakoch, im Restaurant die Stellung gehalten. Lily hatte beim Servieren geholfen, da der Kellner ausgefallen war.

Laura hatte den Eindruck, dass keiner, ausgenommen vielleicht Lily, die Wahrheit gesagt hatte. Vor allem Mateo war deutlich anzumerken gewesen, dass er log. Sein Gesicht war rötlich angelaufen. Außerdem hatte er die ganze Zeit hartnäckig zu Boden geschaut.

Als Nikola sich zu ihnen gesellte, schickte Viktor die anderen weg. Auch Laura musste sich entfernen.

Ihr Protest half nichts. Er bestand darauf, den Herrn des Hauses allein einzuvernehmen.

Sie zog sich in eine andere Ecke des Gastgartens zurück, rief ihren Vater an und schilderte ihm, was inzwischen passiert war.

Mischa riet ihr erneut, sich einen Anwalt zu nehmen. „Die Geschichte wird kompliziert, mein Schatz. Sei nicht zu vertrauensselig. Gib Acht auf dich. Ich habe diesen Leuten nie über den Weg getraut. Dein Onkel ist ein alter Hallodri und deine Tante ein falsches, verschlagenes Luder."

„Du übertreibst, Papa."

„Ich setze mich sofort ins Auto. Ich lass dich mit dieser Bande keine Sekunde länger allein", sagte Mischa.

„Das kommt überhaupt nicht in Frage. Bleib, wo du bist!", fuhr sie ihn an.

Ihr temperamentvoller Vater würde die schwierige Situation nur noch mehr komplizieren.

Als sie zu Viktor Novak und Nikola zurückkehrte, bemerkte sie sogleich, dass es für ihren Onkel nicht allzu gut aussah.

Der Kommissar teilte ihr kurz und bündig mit, dass Nikola nach Pula mitkommen müsse, da er unter Verdacht stehe, den Notar erschlagen zu haben.

„Das heißt, Sie nehmen ihn fest?", fragte Laura in scharfem Ton.

„Das werden wir auf dem Kommissariat entscheiden. Wir müssen ihn auf jeden Fall ausführlicher befragen."

Nikola war anzumerken, dass er nicht mehr nüchtern war. Wer weiß, was für einen Blödsinn er von sich gegeben hat, fragte sie sich.

Eine Art Beschützerinstinkt regte sich in ihr. „Hast du einen Anwalt, Onkel Nikola?"

Der alte Mann schüttelte den Kopf. Seine glasigen Augen irrten zwischen ihr und Viktor Novak hin und her.

„Was hat er gesagt? Sie sehen doch, dass er betrunken ist. An Ihrer Stelle würde ich nicht alles ernstnehmen, was ein Mensch in diesem Zustand von sich gibt", fuhr Laura den Kommissar an.

„Danke für Ihre Ratschläge!" Sein zynisches Grinsen verunsicherte sie.

„Lassen Sie mich einen Anwalt für ihn besorgen. Und du gibst ohne Anwalt keinen Ton mehr von dir", befahl sie ihrem Onkel.

„Ich habe nichts getan. Ich brauche keinen Anwalt", mischte sich Nikola mit weinerlicher Stimme ein.

„Herr Marković hat zugegeben, dass sein Sohn ihn über Ihren Besuch und über das Testament informiert hat. Zuerst hat er geleugnet, gestern Nachmittag den Notar aufgesucht zu haben. Als ich ihn mit der Aussage der Sekretärin konfrontiert habe, hat er gestanden, an dem bewussten Tag in der Kanzlei in Pula gewesen zu sein", klärte Kommissar Novak sie erstaunlicherweise nun doch auf.

„Wie bitte? Was hat die Sekretärin ausgesagt?"

„Eigentlich dürfte ich Ihnen das alles nicht erzählen", stöhnte er.

Laura sah ihn flehend an.

„Na gut, Sie Quälgeist! Also, Frau Horvat hat nach der Arbeit eine Bekannte am Forumsplatz getroffen und einige Zeit mit ihr geplaudert. Dabei ist ihr ein älterer Herr aufgefallen, der eilig das Haus betreten hat. Ihre Beschreibung passt haargenau auf Herrn Marković."

„Der... der Mann war schon to... tot, als ich ...", stammelte Nikola. „Und Titos Kopf ist am Teppich neben ihm gelegen. Ich bin gleich abgehauen."

„Warum haben Sie nicht sofort die Polizei angerufen?", fragte Viktor.

„Ich wollte nichts damit zu tun haben, ich habe Angst gehabt, dass man mich verdächtigen könnte. Was ja nun offensichtlich der Fall ist ..."

„Wenn wir seine Fingerabdrücke auf der Mordwaffe finden sollten, sieht es schlecht für ihn aus", sagte Viktor zu Laura und stand auf.

Auch Nikola erhob sich.

In diesem Augenblick kam Ivana aus dem Haus geschossen und schrie: „Sie dürfen ihn nicht mitnehmen! Er war es nicht! Er kann keiner Fliege etwas zuleide tun." Dann brach sie in Tränen aus, sank auf einen Stuhl und verbarg ihr Gesicht in ihren Händen.

Obwohl Laura Mitleid mit dem Häufchen Elend hatte, fragte sie sich, warum sie das Gefühl hatte, dass Ivanas Aufregung nicht echt war. Ihre Tante kam ihr wie eine schlechte Schauspielerin vor.

Da sie selbst keine Chance sah, den Kommissar von seinem Vorhaben abzubringen, sagte sie leise: „Verschaffen Sie ihm wenigstens einen Pflichtanwalt."

„Versprochen", sagte Viktor Novak mit ernstem Gesichtsausdruck.

Laura begleitete Nikola zum Polizeiwagen. Ihr Onkel wirkte seltsam teilnahmslos.

Wenigstens hat ihm der Kommissar keine Handschellen angelegt, dachte sie.

## 8.

„Das ist alles ihre Schuld! Seit sie hier aufgekreuzt ist, geht es bei uns drunter und drüber. Sie muss verschwinden. Und du wirst dafür sorgen, Mateo“, hörte Laura ihre Tante schimpfen, als sie in den Gastgarten zurückkehrte.

Ivana hat ihre herrische Art rasch wieder zurückgewonnen, dachte sie und tat so, als ob sie ihre Tante nicht verstehen würde.

„Sei nicht so ungerecht, Mama. Sie kann doch nichts dafür, dass Nikola wieder einmal Scheiße gebaut hat ...“, versuchte Mariella ihren Gast in Schutz zu nehmen.

Ivana ließ sich nicht gerne unterbrechen. Erbost fuhr sie fort, Laura zu attackieren. „Du scheinst dich ja mit diesem Kommissar recht gut zu verstehen. Warum hast du ihn nicht von der Unschuld deines Onkels überzeugt?“, zischte sie.

„Ihm wird nichts passieren. Ich fahre morgen nach Pula und organisiere ihm einen ordentlichen Anwalt“, bemühte sich Laura, sie zu beschwichtigen.

„Wo willst du den auftreiben? Du sprichst ja nicht einmal Kroatisch.“

„Jetzt ist Schluss, Mama! Und du, Laura, misch dich nicht weiter in unsere Angelegenheiten ein“, sprach Mateo ein Machtwort. „Ich werde mich um einen Anwalt für Papa kümmern.“

Ivana strafte ihren Sohn mit einem bösen Blick und zog sich beleidigt zurück.

Lauras Bedarf an Familie war für heute gedeckt. Sie überlegte, sich auf ihr Zimmer zurückzuziehen und im Tagebuch ihrer Großmutter weiterzulesen, als ein

Mann mit einem auffälligen Strohhut erschien. Erst auf den zweiten Blick erkannte sie den Pizzakoch. Das Restaurant war heute geschlossen. Er hatte seinen freien Tag. Ohne zu grüßen, stapfte er an ihnen vorbei hinauf in den zweiten Stock.

Laura war ihm schon vorhin einmal über den Weg gelaufen. Es war ihr unangenehm, sich mit ihm allein auf dieser Etage zu befinden. Die Rucksacktouristen, die in dem billigen Hotel abgestiegen waren, bewohnten die unrenovierten Zimmer im dritten Stock.

Der Pizzabäcker war ein finsterer Zeitgenosse. Er sah nicht übel aus, war aber schweigsam und griesgrämig.

„Komischer Typ", murmelte Laura.

„Er ist mufflig und manchmal sogar unhöflich, aber ich mag ihn trotzdem", sagte Mariella. „Ivana hackt andauernd auf ihm herum. Mateo und ich müssen ihn dann immer besänftigen. Wir sind auf ihn angewiesen. Seit er hier ist, floriert, wie gesagt, das Geschäft."

„Ich finde ihn ein bisschen unheimlich. Er sieht mich nie an, wenn ich mit ihm spreche", warf Lily ein. „Aber seine Strohhüte finde ich cool. Er trägt jeden Tag einen anderen Hut ..."

„Ab ins Bett, meine Süßen." Mariella zwinkerte ihrem Mann zu, gab ihrer Tochter einen Klaps auf den Hintern und schob sie vor sich her ins Haus.

Mateo wollte ihnen folgen.

„Bleib noch eine Minute, Mateo. Ich möchte kurz mit dir reden", sagte Laura.

Unwillig setzte er sich wieder hin.

„Mir kannst du nicht erzählen, dass du am frühen Abend zum Leuchtturm gefahren bist, um dir im Finstern die kaputte Elektrik anzusehen."

„Wieso? Es ist bis nach 19 Uhr hell. Außerdem habe ich eine tolle Taschenlampe."

„Verkauf mich bitte nicht für blöd.“

Er wollte aufbrausen, überlegte es sich anders und gab zögernd zu, an jenem Nachmittag mit dem Wagen nach Pula zum Baumarkt gefahren zu sein. „Ich musste einiges für die Instandsetzung der elektrischen Leitungen beschaffen.“

Er kramte in seiner Geldbörse und reichte ihr eine Rechnung aus einem Baumarkt. „Da, schau, wenn du mir nicht glaubst.“

Datum und Uhrzeit auf dem Bon war zu entnehmen, dass er um 18 Uhr dort gewesen war.

„Warum hast du den Kommissar belogen? Du hättest ihm die Rechnung einfach zeigen können.“

„Er hätte mich trotzdem verdächtigt. Der Baumarkt liegt zwar außerhalb der Stadt, aber in 15 Minuten ist man mit dem Wagen im Zentrum. Dieser Bulle ist ein scharfer Hund. Hast du das nicht bemerkt?“

„Und?“

„Und was?“

„Warst du im Zentrum?“

„Nein! Und jetzt lass mich in Ruhe, ich bin k. o. Sperr die Haustür zu, wenn du raufgehst. Der Schlüssel steckt innen. Gute Nacht!“

Er ließ Laura allein im finsteren Gastgarten sitzen.

Die sparsame Ivana hatte die Beleuchtung ausgeschaltet, als sie nach oben gegangen war.

Laura hatte keine Lust, schlafen zu gehen. Es war noch nicht einmal Mitternacht. Sie beobachtete ein paar Jugendliche, die durch die dunklen Gassen geisterten. In der Stadt schien nicht mehr viel los zu sein.

Sie sehnte sich schon den ganzen Abend nach einer Zigarette und einem Glas Wein. Sicher würden weder ihr Onkel noch Mateo etwas dagegen haben, wenn sie sich an der Bar selbst bediente. Vielleicht würden hinter der Theke auch Zigaretten herumliegen.

Laura machte kein Licht an, als sie hineinging, da die Notbeleuchtungen über der Toilettentür und beim Stiegenaufgang eingeschaltet waren.

Als sie sich der Theke näherte, vernahm sie leises Stöhnen. Irritiert blieb sie stehen und warf einen Blick auf den Perlenvorhang, hinter dem sich die Küche verbarg.

Schemenhaft nahm sie eine rundliche Gestalt wahr, die auf dem Boden hockte oder kniete. Sie erkannte Mariella nicht nur an ihren Rundungen, sondern auch an der hellen Bluse.

Von dem immer lauter stöhnenden Mann, vor dem Mariella kniete, konnte sie nur die Hände sehen, die in Mariellas Lockenkopf wühlten.

Laura war sich sicher, dass es sich um den Pizzakoch handelte.

Als der Mann einen verhaltenen Schrei ausstieß, ließ Mariella von ihm ab und zischte auf Kroatisch: „Um Himmels willen, sei leise!“ Dann fuhr sie fort, ihn in den siebten Himmel zu befördern.

Laura schlich sich davon, bevor es zum Finale kam.

Das hatte Mariella wohl mit „Gino besänftigen“ gemeint, dachte sie.

***

Die Gemeinschaftsdusche am Gang war sauber, sie sah beinahe unbenützt aus. Leider ließ sich die Tür nicht zusperren. Laura behalf sich mit einem Stuhl, klemmte die Lehne unter die Türklinke.

Der lauwarme Wasserstrahl entkrampfte nicht nur ihre Muskeln. Für ein paar Minuten vergaß sie auf Sex und Crime. Fast hätte sie zu singen begonnen. Sie besann sich auf die späte Stunde und summte leise eine bekannte Melodie. Als ihr bewusst wurde, dass es sich um die Marseillaise handelte, brach sie ab, obwohl der blutrünstige Text sehr wohl zu der momentanen Situation gepasst hätte.

Bald tröpfelte nur mehr kaltes Wasser aus der Brause. Sie stieg aus der Dusche und trocknete sich ab, als sie plötzlich Schritte hörte. Wer schlich um diese Zeit noch auf dem Gang herum? Das konnte nur Gino sein.

Nach dem heißen Blow Job wird ihm eine kalte Dusche guttun, dachte sie boshaft. Jemand rüttelte an der Badezimmertür.

„Occupato", rief Laura auf Italienisch.

Als sie, nur in ein Badetuch gewickelt, hinüber in ihr Zimmer huschte, war auf dem Gang niemand zu sehen, doch kaum hatte sie sich hingelegt, klopfte es an ihrer Tür. Zum Glück hatte sie zugesperrt.

„Verdammt, ist denn in diesem Haus niemals Ruhe", fluchte sie leise, stand auf, schlüpfte in ihren japanischen Seidenkimono und ging nachsehen.

Vor ihrer Tür stand Lily. Sie hatte nur ein kurzärmeliges T-Shirt an und schien zu frieren.

„Was ist los?"

Lily legte einen Finger auf ihre Lippen.

„Komm rein."

Die Kleine hockte sich auf Lauras Bett und zog sich die Decke über die nackten Beine.

„Ich habe nachgedacht. Findest du nicht, dass ich morgen nach Pula mitfahren sollte? Du wirst eine Dolmetscherin brauchen, wenn du einen Anwalt engagieren willst. Wir müssen Opa unbedingt aus dem Gefängnis holen. Der hält es dort keinen Tag länger aus. Er ist genauso freiheitsliebend wie ich. Der wird im Gefängnis verrückt, glaub mir."

„So schnell kommt man nicht ins Gefängnis. Der Kommissar hat deinen Opa zur Einvernahme mitgenommen. Schlimmstenfalls behalten sie ihn ein, zwei Tage in Untersuchungshaft. Ein guter Anwalt holt ihn dort sofort wieder raus."

„Genau deswegen komm ich mit."

„Hast du morgen keine Schule?"

„Pah, es wäre nicht das erste Mal, dass ich fehle."

Laura, die selbst eine große Schulschwänzerin vor dem Herrn gewesen war, warf zögernd ein: „Du musst deine Eltern fragen, ob sie einverstanden sind."

„Ich hätte nicht gedacht, dass du so spießig bist."

Na super, dachte Laura und kam sich auf einmal uralt vor. Sie sagte nichts, sondern musterte Lily mit strengem Blick.

„Okay, von mir aus. Ich werde Mama fragen. Ihr ist es sowieso egal, was ich tu."

Da Laura keine Lust hatte, sich die Probleme eines pubertierenden Mädchens mit ihrer Mutter anzuhören, beendete sie den mitternächtlichen Plausch, indem sie der Kleinen versprach, sie morgen nach Pula mitzunehmen.

***

*1954, als Triest wieder zu Italien kam, kehrten Josip und ich nach Jugoslawien zurück. Dich, meine liebe Adriana, hatten wir im Kinderwagen dabei. Die ersten Jahre lebten wir in Rijeka. Josip fuhr zur See. Er hat als Schiffsmaschinist die ganze Adria bereist. Den Ingenieur hatte er nicht geschafft. Nach unserer Heirat musste er Geld verdienen, um dich und mich erhalten zu können. In Rijeka fand ich kein Engagement als Tänzerin. Außerdem wollte Josip seine Frau nicht auf der Bühne herumhüpfen sehen, wie er es nannte.*

*Ich war keine gute Hausfrau und auch keine gute Mutter. Zuhause langweilte ich mich. Ich war viel allein, da Josip ja zur See fuhr. Damals sehnte ich mich nach meinem Leben in Triest und vor allem sehnte ich mich nach meinem Igor.*

*Es waren harte Zeiten. Die junge jugoslawische Republik hatte wirtschaftlich schwer zu kämpfen. Das Geld reichte nie. Als Nikola zur Welt kam, begann ich mich nach einer Heimarbeit umzusehen. Eine Zeitlang arbeitete ich für eine Schneiderei, kürzte Herrenhosen, flickte Hemden, nähte Röcke und Blusen. Diese mühselige Tätigkeit brachte nicht viel ein. Ich überredete Josip, mir ein gebrauchtes Klavier zu kaufen. Fortan verdiente ich mit privaten Klavierstunden und Ballettunterricht etwas dazu. Das Geld, das hereinkam, legte ich zurück für deine Ausbildung, mein Kleines. Dein Bruder zeigte leider keine Ambitionen zu studieren. Er wollte zur See wie sein Vater. Nikola war ein miserabler Schüler. Aber du warst klug und künstlerisch begabt. Gegen Josips Willen schickte ich dich später aufs Gymnasium.*

*Als Josip in der Uljanik-Werft in Pula Arbeit fand, zogen wir nach Poreč zu seinen Eltern. In dem alten, baufälligen Haus wohnten auch seine Großeltern und seine ledige Schwester. Wir hatten nicht genügend Platz, mussten zu viert in einem Zimmer schlafen. Ich kam mit meinen Schwiegereltern nicht gut zurecht. Vor allem Josips Mutter machte mir das Leben schwer.*

*Josip verdiente weniger und hatte einen langen Fahrtweg zur Arbeit. Meistens kam er spätabends betrunken heim und ließ seinen ganzen Frust an uns aus. An diese schrecklichen Jahre erinnerst du dich wahrscheinlich, mein Kind.*

*Josip war kein schlechter Mensch. Doch wenn er zu viel intus hatte, bekamen seine negativen Charaktereigenschaften die Oberhand. Er gebärdete sich dann wie ein autoritärer Patriarch, brüllte herum, wenn man ihm widersprach, und fing an, Leute zu beschimpfen und zu schikanieren.*

*Nach ein paar Jahren fanden wir endlich eine eigene Wohnung in Rovinj. Ich atmete auf. Josip hatte es näher zu seinem Arbeitsplatz. Doch sein Zustand besserte sich leider nicht. Wir hatten ständig unter seiner schlechten Laune zu leiden.*

*Als kleines Mädchen warst du Papas Liebling, doch in der Pubertät wurdest du aufmüpfig, wehrtest dich gegen die strengen Regeln und all die Verbote deines Vaters. Damals begann er dich zu ignorieren. Er behandelte dich so, als wärst du Luft für ihn. Irgendwie war das auch dein Glück. So konntest du dich frei entfalten und ungehindert dein Talent entwickeln. Obwohl ich sehr traurig war, als du uns nach der Matura verlassen hast, war ich gleichzeitig froh und vor allem stolz auf dich.*

## 9.

Laura und Lily wollten nach dem Frühstück aufbrechen.

Ivana hatte ein paar Sachen für Nikola in eine Sporttasche gestopft. „Falls sie ihn doch länger dabehalten“, murmelte sie.

Mariella drückte Lily einen Plastiksack voller Süßigkeiten in die Hand. „Die Küche dort ist sicher ungenießbar! Gib Opa einen Kuss von mir“, sagte sie zum Abschied.

Mateo hatte inzwischen den Scheinwerfer von Lauras Wagen repariert und den Alfa in der Nähe des Hafens abgestellt. Kaum hatten sie Rovinj hinter sich gelassen, machte es sich Lily bequem. Sie stellte die Lehne des Beifahrersitzes weit nach hinten, legte ihre

Füße aufs Armaturenbrett und begann zu plaudern. Hauptsächlich beklagte sie sich über ihre doofen Lehrerinnen und meinte, dass sie am liebsten die Schule abbrechen und Kunst studieren wollte.

Laura, die ihr eher amüsiert zugehört hatte, fühlte sich nun doch bemüßigt zu reagieren.

„Um Kunst zu studieren, brauchst du die Matura“, warf sie ein. „Meine Mutter, also deine Großtante, hat auch das Gymnasium abgeschlossen, bevor sie in Wien Grafik studiert hat.“

„Sie muss eine tolle Frau gewesen sein. Schade, dass ich sie nie kennengelernt habe. Sie ist auch von zuhause abgehauen, oder?“

„Ja, aber erst nach der Matura“, sagte Laura grinsend.

„Warum grinst du immer so komisch?“

„Ich hatte einen Unfall. Als man mich nachher wieder zusammengeflickt hat, wurde leider mit der Haut gespart“, scherzte Laura.

„Sorry, das war ein blöder Witz“, entschuldigte sie sich, als sie Lilys entsetzten Blick bemerkte.

„War Uroma Natalija nicht auch Künstlerin?“, fragte Lily.

„Im weitesten Sinne des Wortes, ja. Sie war Tänzerin, soviel ich weiß.“

„Keiner erzählt mir was über sie. Das finde ich echt doof“, beklagte sich Lily. „Es gibt nicht einmal ein Foto von ihr.“

„Ich habe sie kaum gekannt, ich habe sie nur einmal gesehen. Sie war eine sehr schöne Frau. Selbst im Alter war ihr Gesicht noch fast faltenlos. Meine Mutter hat mir ein paar Bilder von ihr hinterlassen. Die kann ich für dich nachmachen.“

„Das wäre schön. Oma Ivana hat behauptet, dass Natalija große Schande über die Familie gebracht hat. Als ich Opa gefragt habe, was sie angestellt hat, ist er mir ausgewichen. Es muss etwas Schlimmes gewesen sein, denn sonst hätte es mir Opa bestimmt erzählt. Hat sie jemanden umgebracht?“

Laura fand es lächerlich, dass die Familie bis heute so ein großes Geheimnis um Natalijas Verschwinden machte.

„Nein, sie hat nichts verbrochen. Sie hat genau das getan, was du vorhast. Sie ist weggegangen, hat die Familie sitzengelassen.“

„Wow!“ Für einen Moment verschlug es Lily die Sprache. Doch dann löcherte sie Laura weiter mit Fragen über ihre Urgroßmutter.

„Sie war in einen anderen Mann verliebt. Und zwar schon seit ihrer Jugend. Viel mehr kann ich dir nicht sagen. Auch meine Mutter hat nicht gerne über diese sogenannte Familienschande gesprochen.“

Am liebsten hätte sie Lily von dem Tagebuch erzählt und ihr gesagt, dass sie bald mehr über Natalija und ihre große Liebe erfahren würde. Sie ließ es bleiben. Es war nicht ihre Aufgabe, das Mädchen über seine Urgroßmutter aufzuklären.

„In unserer Familie sind alle ein bisschen crazy, findest du nicht auch?“

Laura lachte und fragte Lily, warum sich die anderen so über Nikolas Leuchtturm-Projekt aufregten.

„Das war ein Drama! Du kannst dir das nicht vorstellen. Als sie herausgefunden haben, dass Opa eine Hypothek auf das Restaurant aufgenommen hat, um den Leuchtturm zu kaufen, hat es einen Riesenkrach gegeben. Alle haben stundenlang durcheinandergebrüllt.“

„Sie wollen also nicht, dass er ihn renoviert?“

„Nein! Sie halten das für eine Schnapsidee. Oma und Papa sind oft sehr gemein zu Opa. Und meine Mama mischt sich nicht ein. Sie ist leider ein bisschen oberflächlich, da hat Oma ausnahmsweise recht."

Bevor Laura widersprechen konnte, fuhr Lily fort: „Papa war früher ganz anders, wir haben viel Spaß miteinander gehabt, aber in letzter Zeit spinnt er komplett. Er hat dauernd schlechte Laune, redet kaum mehr mit uns ..."

Na wunderbar, dachte Laura. Es geht eben nichts über eine heile Familie! Da sie genug von Lilys Klagen hatte, sagte sie rasch: „Ich habe gestern, als euch der Kommissar nach den Alibis gefragt hat, nicht alles mitgekriegt. Wann ist dein Vater an jenem Tag aus Pula zurückgekehrt?"

„Keine Ahnung. Er hat sich erst spätabends im Restaurant blicken lassen. Wir waren bereits am Zusperren."

Also hat mein lieber Cousin nicht nur den Kommissar, sondern auch mich belogen, dachte Laura.

***

Dank Navi fanden sie die Polizeiverwaltung Istriens am Platz der Republik in Pula ohne Probleme.

Auf dem Parkplatz vor dem modernen Gebäudekomplex standen viele viertürige Opel Astra und einige Skoda Octavia.

Laura parkte vor der Einfahrt und rief Kommissar Viktor Novak an.

Er bedauerte, dass ein Besuch bei ihrem Onkel momentan nicht möglich wäre, schlug aber vor, auf einen Sprung hinunterzukommen.

„Wir dürfen leider nicht zu Nikola. Vermutlich wird er gerade vernommen. Ich werde dem Kommissar die Sachen geben. Du bleibst einstweilen im Wagen."

„Warum darf ich nicht dabei sein?“

„Weil ich ihn unter vier Augen sprechen möchte.“

Lilys weiteren Protest ignorierend, stieg sie aus, als Viktor Novak ein paar Minuten später aus dem Gebäude trat.

Sein Gang erinnerte sie dieses Mal weniger an einen Fußballspieler, sondern eher an einen Cowboy, der nach einem langen Ritt vom Pferd gestiegen war.

Der Kommissar wirkte übernächtig. Er war unrasiert und seine Wangen schienen noch eingefallener als sonst. Sein weißes Hemd war zerknittert und nicht mehr sauber und der Saum seiner schwarzen Hose war mit Schlamm bespritzt.

Sein ernster Gesichtsausdruck verhieß nichts Gutes. Auf ihre direkte Frage, was die Einvernahme ihres Onkels ergeben habe, antwortete er überraschenderweise.

„Seine Fingerabdrücke sind nicht nur auf der Mordwaffe, dieser Tito-Büste aus Bronze, die Sie ja leider ebenfalls angefasst haben, sondern auch am Tresor entdeckt worden. Sie befanden sich fast überall in der Kanzlei. Er scheint das ganze Büro durchsucht zu haben, doch das leugnet er standhaft. Jedenfalls werden wir ihn einstweilen dabehalten müssen.“

„Sie haben also den Verdacht, dass er das Testament seiner Mutter verschwinden ließ und das viele Bargeld aus dem offenen Tresor gestohlen hat.“

„Sie sagen es. Übrigens wurde der Tatort wieder freigegeben. Die Sekretärin des Notars möchte heute dort aufräumen.“

Laura fand, dass ein Gespräch mit dieser Dame durchaus aufschlussreich sein könnte.

Rasch erkundigte sie sich, wann sie ihren Onkel besuchen dürfe.

„Ich werde Ihnen Bescheid geben."

Sie öffnete den Kofferraum und reichte ihm die Tasche und den Plastiksack für Nikola.

Als der Kommissar einen Blick in den Sack warf, konnte er sich ein Lächeln nicht verkneifen.

„Sie haben wohl Angst, wir lassen unsere Untersuchungshäftlinge verhungern", scherzte er.

„Man kann nie wissen. Sicher ist sicher."

„Hoffentlich wird ihm nicht schlecht davon."

„Sie können gerne ein Stück von dem Blechkuchen probieren. Sie sehen aus, als hätten Sie heute noch nichts gegessen."

„Wenn ich geahnt hätte, dass Sie mich besuchen, hätte ich mich bei meiner Morgentoilette mehr angestrengt."

Versuchte der Kommissar etwa gar mit ihr zu flirten?

Eine leichte Röte überzog Lauras Wangen, als sie sich von ihm verabschiedete.

## 10.

Nach dem Gespräch mit dem Kommissar fuhr Laura mit Lily zum Forum und bat die Kleine, im Eissalon auf dem großen Platz auf sie zu warten.

„Ich frage mich schön langsam, warum du mich mitgenommen hast, wenn ich eh nirgends dabei sein darf", maulte Lily.

„Nicht bös sein, aber was ich jetzt gleich machen werde, ist nicht ganz legal. Da will ich dich nicht mit hineinziehen. Ich verspreche, ich werde dir nachher alles erzählen. Glaub mir, ein riesiges Bananensplit wäre mir lieber als das Gespräch, das mir bevorsteht."

Das Eingangstor des Palastes war heute geschlossen. Als sie bei der Anwaltskanzlei anläutete, hatte sie wieder das Bild des Toten vor sich.

Ihr Herz begann heftig zu klopfen, als ihr geöffnet wurde.

Langsam stieg sie hinauf in den zweiten Stock. Vor der Kanzlei blieb sie zögernd stehen. Die Tür stand einen Spalt offen. Poltern und Krachen drang aus dem Inneren. Dem Lärm folgte ein kräftiger Fluch.

Sie wollte kehrtmachen, riskierte aber zuvor einen Blick durch den Türspalt.

Der Vorraum war leer, die Tür zum Büro der Sekretärin stand sperrangelweit offen.

„Dobar dan", rief sie und trat zögernd ein.

Kein Mensch weit und breit.

Im Vorzimmer herrschte eine schreckliche Unordnung.

Während sich Laura umsah, kam ein auffallend attraktiver, schlanker, dunkelhaariger Mann aus dem Büro des Notars.

Er hatte die Ärmel seines Jeanshemdes hochgekrempelt und die oberen Knöpfe nicht geschlossen.

Laura fand seine unbehaarte muskulöse Brust durchaus beeindruckend.

Freundlich lächelnd streckte er ihr die Hand hin.

„Hey, ich bin Patrik Vuković, der Neffe des Verstorbenen."

„Laura Mars. Ich war eine Klientin Ihres Onkels."

„Oh. Freut mich sehr. Ich bin im Bilde, habe allerdings nicht so früh mit Ihrem Besuch gerechnet. Sie Arme haben meinen Onkel gefunden. Muss ein entsetzlicher Schock für Sie gewesen sein. Vermutlich wäre das alles nicht passiert, wenn ich an jenem Abend länger im Büro geblieben wäre. Der Mörder muss das

Haus beobachtet und abgewartet haben, bis ich es verließ. Ich kann mir nicht vorstellen, dass er es mit zwei Männern gleichzeitig aufgenommen hätte. Der Meinung ist auch die Polizei."

Laura war verblüfft über sein ausgezeichnetes Deutsch.

„Entschuldigen Sie bitte dieses Chaos. Da hat jemand alles auf den Kopf gestellt."

Er schien von dem Testament zu wissen. Jedenfalls erklärte er sich sofort bereit, ihr zu helfen. Er meinte, sie brauche sich um nichts zu kümmern, er sei Anwalt und würde alles für sie regeln. Sie müsse ihm nur eine Vollmacht erteilen.

Laura wollte ihm sagen, dass nicht sie, sondern ihr armer Onkel dringend einen Anwalt benötigte, doch sie kam nicht zu Wort.

Patrik stöhnte über den Saustall, erwähnte, dass die Sekretärin leider unpässlich sei und er deshalb allein hier aufräumen müsse.

Laura fragte sich, ob die Kriminalbeamten und die Leute von der Spurensicherung dieses Chaos angerichtet hatten. Als sie den Toten gefunden hatte, war in der Kanzlei ebenfalls ein ziemliches Durcheinander gewesen, doch es hatte weit nicht so schlimm ausgesehen wie jetzt.

„Verzeihen Sie mein Outfit. Die Kriminalpolizei hat mich heute Morgen von meinem Boot geholt. Sie wollten, dass ich meinen Onkel identifiziere, und haben mir keine Zeit gelassen, mich vorher umzuziehen."

Der junge Anwalt schien nicht nur redselig, sondern auch vertrauensselig zu sein. Er teilte ihr mit, dass mindestens 100.000 Dollar Bargeld im Tresor gelegen waren, da der Notar den Banken zutiefst misstraut hatte.

„Das Geld ist natürlich gestohlen worden. Ich denke, es war Raubmord“, sagte er. „Der Tresor ist ein altertümlicher Kasten, den kriegt jedes Kind auf. Aber ich nehme an, der Täter hat meinen Onkel gezwungen, den Tresor selbst zu öffnen, denn es gibt keine Beschädigungen an dem alten Monstrum. Soviel ich gehört habe, hat die Polizei den Täter bereits verhaftet …“

„Es steht nicht fest, dass der Verhaftete die Tat begangen hat“, unterbrach ihn Laura.

„Oh, dann wurde ich falsch informiert …“

Da sie mit der Sekretärin nicht reden konnte und der Neffe des Notars keinesfalls als Anwalt für Nikola in Frage kam, machte sie Anstalten, sich wieder zu verabschieden.

Patrik wollte sie nicht so schnell gehen lassen.

„Meine Nichte wartet unten im Eissalon auf mich“, sagte Laura.

„Darf ich Sie begleiten? Wir müssen noch über die Vollmacht reden.“

„Welche Vollmacht?“

„Wenn ich Sie in der Testamentssache vertreten soll …“

„Moment, Moment, nicht so schnell. Ich denke nicht, dass ich einen Anwalt benötigen werde“, wehrte sich Laura. „Wenn doch, werde ich Ihnen Bescheid geben“, fügte sie hinzu, als sie seinen enttäuschten Blick bemerkte.

Da er sie nicht weiter bedrängte, ihn zu engagieren, fragte sie ihn, ob er Lust auf ein Eis habe, auch wenn sie sich von dem jungen Mann keine aufschlussreichen Details über den Mordfall erwartete.

„Immer“, sagte er lächelnd. Wenn er lächelte, sah er aus wie ein kleiner Junge.

***

Die Kleine musterte den Anwalt kritisch, schien zufrieden mit dem, was sie sah, und begann mit ihm auf Kroatisch zu plaudern.

Laura geriet ins Schwitzen. Sie hoffte, die Kleine würde nicht auf die Idee kommen, Patrik Vuković zu bitten, ihren Opa zu vertreten.

„Wir sollten lieber Deutsch sprechen“, sagte der Anwalt. „Sie verstehen kein Kroatisch, oder?“, wandte er sich an Laura.

„Nur ein paar Worte.“

Lily deutete auf ein Plakat in der Auslage des Eissalons. „Hast du gesehen, Eros Ramazzotti tritt an meinem Geburtstag hier auf. Kannst du nicht mit Opa reden? Er würde mir bestimmt eine Karte schenken“, sagte sie zu Laura.

„Ich fürchte, das Konzert ist längst ausverkauft. Aber ich kenne den Veranstalter. Vielleicht kann ich dir eine Freikarte oder sogar einen Backstage-Ausweis besorgen.“

„Das wäre mega!“

„Mal sehen, was sich machen lässt.“ Patrik zwinkerte Lily zu.

„Wäre das nicht auch etwas für Sie?“, wandte er sich grinsend an Laura.

Sie zuckte mit den Achseln. „Warum nicht. Ramazzotti ist ja eher was für meinen Jahrgang. Es wundert mich, dass du auf seine Musik stehst“, sagte sie zu Lily.

„Ich habe gedacht, ihr Jugendlichen fahrt mehr auf Techno oder Rap ab."

Sie warf einen zweiten Blick auf das Plakat. „Das Konzert ist erst in zwei Wochen, da werde ich sicher nicht mehr hier sein."

Bevor sie sich voneinander verabschiedeten, tauschten sie ihre Telefonnummern aus.

Patrik kehrte in die Kanzlei zurück, um dort weiter aufzuräumen. Lily und Laura gingen Richtung Parkplatz.

„Wolltest du nicht für Opa einen Anwalt suchen? Warum hast du den Typ nicht gleich engagiert?", fragte das Mädchen, als sie in Lauras Wagen stiegen.

„Weil er der Neffe des Ermordeten ist."

„Und wenn schon? Außerdem schien er nicht besonders traurig über den Tod seines Onkels zu sein."

„Das ist mir auch aufgefallen."

„Ich finde ihn cool. Und er trägt keinen Ehering. Hast du das bemerkt? Er ist an die 40, glaubst du nicht?"

„Keine Ahnung."

„Ich bin mir sicher, der hat sich in dich verknallt. Liebe auf den ersten Blick ..."

„Hör auf, Lily. Ich steh nicht auf solche Sunnyboys."

„Ich finde, er sieht super aus."

„Ja, Marke Womanizer eben", sagte Laura.

„Warum hast du eigentlich keinen Mann? Magst du keine Männer?"

„Oh ja, meine letzte Beziehung ist aber schon eine Weile her. Ich war sogar mal verheiratet. Aber jetzt habe ich andere Pläne. Männer spielen dabei keine Rolle. Ich kümmere mich erst einmal um mich selbst."

Lily runzelte die Stirn, stellte aber keine weiteren Fragen.

„Und was den Anwalt für deinen Opa betrifft, den will dein Vater besorgen."

Den Rest der Fahrt verbrachten sie schweigend. Lily hatte sich die Kopfhörer aufgesetzt und hörte Musik. Laura hing ihren eigenen Gedanken nach.

Beteuerte sie nicht zu oft, von Männern nichts mehr wissen zu wollen? Sie brauchte bloß an den großen, schlanken Kommissar mit den markanten Zügen zu denken und schon hatte sie Schmetterlinge im Bauch.

***

*Meine liebe Adriana, kaum warst du nach Wien entflogen, erlaubte ich mir mehr Freiheiten. Mit Josip war nichts mehr anzufangen. Er betrog mich ständig. Nicht mit einer anderen Frau, nein, so eine Art von Mann war er nicht. Er hatte nur eine einzige Geliebte und die hieß Alkohol. Nikola war zu einem schlauen, aufgeweckten Bürschchen herangewachsen. Er brauchte mich nicht mehr, trieb sich lieber mit seinen leider ziemlich suspekten Freunden herum, als daheim bei Mama zu hocken. Ich hatte volles Verständnis für ihn und begann ebenfalls das Leben ein bisschen zu genießen. Finanziell kamen wir so schlecht und recht über die Runden. Trotzdem leistete ich mir hin und wieder einen Konzert- oder Opernbesuch im Nationaltheater in Rijeka oder in der Arena von Pula.*

*Im Advent 1973, ich erinnere mich genau an diesen Tag, es war der 8. Dezember, habe ich Igor zufällig in Rijeka wiedergesehen. Er hatte das Jahr davor seine erste Frau Clara beerdigt. Sie war von Jugend an depressiv gewesen. Damals hatte man diese psychische Krankheit nicht sehr ernst genommen. Erst als sich ihr Zustand nach der Geburt ihres Sohnes Amino nicht gebessert, sondern eher verschlechtert hatte, zwang sie der General, einen Arzt aufzusuchen. Die Behandlung blieb leider wirkungslos. Sie erholte sich nicht mehr, sondern lebte fortan in ihrer eigenen Welt.*

*Als Amino zehn Jahre alt war, bereitete sie ihrem Leben ein Ende.*

*Der arme Junge fand seine Mutter erhängt am riesigen Lüster im Salon.*

*Jahrelang bildete er sich ein, das Unglück mitangesehen zu haben. Die Erinnerung an seine tote Mutter quälte ihn jede Nacht. Und eines Tages behauptete er, der General sei schuld an ihrem Tod. Clara hatte Igor oft mit Selbstmordversuchen erpresst. Amino hatte das mitbekommen. Wahrscheinlich hatte er aus diesen Szenen falsche Schlüsse gezogen. Als der General eines Tages den Lüster austauschte, schlug er auf seinen Vater ein und schrie: „Du hast sie umgebracht!"*

*Nach Claras Selbstmord stand Igor tatsächlich kurze Zeit unter Mordverdacht. Die Ermittlungen gegen ihn wurden aber rasch wieder eingestellt. Doch Amino bildete sich weiterhin ein, dass der General seine Mutter ermordet hatte. Er hasste ihn, bezeichnete ihn als Teufel.*

## 11.

Patrik Vuković rief Laura am nächsten Morgen an und bat sie um ein Treffen. Er beteuerte, gestern beim Aufräumen in der Kanzlei seines Onkels in jedem Winkel nachgesehen zu haben. Bedauerlicherweise war das Testament nirgends zu finden gewesen.

„Ohne Testament wird es schwierig werden, Ihre Ansprüche auf das Erbe Ihrer Großmutter geltend zu machen. Wir sollten miteinander überlegen, wie wir weiter vorgehen wollen."

Er bot an, sie in Rovinj zu besuchen. Da sie nichts zu tun hatte und die Atmosphäre im Haus ihrer Verwandten nicht gerade angenehm war, entschied sich Laura, noch einmal nach Pula zu fahren und sich mit Patrik zu treffen. Sie hoffte außerdem, dieses Mal die Chance zu bekommen, ihren Onkel im Untersuchungsgefängnis zu besuchen. Als Treffpunkt schlug Patrik ein Café am Rande des Marktes von Pula vor.

Laura war begeistert von dem großen Markt im Schatten hoher Laubbäume, die in gelblich-rötlichem Glanz erstrahlten. Auch die alte Art-Déco-Halle entsprach ihrem Geschmack.

Da sie zeitig dran war, schlenderte sie über den Markt, auf dem reges Treiben herrschte. Der verlockende Geruch von einem Kiosk, an dem Käse aus Schaf-, Ziegen- und Kuhmilch angeboten wurde, vermengte sich mit dem Duft nach frischen Kräutern und Gewürzen. An einem Stand mit regionalen Produkten kaufte sie zwei kleine Fläschchen Trüffelöl. Mischa würde sich darüber freuen. Ihr Vater liebte den Geschmack von Trüffeln.

Nach ihrem Rundgang über den Markt sah sie, dass Patrik schon an einem Tisch im Gastgarten des Cafés auf sie wartete.

Er sprang sofort auf und bot ihr seinen Platz in der Sonne an. Das gefiel ihr, sie mochte Männer mit guten Manieren.

Das leise Rascheln des Windes, der mit den orangeroten Blättern spielte, die warme, salzhaltige Luft, die freundlichen Gesichter der Leute an den Nebentischen und ihr hübscher, charmanter Begleiter stimmten sie zum ersten Mal, seit sie hier war, richtig froh.

Patrik bedrängte sie dieses Mal weniger, seine Mandantin zu werden. Sie hatte den Verdacht, dass er es für eine ausgemachte Sache hielt.

„Ich möchte zuerst Kontakt zum Stiefsohn meiner Großmutter aufnehmen. Leider habe ich ihn nie kennengelernt. Soviel ich weiß, wohnt er in der Villa, die ich geerbt haben soll."

„Das ist kein Problem. Wie lautet sein Name?"

„Dr. Amino Bogdanović."

„Das haben wir gleich."

Patrik zückte sein Handy, tippte kurz herum und fand sowohl eine Festnetz-Telefonnummer als auch die genaue Adresse der Villa.

„Soll ich für Sie dort anrufen?"

„Nein, nein, das mache ich lieber selbst. Sollte er weder Deutsch noch Englisch sprechen, gebe ich ihn an Sie weiter. Okay?"

Patrik widersprach nicht, sagte ihr brav die Telefonnummer an.

„Doktor Bogdanović", meldete sich ein Mann mit einer auffallend hohen Stimme.

Laura nannte ihren Namen und fragte, ob er Deutsch spreche.

Ein knappes „Ja".

Der Doktor war nicht unhöflich, sondern nur kurz angebunden. Er fragte, ob er sie später zurückrufen könne.

Laura gab ihm ihre Handynummer und hoffte, er würde sie notieren. Wenn nicht, wollte sie ihn später noch einmal anrufen.

„Eigentlich müsste er auch einen Termin bei Ihrem Onkel gehabt haben", sagte sie zu Patrik. „Ich nehme an, dass meine Großmutter ihm ebenfalls einiges hinterlassen hat."

„Da müssen wir die Sekretärin fragen. Die Polizei hat den Terminkalender meines Onkels leider mitgenommen."

„Der Kommissar wird das bestimmt herausfinden", murmelte Laura.

„Was machen Sie beruflich?“, wechselte Patrik das Thema.

„Ich bin in der Modebranche“, sagte Laura.

„Modedesignerin?“

Sie nickte.

„Wow!“

Seine Überraschung schien Laura nicht echt zu sein. Wahrscheinlich hatte er sie längst gegoogelt. Er gab sich schwer beeindruckt, wollte unbedingt mehr über ihre Arbeit wissen. Sie sprach nicht gerne über sich, schon gar nicht mit Fremden.

„Und Sie?“, stellte sie eine Gegenfrage. „Arbeiten Sie schon lange mit Ihrem Onkel zusammen?“

„Er wollte mich demnächst zu seinem Teilhaber machen. Aber erst muss ich die Notariatsprüfung bestehen. Beim ersten Mal bin ich durchgerasselt. Zu viel Arbeit. Außerdem bin ich nicht gerade ein strebsamer Mensch.“

Seine offene Art gefiel ihr.

Als Patrik sie für den kommenden Sonntag auf sein Boot einlud, zögerte sie nicht lange. Sie hatte keine Lust, das Wochenende im Kreis der Familie zu verbringen.

„Könnten wir zu den Brijuni-Inseln fahren?“, fragte sie. Die geheimnisumwitterten Inseln, auf denen sich Titos ehemalige Sommerresidenz befand, interessierten Laura schon lange.

„Ich fürchte, heute gibt es da keine großen Geheimnisse mehr“, deutete Patrik ihr Interesse richtig.

Ihr Handy läutete.

Viktor Novak.

„Wo sind Sie?“, fragte er anstatt einer Begrüßung.

„In Pula. Am Markt.“

„Haben Sie Hunger? Wir könnten uns zum Mittagessen im Dante Alighieri treffen.“

„Wo ist das?“

Er beschrieb ihr den Weg.

„Sagen wir in einer Stunde?“

„Okay.“

„Noch ein Termin?“, fragte Patrik.

Laura wollte ihm nicht auf die Nase binden, dass sie sich mit dem Kommissar verabredet hatte. „Ja, ich muss bald los.“

„Schade. Ich hätte mich gerne länger mit Ihnen unterhalten. Es gibt so vieles, was ich über Sie wissen möchte.“ Er sah ihr tief in die Augen.

„Wir sehen uns eh schon morgen wieder“, sagte Laura und stand auf.

„Darf ich Sie wenigstens ein Stück begleiten?“

„Lieber nicht, ich muss ein paar Besorgungen machen. Und beim Shoppen sind Männer nur im Weg.“

Er setzte an zu protestieren.

„Bis morgen!“, sagte Laura und brach auf.

„Okay. Sonntag um zehn Uhr in der Marina von Rovinj“, rief er ihr nach.

Sie spürte seine Blicke im Rücken, als sie schnellen Schrittes Richtung Fußgängerzone ging.

Da sie genügend Zeit bis zu ihrer Verabredung mit dem Kommissar hatte, setzte sie sich auf eine Bank in dem kleinen Park vor der Stadtmauer und rief ihren Vater an.

Sie beschrieb ihm kurz die zerrütteten familiären Verhältnisse, mit denen sie in Rovinj konfrontiert war. Er schien weder überrascht noch besonders interessiert zu sein.

„Die Hölle, das sind die anderen“, zitierte er seinen Lieblingsphilosophen Jean-Paul Sartre.

# 12.

Das Bistro Dante Alighieri lag an einem hübschen Platz gegenüber einer alten Kirche. Laura und der Kommissar trafen fast gleichzeitig vor dem Lokal ein. Sie setzten sich in die Nähe des Springbrunnens an einen Tisch unter einem großen Sonnenschirm.

Der Kellner begrüßte den Kommissar wie einen alten Bekannten und empfahl ihnen die grünen Ravioli, gefüllt mit Käse, Shrimps, Garnelen und Rucola, und dazu einen leichten Weißwein.

Obwohl Laura Ravioli liebte, entschied sie sich für das Risotto mit Scampi und weißen Trüffeln. Wenn sie schon mal im Trüffelparadies war, musste sie diese Spezialität auch kosten.

„Was führt Sie heute nach Pula?", fragte der Kommissar. „Ich nehme an, Sie wollen erneut versuchen, zu Ihrem Onkel vorzudringen", beantwortete er seine Frage selbst. „Aber das ist leider nicht möglich. Solange er sich in Untersuchungshaft befindet, darf ihn nur sein Anwalt besuchen."

Sein selbstgefälliger Ton missfiel Laura.

„Ich hatte ein Rendezvous", sagte sie bissig.

„Oh là là. Mit wem, wenn ich fragen darf?"

Dürfen Sie nicht, antwortete sie in Gedanken und beschloss ihn zu provozieren. „Das geht Sie im Grunde nichts an. Aber ich werde es Ihnen verraten. Ich habe mich mit meinem potentiellen Anwalt getroffen. Soviel ich weiß, kennen Sie Patrik Vuković, den Neffen des Notars."

„Der junge Vuković ist Ihr Anwalt?", rief Viktor Novak erstaunt.

„Pst! Das muss ja nicht die ganze Stadt erfahren."

„Sind Sie verrückt geworden? Das geht unmöglich! Der Mann gehört zwar nicht zu den Verdächtigen, ist aber als Neffe des Ermordeten in den Fall involviert ..."

„Ich werde einen Anwalt benötigen. Eine Testamentsvollstreckung ohne Testament, wie soll das funktionieren? Der Brief des Notars wird wohl nicht genügen, um meine Ansprüche geltend zu machen. Juristisch ist das alles unheimlich kompliziert."

„Und Sie glauben, dieser junge Mann kann Ihnen dabei helfen? Wie naiv sind Sie eigentlich? Patrik Vuković hat noch keine Notariatsprüfung. Wer weiß, ob er überhaupt als Anwalt zugelassen ist. Außerdem ist sein Ruf nicht der beste. Er war von seinem Onkel finanziell abhängig ..."

„Na und? Dann wird es erst recht Zeit, dass er eigene Mandanten an Land zieht."

„Hören Sie auf zu spotten. Das ist nicht lustig. Der alte Notar war ein eingefleischter Junggeselle. Patrik ist der Sohn seines jüngeren Bruders, der als schwarzes Schaf der Familie galt. Der Bursche kommt nach seinem Vater, taugt ebenfalls nicht viel, ist ein Angeber, klopft gern große Sprüche. Ich wage zu bezweifeln, ob der Typ schon jemals einen Gerichtssaal von innen gesehen hat."

„Sie raten mir also davon ab, Patrik Vuković zu engagieren? Ich werde darüber nachdenken. Bisher ist nichts entschieden."

Der Kommissar wirkte nach wie vor leicht verärgert, widmete sich nun aber seinen grünen Ravioli.

Laura lobte ihr Risotto und erzählte ihm während des Essens von Amino Bogdanović, dem Stiefsohn ihrer Großmutter, der die Villa in Opatija zurzeit bewohnte.

„Mir ist diese Sache fürchterlich unangenehm. Die Villa ist sein Zuhause. Manchmal denke ich, es wäre besser, das Erbe abzulehnen. Obwohl ich das Geld, das dieser

Besitz einbringen würde, wirklich nötig hätte. Ich könnte die Villa natürlich auch behalten und Herrn Bogdanović ein lebenslanges Wohnrecht garantieren. Ach, ich weiß einfach nicht recht, wie ich mich verhalten soll. Besitz belastet, sagt mein Vater oft. Ausnahmsweise muss ich ihm recht geben. Dabei gehört mir die Villa noch gar nicht ..."

„Eben. Darüber können Sie sich später den Kopf zerbrechen. Genießen Sie erst einmal den schönen Tag. Möchten Sie einen Nachtisch? Die haben hier das beste Tiramisù der Stadt."

Laura hatte schon bei ihrem ersten Treffen im Café Cvajner den Eindruck gehabt, dass der Kommissar Süßem nicht widerstehen konnte. Sie schlug vor, sich ein Tiramisù zu teilen.

Ein breites Grinsen erschien auf seinem schmalen Gesicht, als er bei dem netten Kellner eine extragroße Portion bestellte.

Lautes Geschrei erregte ihre Aufmerksamkeit. Ein kleiner Knirps war auf die niedrige Umrandung des Springbrunnens geklettert und ins Wasser gefallen. Das Geschrei stammte nicht von dem Kind, sondern von den aufgebrachten Frauen, die sich auf ihn stürzten. Jetzt erst begann auch der Kleine zu brüllen, der im seichten Wasser weiter plantschen wollte.

Lachend fragte Viktor, ob sie Kinder habe.

Sie schüttelte den Kopf. Ehe sie sagen konnte, dass ihr diese Frage schwer auf die Nerven fiel, erzählte er ihr, dass er nie Kinder gewollt hatte.

„Warum nicht?"

„Ich war zweimal verheiratet. Beide Ehen haben nicht lange gedauert. Stellen Sie sich bloß vor, was aus den armen Kindern geworden wäre. Sind Sie verheiratet?"

„Verwitwet. Mein Mann starb vor vielen Jahren bei dem Verkehrsunfall, von dem ich Ihnen schon erzählt habe. Fast wäre auch ich dabei ums Leben gekommen."

„Das tut mir sehr leid."

„Es ist lange her. Lassen wir das. Wie läuft die Untersuchung? Ich weiß, Sie dürfen mir nichts sagen, aber ich hoffe, Sie verdächtigen nicht mehr in erster Linie meinen Onkel. Könnte es nicht ein Einbruch gewesen sein? Patrik hat erzählt, dass sich in dem Tresor der Kanzlei mindestens 100.000 Dollar befunden haben. Viele Menschen werden wegen geringerer Beträge ermordet. Der Notar könnte den Einbrecher überrascht haben ..."

„Der Tresor wurde nicht aufgebrochen. Die Tür stand sperrangelweit offen. Das müssen Sie selbst festgestellt haben. Es ist also anzunehmen, dass ihn der Notar eigenhändig geöffnet hat."

„Oder die Sekretärin?"

„Okay, ich sehe, Sie werden keine Ruhe geben, bevor ich Sie nicht mit dem neuesten Stand der Ermittlungen vertraut gemacht habe." Er stieß einen tiefen Seufzer aus, schaute sie aber belustigt an.

„Die Sekretärin bestreitet, den Code zu kennen. Patrik Vuković hat ebenfalls behauptet, dass nur sein Onkel die Zahlenkombination wusste."

„Der Einbrecher könnte den Notar gezwungen haben, die Tür zu öffnen, und ihn anschließend niedergeschlagen haben."

„Möglich, doch nicht sehr wahrscheinlich. Wir ermitteln in alle Richtungen. Der Notar dürfte seinen Mörder persönlich reingelassen haben, denn die Sekretärin war nicht mehr dort."

„Als ich gekommen bin, sind alle Türen offen gestanden, sowohl die Eingangstür unten als auch die Tür der Kanzlei. Ich habe trotzdem unten bei der Gegensprechanlage angeläutet. Keiner hat sich gemeldet."

„Eben. Der Mörder hat wahrscheinlich Hals über Kopf die Flucht ergriffen, als Sie unten angeläutet haben."

„Sie glauben, er war noch im Haus?“, fragte Laura entsetzt.

„Das ist anzunehmen. Vielleicht hat er sich in einem der oberen Stockwerke versteckt, gewartet, bis Sie drinnen waren, und ist dann erst abgehauen.“

Gänsehaut überzog Lauras nackte Arme und kalter Schweiß brach aus, als sie sich ausmalte, was passieren hätte können, wenn sie den Mörder auf frischer Tat ertappt hätte.

***

Nachmittags fuhr sie zurück nach Rovinj. Im Hotel Luka war um diese Zeit nicht viel los. Die Familie Marković schien Siesta zu halten.

Laura packte ihre Badesachen zusammen, schnappte sich das Tagebuch ihrer Großmutter und spazierte hinüber zum Goldenen Kap. Sie brauchte dringend Ruhe und Zeit zum Nachdenken.

Es gibt so viele Schattierungen von Blau, dachte sie beim Anblick des Meeres, das in den seichten Buchten hellgrün schimmerte, weiter draußen fast königsblau war und sich am Horizont in ein sanftes Graublau verwandelte.

Als sie hinter einem dichten Gebüsch eine kleine Badebucht entdeckte, zog sie sich um und ging schwimmen.

Das Wasser war herrlich warm. Sie schwamm eine Stunde lang und bekam zum ersten Mal an diesem Tag einen klaren Kopf.

Danach setzte sie sich auf die warmen Steine und vertiefte sich in die Aufzeichnungen ihrer Großmutter.

***

*In meinen letzten Briefen habe ich dir von meiner neuen Familie erzählt. Lass mich heute wieder zu meinem für mich unerträglich gewordenen Leben in Rovinj zurückkehren.*

*Glaubst du eigentlich an das Schicksal, mein Liebling? Ich bin mir sicher, dass es schicksalshafte Fügungen gibt.*

*Nach unserem zufälligen Treffen in Rijeka nahmen Igor und ich wieder Kontakt miteinander auf. Ich schrieb ihm lange Briefe, die er allerdings nicht beantworten durfte. Ich hatte zu viel Angst, dass Josip sie in die Finger kriegen könnte. Aber Igor rief mich oft vormittags an, wenn Josip in der Arbeit war.*

*Und nach ein paar Monaten trafen wir uns heimlich in Rijeka. Ich gab vor, einen Ballettabend in der Oper zu besuchen. Stattdessen ging ich mit Igor abendessen. Danach landeten wir in einem Hotel. Ich hatte das nicht beabsichtigt, aber er war einfach unwiderstehlich ... Es war eine der schönsten und aufregendsten Nächte meines Lebens.*

*Als ich am nächsten Tag nach Hause zurückkehrte, erzählte ich Josip die Wahrheit und kündigte ihm an, dass ich ihn verlassen würde.*

*Die Schilderung seiner Reaktion erspare ich dir, mein Liebes. Nur eines sei gesagt, dieses Mal schlug er auch mich. Es war das erste und letzte Mal.*

*Ich harrte noch ein paar Monate in Rovinj aus, wartete, bis dein Bruder Nikola das Gymnasium abgeschlossen hatte und zum Militär gegangen war. Diese Monate waren die reinste Qual für mich. Josip sprach in nüchternem Zustand kein Wort mehr mit mir. Wenn er betrunken war, schloss ich mich in meinem Zimmer ein und zitterte vor Angst, dass er die Tür eintreten würde. Tagsüber ging ich ihm aus dem Weg, so gut ich konnte. Als er mich einmal am frühen Abend erwischte, drohte er, mich umzubringen. Zum Glück schritt Nikola rechtzeitig ein. Er war ein großer, kräftiger Junge und gemeinsam gelang es uns, den stockbetrunkenen Josip zu überwältigen und im Bad einzusperren. Du warst damals ja bereits in Wien und sehr verliebt in diesen Journalisten, den ich leider nie kennengelernt habe. Ich wollte dich nicht mit meinen Problemen belästigen. Deshalb habe ich dir erst Bescheid gegeben, als ich zum General nach Opatija gezogen war. Ja, ich habe dich damals vor vollendete Tatsachen gestellt. Was du mir verständlicherweise schwer verübelt hast.*

*Mir war nicht wohl dabei, als verheiratete Frau bei einem anderen Mann zu leben, aber ich hatte keine Wahl. Ich musste ein Jahr getrennt von Josip leben, da er sich weigerte, in die Scheidung einzuwilligen.*

*1975 war die Scheidung endlich durch. Ich verzichtete auf alles, stellte keinerlei Ansprüche an Josip. Eine Woche später heirateten Igor und ich.*

*Die Familie Marković brach den Kontakt zu mir ab. Auch du, mein liebes Kind, scheinst es mir übelgenommen zu haben, dass ich die Familie im Stich gelassen hatte. Nur mein kleiner Nico besuchte mich heimlich hin und wieder. Er erzählte mir, dass Josip alles, was ihn an mich erinnerte, verbrannt hatte. Mein erster Mann hat mir nie vergeben. Für ihn war ich tot.*

*Der arme Josip war seit seiner Jugend dem Alkohol zugeneigt. Ich fürchte, dass seine jahrelange Trinkerei eine starke Persönlichkeitsveränderung mit sich gebracht hat. Als ich ihn kennenlernte, war er ein ruhiger, besonnener Mann, aber gern getrunken hatte er schon damals. Im Laufe unserer Ehe wurde er sehr aufbrausend und jähzornig. Ich fürchtete mich nicht ernsthaft vor ihm, und er hob, bis auf das eine Mal, nie die Hand gegen mich, er wurde nur verbal ausfallend. An all die Gemeinheiten, die er mir während unserer Ehe an den Kopf warf, will ich lieber nicht mehr denken.*

*Hauptsächlich ließ er seine Wut an deinem Bruder aus. Nach der Scheidung wurde es besonders schlimm. Als Josip dahinterkam, dass Nico mich hin und wieder besuchte, ging er mit einem Messer auf ihn los. Die Narbe an Nicos linkem Unterarm stammt von dieser Attacke. Obwohl ihm Josip jeden weiteren Kontakt mit mir verboten hatte, besuchte mich Nico weiterhin manchmal in Opatija. Vielleicht auch nur, weil er auf mein Geld angewiesen war?*

*Ich fürchte, du warst damals wegen der Scheidung sehr böse auf mich, meine liebe Adriana. Oder gab es einen anderen Grund, warum du meine vielen Briefe nie beantwortet hast? Vielleicht wirst du mir vergeben, wenn du diese Zeilen liest.*

***

Empörung, Entsetzen, Mitgefühl, Trauer. Laura kämpfte mit den unterschiedlichsten Gefühlen. Sie konnte es nicht fassen, dass ihr Großvater so ein brutaler und gemeiner Mensch gewesen war. Wie hatte es Natalija nur so lange mit ihm aushalten können?

## 13.

Am Sonntagmorgen kam Laura pünktlich um zehn in die Marina von Rovinj.

Patrik erwartete sie mit zwei Pappbechern in den Händen vor einem Café an der Uferpromenade.

„Ich habe uns Kaffee besorgt, wir können gleich losfahren."

Er reichte ihr einen der Becher.

Der schnittige, etwa fünf Meter lange Daycruiser des Anwalts hatte keine Kajüte, aber ein geräumiges Sonnendeck und viele PS.

Patrik klärte sie stolz darüber auf, dass sein Motorboot ein amerikanisches Fabrikat und funkelnagelneu war.

Er erwies sich als sehr aufmerksamer Skipper, platzierte sie neben sich und dem Steuer, sodass sie durch die hohe Windschutzscheibe vor Wasserspritzern geschützt war.

Laura machte es sich auf dem mit weißem Kunstleder überzogenen Sitz bequem und trank ihren Caffè Latte. Er schmeckte nicht einmal so schlecht.

„Sie müssen entschuldigen, ich bin leider übernächtig. Ein Freund von mir hat gestern seine Junggesellenabschiedsparty gefeiert. Wir haben es ein bisschen zu wild getrieben. Ich bin erst um vier Uhr früh ins Bett", sagte er.

Eine große schwarze Sonnenbrille bedeckte fast die Hälfte seines Gesichts.

„Trotzdem fühlen Sie sich fit genug für einen Bootstrip?" Sie verkniff sich ein Grinsen.

„Meine Quicksilver fährt von allein", scherzte er und gab mächtig Gas, obwohl sie sich noch in der Marina befanden.

Während der Fahrt erzählte er ihr die Geschichte der Brijuni-Inselgruppe in Kurzfassung. Er schrie beinahe, dennoch verstand sie nur jedes zweite Wort.

„Der Großindustrielle Paul Kupelwieser, übrigens ein Österreicher, hat 1893 die 14 Inseln gekauft. Er hat geplant, dort ein Ferienparadies zu erschaffen. Ich werde Ihnen heute die Hauptinsel Veliki Brijuni zeigen. Sie liegt nur drei Seemeilen vom Festland entfernt. Die Inseln waren schon in der Römerzeit besiedelt, früher waren sie eine einzige Brutstätte für Moskitos. Außer ein paar alten Gebäuden hat es nur Sümpfe und wuchernde Macchia gegeben. Kupelwieser hat das dichte Gestrüpp roden und Palmen, Zypressen und andere Bäume pflanzen lassen. Er hat Wiesen und Felder angelegt sowie Straßen, einen neuen Hafen und ein kleines Hotel gebaut. Doch die Insel war nach wie vor mit Malaria verseucht. Er selbst wäre beinahe daran gestorben. Also hat er den berühmten deutschen Bakteriologen Robert Koch zu Hilfe gerufen. Der hat ihm zwei seiner Mitarbeiter geschickt und ein Jahr später war Brijuni so gut wie frei von Malaria."

Patrik klang wie ein wandelnder Wikipedia-Artikel. Er erzählte, dass Kupelwieser elegante Hotels, Badeanstalten, Parks und sogar einen Golfplatz errichten ließ. Die Insel sei zu einem beliebten Treffpunkt für die damalige High Society geworden. Nicht nur Adelige und gekrönte Häupter wie der deutsche Kaiser Wilhelm II. und der österreichische Thronfolger Franz Ferdinand hätten sich hier getroffen, sondern auch Künstler und Intellektuelle wie Arthur Schnitzler, James Joyce, Thomas Mann, Sigmund Freud und Gustav Klimt. 1911 habe Carl Hagenbeck einen Tierpark auf der Insel eröffnet. „Auf einmal tummelten sich hier Strauße, Flamingos, Antilopen, Steinböcke, Affen und sogar Eisbären."

„Das ist ja irre. Eisbären in diesem Klima?"

„Ich fürchte, sie werden nicht lange überlebt haben. Jedenfalls sind jährlich rund 50.000 Touristen angereist. Und eurem Erzherzog Franz Ferdinand gefiel der Inselarchipel so gut, dass Kupelwieser befürchtet hat, von ihm enteignet zu werden. Zu seinem Glück wurde der Thronfolger in Sarajewo erschossen. Der Ausbruch des Ersten Weltkriegs hat auch den Niedergang des Kupelwieser-Imperiums mit sich gebracht. Die Brijuni-Inseln wurden zu einem U-Boot-Stützpunkt. Nach dem Krieg wollte Kupelwiesers Sohn Karl das Erbe seines Vaters in neuem Glanz erstrahlen lassen und ist zuletzt auf seinen hohen Schulden sitzengeblieben. Nach Beginn der Weltwirtschaftskrise hat er sich erschossen."

„Sie wissen richtig gut Bescheid", sagte Laura.

„Habe mich extra für Sie vorbereitet." Patrik grinste sie wieder einmal an wie ein kleiner Junge.

„1945 wurden die Inseln von den Alliierten bombardiert und die Gebäude großteils völlig zerstört. Nach dem Ende des Zweiten Weltkriegs fiel der ganze Archipel an Jugoslawien. Staatschef Tito hat sich die Inseln persönlich unter den Nagel gerissen. Darüber erzähle ich Ihnen im Museum mehr. Wir sind gleich da."

Nachdem sie das Motorboot an der Mole festgemacht hatten, steuerte Patrik zielsicher auf einen Standplatz für Golfwagen zu, der sich hinter den Hotels im Hafen befand.

„Die Insel ist fünf Kilometer lang und breit, da nehmen wir lieber einen Caddy", sagte er. „Veliki Brijuni ist Naturschutzgebiet und autofrei."

Laura, die noch nie mit einem Golf-Caddy herumkutschiert war, bat ihn, sie ans Steuer zu lassen.

„Gerne", sagte Patrik und zeigte ihr, wie das Ding funktionierte.

Sie fuhr vorsichtig. Der kleine, leichte Wagen war ihr nicht geheuer. Die Kurven nahm sie im Schritttempo.

Den ersten Halt legten sie bei einer kleinen Kirche aus dem 15. Jahrhundert ein. Laura bewunderte die Fresken, vor allem die Kopie des berühmten Totentanzes.

„Das Original kann man in Beram besichtigen", sagte Patrik. „Wenn Sie sich dafür interessieren, können wir demnächst mal gemeinsam hinfahren. Aber lassen

Sie uns Du sagen. Ich glaube, wir sind ungefähr im selben Alter."

Laura amüsierte sich über seine Unverfrorenheit. Eigentlich hätte er warten müssen, bis sie ihm das Du-Wort anbot. Nicht nur weil sie eine Frau war, sondern auch, weil er sicher ein paar Jährchen jünger war als sie.

Der Himmel war wolkenlos. Die Wetter-App auf ihrem Handy zeigte angenehme 28 Grad an.

„Was für ein herrlicher Spätsommertag! Momentan habe ich das Gefühl, mich auf Urlaub zu befinden", sagte sie.

Vor dem Eingang des Museums stand ein alter, gepflegter Cadillac. Laura hatte für alte amerikanische Schlitten viel übrig und bewunderte den Wagen von allen Seiten.

„Den hat Tito bei einem USA-Besuch von Auslands-Jugoslawen geschenkt bekommen. Um die Kleinigkeit von 700 Euro kann man ihn für einen Ausflug mieten", sagte Patrik und blickte sie fragend an.

„Nein danke, der Caddy genügt mir."

Die Tierpräparate und archäologischen Ausgrabungsfunde im Erdgeschoss interessierten Laura nicht besonders. Die Fotodokumentation „Tito auf Brioni" im ersten Stock weckte hingegen sehr wohl ihr Interesse.

Zu sehen gab es unzählige Jugendfotos von Josip Broz Tito: Tito im Partisanenkampf, Tito als Führer der Jugoslawischen Volksarmee, die 1945 aus den Partisaneneinheiten gebildet worden war, und Tito mit Polit-Prominenz aus aller Welt.

Aufmerksam las Laura die Bildunterschriften.

1948: Bruch zwischen Jugoslawien und der damaligen Sowjetunion. 1956: Tito gründete mit den Staatspräsidenten Nasser aus Ägypten und Nehru aus Indien auf Brijuni die Bewegung der „Blockfreien Staaten". Ein Zusammenschluss politisch unabhängiger Staaten, die sich nicht von den Supermächten kontrollieren und vereinnahmen lassen wollten.

Patrik, der bisher schweigend neben ihr hergegangen war, fühlte sich nun wieder bemüßigt, den Fremdenführer zu spielen.

„Den ehemaligen Präsidentensitz und zweiten Regierungssitz von Tito kann man leider nicht besichtigen. Dort finden bis heute Meetings hoher Politiker statt. Marschall Tito hat angeblich die Hälfte des Jahres hier verbracht. Er hat sich eine ‚Weiße Villa' errichten lassen und dort Staatsgäste aus aller Welt empfangen. Willy Brandt, Fidel Castro, Leonid Breschnew, alle haben ihm hier ihre Aufwartung gemacht. Auch Weltstars wie Sophia Loren, Gina Lollobrigida und Hollywoodgrößen wie Elizabeth Taylor und Richard Burton waren zu Gast. Vor einiger Zeit, also lange nach Titos Tod, war sogar John Malkovich hier, er ist ja kroatischer Abstammung. Titos vierte Ehefrau lebte ab 1977 ganzjährig auf der Insel Vanga in der privaten Residenz des Präsidenten. Sie war Serbin."

„Und Tito war Kroate, oder?"

Er nickte. „Das war damals kein Problem. Auch heute heiraten Kroaten und Serben. Nicht alle unsere Leute sind verbohrte Nationalisten."

„Habe ich nicht behauptet."

„Das war nicht auf dich gemünzt. Drei Jahre nach Titos Tod wurde aus den Inseln ein Nationalpark."

Sie fuhren vorbei an mediterranen Steineichen, die einen Golfplatz begrenzten.

„Das ist ein ökologischer Golfplatz, er wird nicht künstlich bewässert", sagte Patrik und sah sie beifallsheischend an.

„Ich weiß, es ist der älteste Golfplatz Europas, ich habe mich auch im Internet schlaugemacht."

Als sie beim Safaripark angelangt waren, hielt Laura an.

Sie ließen den Golf-Caddy stehen und gingen zu Fuß weiter, trafen auf Zebras und ein Lama und erblickten in der Ferne auch Damwild, Strauße und sogar Shetlandponys.

„Die Ponys waren ein Geschenk von Königin Elisabeth II. und die alte Elefantendame dort vorne hat einst Indira Gandhi mitgebracht. Der zweite Elefant ist leider vor langer Zeit gestorben."

Als sie weiterfuhren, übernahm Patrik das Steuer, damit Laura die Fahrt durch die Wälder voller Lorbeerbäume, Kiefern und Eukalyptus genießen konnte.

Sie kamen zu einem Kakteengarten. Patrik meinte, die lila Früchte würden im Oktober reif sein, und zeigte ihr auch einen 1600 Jahre alten Olivenbaum, der immer noch Früchte trug.

Bei der Verige-Bucht mit den Überresten der kaiserlichen Sommerresidenz aus dem 1. Jahrhundert nach Christus hielt Patrik wieder an.

Das seichte Wasser leuchtete in wunderschönen Türkistönen. Ein laues Lüftchen machte die Hitze erträglich.

„Ist das nicht ein romantisches Plätzchen", fragte er und legte den Arm um ihre Schultern.

„Ja, sehr hübsch ... aber lass das!"

„Hier stand einst ein Tempel der Venus, der Göttin der Liebe."

Er beugte sich zu ihr hinab und traf Anstalten, sie zu küssen.

Eine rasche Kopfbewegung und sein Kuss landete auf ihrer Wange.

„Komm jetzt, wir müssen weiter", sagte sie.

Als sie an einem abgezäunten Gelände, auf dem sich Titos Bijela Vila befand, vorbeifuhren, war sie enttäuscht, weil sie keinen Blick auf die Weiße Villa erhaschen konnte. Die Residenz war umgeben von üppigem Grün und daher vom Weg aus nicht zu sehen.

„Marschall Tito scheint eine Vorliebe für Weiß gehabt zu haben. Er hat sich nicht nur seine Villa weiß streichen lassen, sondern trug auch auf den meisten Fotos einen weißen Anzug oder eine weiße Uniform", sagte sie.

„Die Farbe der Unschuld eben", lästerte Patrik.

„Philosophisch betrachtet steht die Farbe Weiß für alles. Aus physikalisch-technischer Sicht ist Weiß aber keine Farbe", sagte Laura. „Was wir als weiß wahrnehmen, besteht aus der Summe aller Farben. Übrigens trage ich selbst gerne weiße Kleidung."

Patrik, der sich nicht besonders für Farbenlehre zu interessieren schien, fuhr fort: „Mein Onkel war ein glühender Verehrer von Staatspräsident Tito. In seiner Jugend hat er den Marschall einmal persönlich getroffen. Er hat ihn für seine herausragenden Leistungen im Geräteturnen ausgezeichnet. Das war natürlich lange vor meiner Geburt. Ich bin Jahrgang 1984 und habe zum Glück vom Tito-Kommunismus nichts mehr mitgekriegt. Meine Eltern sind, als ich zwei Jahre alt war, mit mir nach Deutschland ausgewandert. Kurz nach unserer Ankunft in Frankfurt hat sich mein Daddy aus dem Staub gemacht. Meine Mutter hat mich allein großgezogen. Sie starb, als ich 14 war, und ich wurde in ein Heim gesteckt. Dort blieb ich nicht allzu lange. Als der Krieg in Jugoslawien zu Ende war, kehrte ich nach Pula zurück. Meinem Onkel blieb nichts anderes übrig, als mich bei sich aufzunehmen. Und dafür werde ich ihm ewig dankbar sein. Allerdings hat er mich gezwungen, Jura zu studieren. Obwohl ich zweisprachig aufgewachsen bin, hatte ich vor allem schriftlich Probleme in Kroatisch. Entsprechend lange hat auch mein langweiliges Studium gedauert."

„Was hättest du denn lieber studiert?", fragte Laura.

„Gar nichts. Ich wollte arbeiten, viel Geld verdienen, hatte einige gute Ideen. Zuerst wollte ich eine Bar übernehmen. Später hatte ich vor, in das Yachtcharter-Geschäft einzusteigen. Leider fehlte mir für beides die Kohle. Mein Onkel dachte nicht im Traum daran, meine Pläne zu unterstützen."

„War vielleicht besser so. Ein Notariat ist doch ein lukratives Business."

„Wenn du meinst." Er klang nicht gerade begeistert.

Nachdem sie den Golfcart zurückgegeben hatten, schlenderten sie durch eine Pappelallee zur Gedenkstätte für Robert Koch.

Laura war schon während der kleinen Rundfahrt nicht auf Patriks Annäherungsversuche eingestiegen; als er nun wieder seinen Arm um ihre Taille legte und sie an sich zog, schob sie ihn unsanft weg. Sie fand ihn sympathisch, doch er war nicht ihr Typ. Patrik hatte etwas Bubenhaftes an sich, wirkte fröhlich und unbekümmert. Obwohl er nur sechs Jahre jünger war als sie, kam er ihr vor wie ein großer, unreifer Junge.

Er war bemüht, seine wahren Gefühle zu verbergen, wollte cool wirken und um jeden Preis gefallen, und er schien nichts ernst zu nehmen. Selbst als er ihr von seiner schwierigen Kindheit und Jugend erzählt hatte, war sein Ton scherzhaft gewesen.

Inzwischen hatten die meisten Ausflügler die Insel wieder mit der Fähre nach Fažana verlassen. Nur auf den Terrassen der drei Hotels genossen ein paar Gäste die Nachmittagssonne. Sonst war weit und breit keine Menschenseele zu sehen.

Plötzlich umarmte Patrik sie und versuchte ein zweites Mal, sie zu küssen.

„Das geht mir zu schnell“, sagte sie.

„Ich habe noch nie so eine tolle Frau wie dich gekannt.“

„Na na, übertreib nicht ...“

„Ehrlich. Du bist ...“

„Müde. – Lass uns zurückfahren.“

Schweigend spazierten sie zur Anlegestelle.

„Bist du böse auf mich? Habe ich dich gekränkt?“, fragte Patrik plötzlich mit unsicherer Stimme.

Ein Anruf von Viktor Novak rettete sie aus der Verlegenheit.

## 14.

„Wir müssen reden. Es gibt noch einen Todesfall“, sagte Viktor. „Frau Horvat, die Sekretärin des Notars, ist tot. Sieht nach Selbstmord aus. Eine Nachbarin hat sie heute früh mit aufgeschnittenen Pulsadern in der Badewanne gefunden.“

„Mein Gott“, stöhnte Laura.

„Was ist los?“, fragte Patrik.

Sie ignorierte seine Frage, hörte dem Kommissar weiter zu.

„Wir haben in ihrem Haus eine größere Menge Bargeld in ausländischer Währung entdeckt, das aus dem Tresor des Notars stammen könnte. Übrigens ist bei der Hausdurchsuchung auch eine beglaubigte Kopie des Testaments Ihrer Großmutter aufgetaucht. Die Sekretärin hatte es in einem Aktenordner mit der Aufschrift Vuković ordentlich abgelegt.“

„Wieso hat sie es mit nach Hause genommen?“

„Keine Ahnung. Ich hoffe, wir werden das bald herausfinden. Unsere IT-Spezialisten werden ihren PC und ihr Handy genau unter die Lupe nehmen. Wo sind Sie momentan?“

„Auf Brijuni.“

„Brijuni? Was machen Sie denn dort?“

„Ich wandle auf Titos Spuren“, sagte sie. „Aber ich kann in einer guten Stunde bei Ihnen sein. Wo sollen wir uns treffen?“

„Kennen Sie das Franziskanerkloster in Pula? Schräg gegenüber befindet sich das Häuschen der Sekretärin. Ich werde hier sicher noch eine Stunde zu tun haben. Am besten, Sie kommen zum Stiegenaufgang des Klosters.“

„Alles klar. Bis später.“

„Das war Kommissar Novak. Bring mich bitte so rasch wie möglich nach Pula. Die Sekretärin deines Onkels hat sich umgebracht.“

„Was? Das darf nicht wahr sein.“

„Sie hat sich die Pulsadern aufgeschnitten und ist verblutet.“

„Wie grauenhaft!“

„Die Polizei hat übrigens eine Kopie des Testaments meiner Großmutter in ihrem Haus gefunden. Dieser Fall wird immer mysteriöser. Kannst du dir erklären, warum sie diese Kopie mit heimgenommen hat?“

„Sie hat öfters Arbeit mit nach Hause genommen. Die Horvat war entsetzlich umständlich und nicht mehr die Schnellste. Ich glaube, mein Onkel hat sie aus purer Sentimentalität nicht in Pension geschickt. Die beiden haben vor einer kleinen Ewigkeit mal ein Verhältnis miteinander gehabt. Sie war ihm bis heute treu ergeben. Er hat das beinhart ausgenützt, sie schlecht bezahlt und oft mies behandelt.“

„Wie alt war sie?“

„Ich weiß es nicht so genau. Anfang 60? Mein Onkel war an die 70 und hat ebenfalls nicht ans Aufhören gedacht. Ich habe ihm zigmal vorgeschlagen, die Kanzlei zu übernehmen. Davon wollte er nichts hören. Er war ein sturer alter Bock."

Laura sah Patrik irritiert an. „Du hast ihn nicht gemocht?"

„Oh doch. Er war wie ein Vater für mich. Aber wir hatten halt ein paar Meinungsverschiedenheiten, so wie es zwischen Vätern und Söhnen üblich ist. Im Grunde kamen wir gut miteinander aus. Ich kann mich wirklich nicht beklagen. Immerhin hat er mir mein Studium finanziert, obwohl er sonst eher kleinlich und pedant war."

Allzu gut scheint das Verhältnis zwischen Onkel und Neffen nicht gewesen zu sein, dachte Laura nicht zum ersten Mal und kam wieder auf den Tod der Sekretärin zu sprechen.

„Hast du eine Ahnung, warum sich Frau Horvat umgebracht haben könnte?"

Patrik zuckte mit den Achseln.

„Was weiß ich? Vielleicht war die alte Jungfer nach wie vor in meinen Onkel verliebt? Wahrscheinlich hat sie seinen Tod nicht verkraftet. Es wäre möglich, dass sie ohne ihn nicht weiterleben wollte. Wahre Liebe und so ..."

Sein Humor war eher gewöhnungsbedürftig. Laura empfand sowohl seine Bemerkungen über seinen ermordeten Onkel als auch über dessen Sekretärin als taktlos und zynisch. Sie konnte seinen spöttischen Ton schwer ertragen.

Mittlerweile waren sie bei seinem Boot angelangt. Als sie losfuhren, war kein Gespräch mehr möglich. Das laute Motorengeräusch übertönte jedes Wort. Die Sonne, das Meer, die klare, weite Sicht. Laura gelang es nicht, all das und die Bootsfahrt zu genießen. Die

Tote in der Badewanne ging ihr nicht aus dem Sinn. Der nackte Körper einer älteren Frau, den Blicken und womöglich blöden Kommentaren jüngerer Männer erbarmungslos ausgeliefert ... Viktor Novak war sicher erhaben über ihren Verdacht. Dennoch schauderte ihr bei dieser Vorstellung.

Patriks weißer BMW stand bei der Anlegestelle in Pula. Von dort waren es nur mehr wenige Autominuten zum Franziskanerkloster.

Er wollte bei dem Treffen mit Kommissar Novak unbedingt dabei sein.

„Als dein Anwalt muss ich an deiner Seite sein. Ich kenne diesen Kommissar schon länger. Er ist ein scharfer Hund. Wer weiß, ob er dich nicht in eine Falle lockt. Schließlich hast du die Leiche meines Onkels gefunden."

„Das ist absurd. Viktor Novak weiß, dass ich nichts mit dem Mord zu tun hatte."

„Ich wäre mir da an deiner Stelle nicht so sicher. Auf jeden Fall möchte ich verhindern, dass er dir unangemessene Fragen stellt."

„Ich glaube nicht, dass ich einen Anwalt benötigen werde. Auf jeden Fall möchte ich zuerst noch einmal mit dem Kommissar allein reden."

Sie ärgerte sich, es nicht zu schaffen, Patrik ein für alle Male klarzumachen, dass sie ihn nicht als Anwalt engagieren wollte. Nach diesem schönen, aber anstrengenden Ausflug auf die Brijuni-Inseln hatte sie jedoch keine Lust auf eine langwierige Diskussion.

Widerwillig ließ Patrik sie oberhalb des steilen Weges, der zum Franziskanerkloster hinunterführte, aussteigen.

„Warte einen Moment, bitte!", sagte er, als sie die Autotür öffnete. „Mir ist gerade der Gedanke gekommen, dass Dora Horvat durchaus ein Motiv hatte, meinen Onkel zu ermorden."

„Wie bitte?“

„Wie ich vorhin erwähnt habe, hat er schon längere Zeit vorgehabt, sie demnächst in den Ruhestand zu schicken. Er trug sich seit Monaten mit diesem Gedanken, hat es aber nie übers Herz gebracht, es ihr zu sagen. Vielleicht hat er ihr an jenem Tag gekündigt? Sie könnte die Kontrolle verloren haben. Tja, ich weiß, das klingt unwahrscheinlich. Doch Frauen in Wut sind zu allem fähig.“

„Nicht nur Frauen“, sagte Laura empört.

„Ich meine ja nur ... Jedenfalls sollte man diesen Verdacht nicht außer Acht lassen.“

Mehr als unwahrscheinlich, dachte Laura. Ein 70-jähriger Notar warf doch nicht kurz vor seinem Pensionsantritt seine langgediente Sekretärin raus, nur weil sie ein bisschen langsamer geworden war.

„Ich kann mir schwer vorstellen, dass sie ihn ermordet hat. Mich irritiert allerdings das viele Bargeld, das die Polizei in ihrem Haus gefunden hat. Kommissar Novak vermutet, es könnte aus dem Tresor deines Onkels stammen ...“

„Da haben wir ja noch ein Motiv“, unterbrach Patrik sie. „Frau Horvat hat sicher die Geheimzahlen gekannt.“

„Und nachdem sie ihn bestohlen hatte, brachte sie sich aus lauter Schuldgefühlen selbst um?“ Ihr war deutlich anzumerken, was sie von dieser Theorie hielt.

## 15.

Patrik hatte Laura an der Rückseite des Franziskanerklosters aussteigen lassen. Eine steile, enge Gasse führte hinunter zum Eingang, wo Viktor Novak sie beim Stiegenaufgang erwartete. Er starrte sie finster an.

„Frau Horvat wohnte dort drüben“, sagte er anstatt einer Begrüßung.

Er zeigte auf einen gepflegten Garten hinter einer hohen Mauer. In der Mitte des Grundstücks stand ein von Efeu überwuchertes kleines Haus.

„Wir können nicht hinüber. Die Spurensicherung ist noch nicht fertig. Setzen wir uns in den Klosterhof. Dort können wir in Ruhe reden.“

Als Laura ihm die Stufen hinauf zur Kirche folgte, blieb sie kurz stehen, um die schöne Rosette an dem romanischen Portal zu betrachten. Sie war angespannt, das bevorstehende Gespräch mit dem Kommissar beunruhigte sie.

Viktor Novak schien ihre Unruhe zu bemerken.

„Werfen Sie einen Blick hinein, wenn Sie möchten. Die Kirche ist offen“, sagte er und zündete sich eine Zigarette an. Laura nahm dieses Angebot gerne an.

Der hölzerne Flügelaltar war ein typisches Beispiel für die istrische Sakralkunst. Sehenswert war auch eine gotische Madonnen-Skulptur.

Laura verweilte nur kurz in dem romanischen Gotteshaus. Dann setzte sie sich zu ihm auf eine morsche alte Holzbank unter den prächtigen Arkaden des Klosterhofs.

Viktor wirkte entspannter als vorhin. Er schaute sie bewundernd an. Sie war braun gebrannt und ihr langes blondes Haar leuchtete golden in der Abendsonne. Trotz des langen, anstrengenden Tages sah sie in ihrem hellblauen Seidenhemd und ihren Jeans fast aus wie ein junges Mädchen.

Eine Weile schwiegen beide.

„Wollten Sie mir nicht erzählen, was genau passiert ist?“, fragte Laura.

Er strich sich mit der Hand die Haare aus der Stirn und sagte leise: „Ich habe all diese Leichen sowas von satt. Wahrscheinlich sollte ich den Beruf wechseln. Ich werde mich wohl nie an den Anblick von Toten gewöhnen. Die arme Frau lag in einer bis zum Rand gefüllten Badewanne. Sie hat sich die Pulsadern senkrecht aufgeschnitten. Meine Leute haben zwei Rasierklingen am Boden der Wanne gefunden. Ich habe noch vor kurzem mit ihr gesprochen. Sie hat auf mich nicht den Eindruck gemacht, depressiv zu sein. Im Gegenteil, sie hat sehr gefasst gewirkt."

„Wann genau haben Sie mit ihr geredet?"

„Gestern Vormittag. Sie hat ausgesagt, dass der Notar auch Ihren Onkel und Dr. Bogdanović über das Testament informiert hatte. Ihre Großmutter hat den Notar vor etwa zwei Monaten zu sich in die Villa in Opatija bestellt. Die Sekretärin ist mitgekommen und hat das Testament als Zeugin unterschrieben. Sie hat mir von Ihrer Großmutter erzählt. Angeblich war die alte Dame geistig voll da, aber eben nicht mehr mobil, sondern körperlich sehr schwach."

Er interpretierte Lauras Seufzer richtig und erzählte ihr nun, was in dem Testament verfügt worden war.

„Sie hat Ihnen tatsächlich die Villa und das große Grundstück in Opatija hinterlassen. Außerdem hat sie Ihnen ihren Schmuck, ihre Pelzmäntel, ihr wertvolles Porzellan und anderen Hausrat vermacht. Ihr Stiefsohn Amino Bogdanović erbt nur ein Sparbuch bei der Banca d'Italia in Triest. Sie hat verfügt, dass er die Begräbniskosten bezahlen soll. Übrigens wünschte sie sich eine Urnenbestattung. Sie überschrieb ihm auch ein paar Gemälde, die seiner Mutter gehört hatten. Ihr Onkel Nikola soll ein altes Segelboot bekommen. Ja, und Goran, dem Gärtner, hinterließ sie einen Jeep und einen alten roten Mercedes, den sich der General kurz vor seinem Tod angeschafft hatte."

„Das Testament interessiert mich momentan weniger", sagte Laura. „Selbstverständlich freue ich mich, dass zumindest eine Kopie davon gefunden wurde. Aber ich frage mich, ob wegen dieses Testaments zwei Menschen sterben mussten. Irgendwie kann ich mir das nicht vorstellen."

„Es muss kein Zusammenhang zwischen den Morden und dieser Erbschaftsangelegenheit bestehen. Wegen der Geldbündel, die man im Wäscheschrank der Sekretärin gefunden hat, verdächtigen meine Kollegen momentan eher Frau Horvat, den Notar getötet zu haben. Meiner Meinung nach irren sie sich. Ich befürchte, dass Frau Horvat ebenfalls ermordet worden ist. Wir müssen auf jeden Fall die Ergebnisse der Gerichtsmedizin abwarten, bevor wir Genaueres sagen können."

„Patrik hat einen ähnlichen Verdacht geäußert wie Ihre Kollegen", warf Laura ein.

„Noch so ein Amateurdetektiv wie Sie?"

Laura wollte etwas Scharfes erwidern, kam aber nicht dazu.

„Jetzt ist genug", sagte Viktor Novak energisch. „Lassen Sie uns einen kleinen Spaziergang machen. Vom venezianischen Kastell aus hat man einen schönen Blick auf die ganze Stadt und das Meer."

Sie hatte gegen ein bisschen Bewegung nichts einzuwenden.

„Wir können auch den Lift nehmen", sagte er, als sie den Festungshügel hinaufstapften. „Rund um den Altstadthügel verlaufen Tunnels. Sie wurden im Ersten Weltkrieg als Luftschutzbunker errichtet. Der längste Tunnel führt unter dem Kastell durch. Die sogenannte Zerostraße. Und von dort gibt es Lifte hinauf zur Festung. Im Sommer ist es angenehm kühl da unten."

„Nein, lassen Sie uns lieber zu Fuß gehen. Ich fühle mich unter der Erde nicht so wohl“, sagte Laura.

Sie kämpfte mit den unterschiedlichsten Gefühlen, war verwirrt und traurig. Gleichzeitig verspürte sie eine altbekannte Sehnsucht. Sie gestand sich ein, dass sie den Kommissar erotisch sehr anziehend fand. Doch die Wut nahm überhand. Wut auf sich selbst. Hatte sie nicht vor kurzem behauptet, dass Männer keine wichtige Rolle mehr in ihrem Leben spielten? Sie hasste ihre eigene Inkonsequenz. Kaum ließ sich ein großer, hagerer, dunkelhaariger Mann blicken und schon malte sie sich aus, wie sich seine Hände in ihrem Haar anfühlten, wie sie ihren Nacken streichelten und über ihre Wangen strichen. Sie bildete sich ein, seine Lippen auf ihrem Mund zu spüren, und stieß einen kleinen Seufzer aus.

Viktor Novak schien ihr Seufzen dieses Mal misszuverstehen. „Wir hätten lieber den Lift nehmen sollen“, sagte er schuldbewusst.

Sie widersprach nicht, schaute ihm nur kurz in die Augen.

Flirten hatte nie zu Lauras Stärken gehört. Und nach den vielen Gesichts-OPs wagte sie es erst recht nicht mehr, ihre Augen weit aufzureißen und mit den Wimpern zu klimpern. Nicht einmal ein verführerisches Lächeln war möglich.

Bei ihrem Rundgang auf der Festungsmauer hatten sie einen wunderbaren Blick in alle Himmelsrichtungen. Viktor bot ihr seine Hand an, da der Weg an einigen Stellen holprig war. Erfreut griff sie danach, obwohl sie gut zu Fuß war.

Bei Sonnenuntergang nahmen sie auf der Mauer Platz und schauten zu, wie die Sonne im Meer versank. Plötzlich begannen die Kräne der Werft Uljanik am Hafen in den verschiedensten Farben zu leuchten.

„Ist das schön“, rief Laura.

Viktor schien sich über ihre Begeisterung zu freuen.

„Das geht fast eine Stunde so weiter“, sagte er lächelnd. „Der international bekannte Lichtdesigner Dean Skira hat an den Kränen unzählige Scheinwerfer anbringen lassen. Die Giganten leuchten in 16.000 Farbnuancen.“

Laura hätte gerne noch länger mit dem Kommissar diese Lichtshow genossen. Doch Brians Ferrys erotische Stimme untermalte die romantische Stimmung. Laura hatte als Klingelton für ihr Handy seine Interpretation von „As Time Goes By“ gewählt.

Nikola war dran.

„Sie haben mich rausgelassen. Komm bitte rasch nach Hause, ich muss mit dir reden.“

„Das war mein Onkel. Warum haben Sie mir nicht gesagt, dass er heute auf freien Fuß gesetzt worden ist?“

„Heute? Er durfte bereits gestern Abend gehen“, sagte Viktor Novak.

***

Laura nahm ein Taxi nach Rovinj. Im Gastgarten des Restaurants Luka war nicht viel los. Ihre Verwandten saßen an einem Tisch bei der Hausmauer im Dunkeln. Sie debattierten heftig miteinander, verstummten aber, als sich Laura zu ihnen gesellte.

„Schön, dass du wieder da bist.“ Laura begrüßte ihren Onkel mit einem Kuss auf die Wange.

„Wurde auch schön langsam Zeit“, murmelte er verlegen.

Betretenes Schweigen.

„Stör ich?“, fragte Laura.

„Nein, nein“, beteuerte Mariella verlegen und stand auf. „Setz dich auf meinen Platz. Ich muss mich um die Wäsche kümmern. Komm, Lily, du hast versprochen mir zu helfen.“

Kaum waren die beiden im Haus verschwunden, fragte Ivana: „Wo bist du den ganzen Tag gewesen? Wir haben uns Sorgen gemacht ...“

„Ich hatte Termine in Pula“, sagte Laura reserviert. Den Ausflug auf die Brijuni-Inseln erwähnte sie nicht. Sie wollte sich weitere Vorwürfe ihrer Tante ersparen.

„Was für Termine? Wen hast du getroffen?“, wollte Mateo wissen.

Laura informierte sie mit wenigen Worten über den Tod der Sekretärin und erwähnte auch, dass die Polizei eine Kopie des Testaments gefunden hatte.

Ivana erblasste. Nikola sah dem Rauch seiner Zigarette nach. Er wirkte abwesend, schien Laura nicht zugehört zu haben.

Mateo bombardierte sie jedoch sogleich mit Fragen bezüglich der Erbschaft. Die tote Sekretärin schien niemanden zu interessieren.

Laura gab in Kurzfassung den Inhalt des Testaments wieder.

Daraufhin schlug Ivana vor, am nächsten Tag gemeinsam nach Opatija zu fahren. „Ich möchte unsere Villa gerne sehen.“

Hatte Laura richtig gehört, hatte Ivana „unsere“ gesagt?

„Gute Idee. Wir sperren morgen zu und brechen gleich in der Früh auf“, sagte Mateo.

Nikola, der sich bisher nicht gerührt hatte, mischte sich nun ebenfalls ein: „Soviel ich weiß, wohnt der Sohn des Generals dort. Ich kann mir nicht vorstellen, dass er so einen Überfall gutheißen würde. Dieser Doktor ist ein merkwürdiger Typ, sehr verschlossen und ziemlich überheblich. Ich habe ihn nur zweimal getroffen, er war mir ein bisschen unheimlich. Andererseits muss man anerkennen, dass er sich all die Jahre um meine Mutter gekümmert hat. Sie war bestimmt nicht einfach zu händeln."

Ivana bestand darauf, dass Laura diesen Psychiater noch heute Abend anrief und ihren Besuch ankündigte.

„Und wenn er uns nicht reinlassen will, halten wir ihm das Testament unter die Nase ..."

Laura fand diesen Plan unmöglich. Gleichzeitig amüsierte sie der Gedanke, Dr. Bogdanović mit der ganzen Sippschaft zu konfrontieren.

Sie zog sich auf ihr Zimmer zurück und rief, obwohl es schon spät war, den Psychiater an.

Er meldete sich nach dem zweiten Klingeln.

„Dr. Bogdanović."

Laura stellte sich als Natalijas Enkelin vor und kam dieses Mal sofort auf den Grund für ihren Anruf zu sprechen.

„Ich würde Sie gerne kennenlernen. Können wir uns demnächst einmal treffen? Ich werde noch ein paar Tage in Istrien bleiben."

Es dauerte eine Weile, bis er antwortete. Laura befürchtete schon, er hätte aufgelegt.

„Ich fahre morgen nach Motovun. Kennen Sie das?"

Als Laura verneinte, fuhr er fort: „Das ist ein Dorf im Inland, wirklich malerisch gelegen, es befindet sich auf halbem Weg zwischen Rovinj und Opatija. Der Ort ist nicht zu verfehlen, die Straße ist gut ausgeschildert. Sagen wir um elf Uhr vormittags am großen Parkplatz unterhalb des Dorfes", schlug er vor.

Verblüfft stammelte sie „Ja, wenn Sie mein..."

Er legte auf, bevor sie fragen konnte, woran sie ihn erkennen würde.

Als Laura wieder hinunter in den Gastgarten ging, vernahm sie im Stiegenhaus das schrille Organ ihrer Tante. „Kommt hierher, reißt alles an sich, bringt alles durcheinander ..."

Lauras Kroatisch-Kenntnisse reichten aus, um sich die Sätze zusammenreimen zu können.

Nikola sprang auf, als Laura näher kam.

„Lass uns woanders hingehen. Ich halte es hier keine Sekunde länger aus."

## 16.

Laura begleitete ihren Onkel in ein kleines Restaurant namens Bookeria in der Nähe des Hotels.

Fast alle Menschen, die sie unterwegs trafen, schienen Nikola zu kennen. Mit ihm war kein Weiterkommen. Er wurde ständig gegrüßt und angesprochen.

Stolz stellte Nikola den Leuten seine Nichte aus Wien vor.

Die meisten wussten von seiner Verhaftung. Bereitwillig beantwortete er ihre Fragen.

Der kleine Gastgarten der Bookeria war liebevoll dekoriert. Fast ein bisschen zu kitschig für Lauras Geschmack.

Sie bekamen einen Tisch im Garten direkt beim Fenster. Neugierig warf Laura einen Blick in das Innere des Lokals. Drinnen sah es aus wie in einem gemütlichen Wohnzimmer. Aus den Boxen am Fenstersims erklang Soulmusik.

Nikola schäkerte mit der attraktiven, alternativ gekleideten Wirtin, die ihnen Risotto al nero di seppie und Octopus auf Kohlrabi und Tomatensauce mit Zwiebeln, Chips und Parmesan empfahl.

„Nimm du den Octopus", schlug Nikola vor. „Hier kriegst du den besten der Stadt. Ich habe schon gegessen, aber ein paar Schnecken könnte ich noch vertragen. Habt ihr heute welche?", fragte er die Wirtin.

„Ja, aber es wird dauern. Wir haben sie gerade gekocht und müssen sie erst aus ihren Häuschen holen."

„Wir haben Zeit", versicherte Nikola ihr.

Kaum hatte sich die Wirtin entfernt, kam er auf den Tod der Sekretärin zu sprechen. „Angeblich soll es ja Selbstmord gewesen sein. Ich vermute, da steckt mehr dahinter. Vielleicht war es sogar Mord? Ich habe sowas läuten gehört. Deshalb haben sie mich vermutlich auch freigelassen. Ich komme dieses Mal als Täter ja nicht in Frage, ich war zur Tatzeit in Untersuchungshaft."

„Warum lügt ihr bloß alle ständig? Mateo und Mariella lügen, selbst Ivana lügt, obwohl Lügen eine große Sünde ist, und jetzt lügst auch du mich noch an", konnte sich Laura nicht länger beherrschen. „Ich weiß, dass du gestern Abend freigelassen worden bist. Die Sekretärin ist erst gegen Mitternacht gestorben."

„Das wusste ich nicht. Aber du hast recht, ich durfte schon gestern raus. Das müssen die anderen nicht unbedingt erfahren. Ich habe die erste Nacht in Freiheit in meinem Leuchtturm verbracht. Ein Bekannter hat mir sein Boot geborgt. Ich wollte nicht gleich nach Hause. Ivanas Gezeter war das Letzte, was ich nach meiner Haft gebrauchen konnte."

Tischte er ihr wieder eine Lüge auf oder sagte er ausnahmsweise einmal die Wahrheit?

Laura kam nicht mehr dazu, weiter zu bohren, denn die Wirtin brachte ein Amuse-Gueule.

Nikola lobte das Lachs-Tartar und sprach dann über die unerträglichen Tage im Gefängnis. „Ich halte Enge nicht aus. Es war so beklemmend in dieser Zelle, mir ist richtig die Luft weggeblieben. Ich brauche die Weite des Meeres und die Seeluft zum Atmen ..."

Laura konnte ihn gut verstehen, trotzdem unterbrach sie ihn: „Und der Kommissar hat dir wirklich nicht gesagt, warum sie dich rausgelassen haben?"

Nikola schüttelte den Kopf.

„Ich werde mich morgen mit Dr. Bogdanović treffen. Ehrlich gesagt bin ich neugierig auf ihn. Ich hoffe, er wird mir mehr von Natalija erzählen. Meine Mutter war sehr zurückhaltend, wenn es um euch, ich meine, um ihre Familie, ging. An Großpapa erinnere ich mich kaum. Ich war, als ich euch zum letzten Mal in Rovinj besucht habe, ein kleines Kind. Und Natalija habe ich nur einmal im Krankenhaus gesehen. Was mir heute unheimlich leidtut. Aber ich habe ja all die letzten Jahre gedacht, sie sei tot."

„Ich kapier es nicht. Ich bin damals ebenfalls in einem Brief von der Psychiatrie auf Rab über Mutters Tod informiert worden. Man hat mir sogar einen Totenschein, ein Sparbuch und eine Urne geschickt. Wenn ich gewusst hätte, dass sich in dem Gefäß die Asche einer fremden Person befindet, wäre ich nicht extra nach Triest gefahren, um sie dort ins Meer zu streuen, wie es angeblich Natalijas letzter Wunsch war. Ich habe meine Mutter sehr geliebt, obwohl sie mich im Stich gelassen hat. Ihr Tod hat mich schwer getroffen. Aber ich hatte ja keinerlei Zweifel an ihrem Ableben, also hab ich natürlich auch nicht nachgefragt. Schließlich war das eine hochoffizielle Verständigung. Von dem Geld auf dem Sparbuch habe ich mir das kleine Boot gekauft. Ich glaube, ich werde es nachträglich Natalija taufen."

Laura blickte ihn irritiert an.

„Findest du das geschmacklos?"

Sie schüttelte den Kopf. „Eher ungewöhnlich. Jeder geht eben anders mit seinem Schmerz um. Auch ich habe keine Nachforschungen angestellt."

„Ich fürchte, heute ist es zu spät, um diese merkwürdige Geschichte aufzuklären. Natürlich könnte man im Psychiatrischen Krankenhaus auf Rab Erkundigungen einziehen. Ob die noch alle Unterlagen von damals haben, wage ich allerdings zu bezweifeln."

„Ich fürchte, du hast recht."

„Und du willst dich morgen mit diesem Doktor treffen?"

„Vielleicht kann er uns helfen, er hat damals in dieser Klinik gearbeitet. Ich werde ihn auf jeden Fall fragen."

„Ja, das machst besser du. Mit mir hat er Probleme. Wir kennen uns kaum, sind uns, wie gesagt, nur zweimal kurz begegnet, als ich Natalija in der Klinik besucht habe. Er war mir irgendwie unangenehm."

„Inwiefern?"

„Er ist ein komischer Kauz. Ich denke, man behauptet nicht ohne Grund, dass viele dieser Psychiater selbst nicht ganz dicht sind. Natalija hat ihn immer in Schutz genommen. Sie hat gemeint, Amino sei sehr empfindsam. Ich würde eher sagen, überempfindlich. Als ich ihn bei unserem letzten Zusammentreffen gefragt habe, ob ich meine Mutter übers Wochenende mit nach Hause nehmen dürfe, ist er ausgerastet, hat herumgeschrien und mich schließlich hinausgeschmissen oder besser gesagt von zwei Pflegern hinausbefördern lassen. Dabei war ich nicht aggressiv, im Gegenteil, ich war überaus höflich und freundlich ihm gegenüber. Ehrlich gesagt hat er mich von Anfang an etwas eingeschüchtert. Erst als er mich angeschrien hat, Natalija in Frieden zu lassen, und mir unterstellt hat, dass ich nur auf ihr Geld scharf sei, bin auch ich laut geworden. Am liebsten hätte ich ihm eine verpasst. Doch meine Mutter hat mich so flehend angesehen und gebeten zu gehen ... Tja, das war das letzte Mal, dass ich sie besucht habe. Nachher hatte ich Hausverbot in der Klinik. Und kurze Zeit später habe ich die Nachricht von ihrem Tod erhalten."

Zurück im Hotel Luka ging Laura gleich auf ihr Zimmer, obwohl Nikola sie auf einen Absacker an der Bar eingeladen hatte.

Zu aufgewühlt, um einschlafen zu können, griff sie nach dem Tagebuch ihrer Großmutter und las darin, bis ihr die Augen zufielen.

***

*Meine liebe Adriana, verzeih, ich wollte dir eine Art chronologischen Überblick über all die Jahre geben, in denen wir keinen Kontakt miteinander hatten. Aber die Erinnerungen spielen mir immer wieder einen Streich. Manche drängen sich in den Vordergrund, andere sind vollkommen verblasst.*

*Die späten 1970er und die 1980er Jahre in Opatija vergingen wie im Flug. Leider war auch mein neues Leben nicht sorgenfrei. Der General und ich führten eine glückliche Ehe, aber unser Glück blieb nicht ungetrübt. Ich war bestürzt über das schlechte Verhältnis zwischen Vater und Sohn. Von Anfang an bemühte ich mich sehr um den Jungen. Als ich ihn kennenlernte, war Amino verschlossen und voller Trotz. Ich fand keinen Zugang zu ihm. Erst nach etwa einem Jahr gelang es mir, ihm näherzukommen. Ich beging nicht den Fehler, ihm eine bessere Mutter sein zu wollen, sondern behandelte ihn eher kameradschaftlich, verbündete mich oft mit ihm gegen Igor, der fürchterlich streng war und unbedingten Gehorsam forderte. Militärische Disziplin hat meiner Meinung nach in der Kindererziehung nichts verloren. Dies war der einzige Streitpunkt zwischen Igor und mir. Wir gerieten uns wegen Amino öfters in die Haare, als mir lieb war. Ich werde dir ein Beispiel geben. Die Villa in Opatija wurde auf einem Hang erbaut und ist durch den Lungomare vom Meer getrennt. An dieser Stelle befindet sich unter der Meeresoberfläche eine kleine Grotte, die man nur mit einem Tauchgang erreichen kann. Die Einheimischen nennen sie Grotta del Diavolo, also die Teufelsgrotte. Die Klippe ist etwa 15 Meter hoch. Im Sommer springen die Burschen von dort ins Meer, um den Mädchen zu imponieren. Auch der General ist als Erwachsener öfter hinuntergesprungen, um mich zu beeindrucken und um seinen unsportlichen Sohn zu animieren, es ihm nachzumachen. Letzteres ist ihm nicht gelungen. Amino war ein Angsthase. Ich habe meinen Stiefsohn damals in Schutz genommen und dem General verboten, den Jungen zu zwingen, sich dort hinunterzustürzen. Amino war eher klein für sein Alter und sehr zart. Er hat mir unheimlich leidgetan, wie er zitternd vor dem Abgrund stand und seinen Vater ängstlich und gleichzeitig trotzig anstarrte. Nein, mit solch militärisch anmutenden Erziehungsmethoden war ich nicht einverstanden.*

*Igor hielt seinen Sohn für verweichlicht. Seiner Meinung nach hatten die ewig kränkelnde Clara und das junge Kindermädchen Jelena den Jungen zu sehr verwöhnt, wenn nicht gar verzärtelt. In diesem Punkt musste ich ihm leider Recht geben.*

*Als Amino älter wurde, entwickelte er leider äußerst unangenehme, arrogante und herrische Züge. Er litt unter starken Stimmungsschwankungen. Manchmal war er unheimlich lieb, sanft und aufmerksam, vor allem mir gegenüber. Eine Zeitlang kaufte er mir jede Woche einen Blumenstrauß von seinem Taschengeld. An anderen Tagen war er mürrisch, gereizt und kaum ansprechbar.*

*Das größte Problem war sein Jähzorn. Er rastete oft völlig aus, wenn Bediensteten Fehler passierten. Einmal schlug er sogar Jelena, weil sie unabsichtlich ein Glas Wasser auf seinem Schreibtisch umgestoßen hatte.*

*Als ich den General auf die Unbeherrschtheit seines Sohnes ansprach, meinte er nur: „Der Junge ist leider genauso verrückt wie seine Mutter!“*

## 17.

Nach der gestrigen Lektüre war Laura sehr gespannt, Natalijas Stiefsohn kennenzulernen. Ob er wohl tatsächlich so verrückt war, wie sein Vater behauptet hatte?

Die intimen Aufzeichnungen ihrer Großmutter hatten die unterschiedlichsten Reaktionen bei ihr ausgelöst: Neugier, Mitgefühl, Verständnis und Trauer. Trotzdem genoss sie die Fahrt nach Motovun. Nach all den Aufregungen in den letzten Tagen fand sie es beinahe erholsam, allein in ihrem Alfa durchs Land zu kurven.

Ihre Blicke schweiften über die liebliche hügelige Gegend. Ausgedehnte Wälder und Wiesen säumten die Straßen, stramme alte Kirchtürme grüßten von Weitem und dicke Wehrmauern schützten die Dörfer auf den Hügeln.

Majestätisch thronte Motovun, die Pilgerstätte für Trüffelliebhaber, wie ihr Onkel gestern betont hatte, über dem Mirnatal. Über eine steile Straße kam man hinauf in den Ort, in dem Josef Ressel, der Erfinder der Schiffsschraube, zeitweise gelebt hatte.

Auf dem Parkplatz unterhalb des Dorfes standen viele Fahrzeuge. Dennoch fiel ihr ein silbergrauer Porsche auf, vor dem ein elegant gekleideter Herr mit graumeliertem Haar stand.

Laura erschrak. Sie erkannte den Mann, den sie an jenem Tag, als der Notar ermordet worden war, vor dem Palast in Pula beobachtet und für einen italienischen Touristen gehalten hatte, sofort wieder.

Als er gemächlichen Schrittes auf sie zukam, wurde ihr leicht mulmig zumute.

„Guten Tag, Sie müssen Frau Laura Mars sein", sagte der Mann und stellte sich selbst als Dr. Bogdanović vor.

Laura hoffte, ihre Verwirrung war ihr nicht anzumerken, als sie ihm die Hand schüttelte.

Onkel Nikola hatte behauptet, der Psychiater sei um die 60. Laura hielt den mittelgroßen, sehr schlanken Mann für wesentlich jünger. Sie schätzte ihn auf höchstens 50. Der Doktor machte einen wohlhabenden Eindruck, nicht nur wegen seines Sportwagens, er trug auch elegante Markenkleidung. Sein Armani-Anzug hatte bestimmt ein kleines Vermögen gekostet.

Er erinnerte sie an einen amerikanischen Schauspieler, sie kam aber nicht gleich darauf, an welchen. Oh ja, er sah aus wie George Clooney, war nur um mindestens zehn Kilo leichter und wohl etwas kleiner als der Superstar. Dunkelgraues Haar, auffallend schöne dunkelbraune Augen, feine, ebenmäßige Gesichtszüge.

Laura fand ihn nicht unsympathisch. Auf gewisse Weise war er sogar sehr anziehend. Andererseits wirkte er auch unnahbar und ein bisschen steif. Sie erinnerte sich an die Worte ihres Onkels, der den Psychiater als überspannt und arrogant beschrieben hatte.

Sein Blick war unsicher und verlegen, als er sich wortreich für sein abweisendes Verhalten bei ihrem allerersten Telefonat entschuldigte. Er sprach langsam und leise.

„Ich hatte einen langen Tag. Obwohl ich mich im Ruhestand befinde, behandle ich nach wie vor Privatpatienten in meiner Ordination in Opatija."

Sie wollte ihn fragen, ob er an jenem frühen Abend in Pula gewesen war. Doch es fiel ihr schwer, den sehr kultiviert wirkenden älteren Herrn direkt auf die Morde anzusprechen. Außerdem kam sie gar nicht zu Wort.

„Sie erinnern mich an Ihre Großmama. Ja, Sie sind das Ebenbild von Natalija. Sie hatte die gleichen Augen, die gleiche Nase, den gleichen Mund wie Sie. Ihre Züge, das volle Haar ... Nur war ihr Haar dunkler."

So ein Quatsch, dachte Laura, meine Nase hat ein berühmter Schönheitschirurg geformt und meine Augenfarbe habe ich von meinem Vater. Aber sie sagte nichts.

Dr. Amino Bogdanović verhielt sich ihr gegenüber ausgesucht höflich und auf altmodische Art zuvorkommend. Allerdings redete er wie aufgezogen.

„Wissen Sie überhaupt ein bisschen etwas über Istrien? Ihre Mutter stammt ja auch von hier", fragte er, als sie nebeneinander bergauf schlenderten.

Er wartete ihre Antwort gar nicht ab, sondern hielt ungefragt einen kleinen Vortrag über Istrien, dessen Name auf die Histrier zurückging, wie er ausführte, die in der Antike hier lebten, gefolgt von Illyrern, Kelten, Römern, Osmanen, Italienern, Kroaten und Slowenen. Bis ins 15. Jahrhundert prägten die Venezianer die Halbinsel, die Österreicher dann bis ins 19. Jahrhundert. Vor allem in Pula und Opatija könne man die österreichischen Wurzeln bis heute sehen, behauptete er.

Laura blieb kurz stehen, um den fantastischen Blick auf das Mirnatal zu bewundern.

„Traumhaft schön“, sagte sie.

„In meiner Kindheit sah es hier völlig anders aus. Da kam einem die Halbinsel völlig entvölkert vor. Damals wurden wir noch nicht jeden Sommer von fast drei Millionen Urlaubern überfallen. Es gab nichts als Ruinen, brache Felder und verstummte Dörfer. Selbst Motovun war ein richtiges Geisterdorf. Unter den letzten Kriegen hat Istrien von allen kroatischen Regionen jedoch am wenigsten gelitten. Die Leute hier können sich kaum für nationalistische Anschauungen erwärmen. Die Mischung aus italienischer, kroatischer und slowenischer Kultur ist völlig normal. Alle Orte haben zweisprachige Straßenschilder und viele Menschen sprechen sogar mehrere Sprachen fließend.“

Durch ein eindrucksvolles Stadttor, verziert mit einem Wappen und dem geflügelten Markuslöwen, betraten sie das hübsche Städtchen.

„Motovun ist ein sehr kontemplativer Ort. Hier kommt jedermann zur Ruhe.“

Laura nahm die meditative Atmosphäre ebenfalls wahr. Auf magische Weise schien hier die Zeit stillzustehen.

„Diese trutzigen Siedlungen waren fast uneinnehmbar“, fuhr er fort. „Sie sollten sich auch Hum, die kleinste Stadt der Welt, unbedingt ansehen. Heute wird sich das leider nicht mehr ausgehen. Einen Besuch in Piran kann ich Ihnen ebenfalls empfehlen, obwohl es um diese Jahreszeit überlaufen ist.“

Laura erinnerte sich, dass Natalijas Vater, also ihr Urgroßvater, aus Piran stammte.

„Das Salz aus den Salinen in der Bucht von Piran ist berühmt für seine ausgezeichnete Qualität und sehr begehrt", sagte er.

Als sie durch den stillen Ort spazierten, fiel ihr ein großes Wandbild von einem Riesen an einer Hausmauer auf.

Der Psychiater deutete auf den schiefen, rissigen Glockenturm aus dem 13. Jahrhundert und erzählte ihr die Sage von Veli Jože, dem Riesen von Motovun, der für die Freiheit seines Volkes gekämpft hatte.

„Der Riese rebellierte gegen die ausbeuterischen Lehensherrn, schlang seine Arme um den Turm und schüttelte ihn so lange, bis er fast einstürzte. Der Turm ist sozusagen ein steinernes Symbol für den kroatischen Freiheitskampf", erklärte er ihr.

Auf dem Hauptplatz störte eine Reisegruppe die angenehme Stille. Laura war froh, als die lauten Touristen in der Renaissance-Kirche verschwanden.

„Lassen Sie uns Trüffel kaufen. Deswegen sind wir ja hier", sagte Dr. Bogdanović.

In den engen Gassen gab es mehrere Kunstgalerien und einige Trüffelläden.

„Hier finden Sie vor allem schwarzen Trüffel, der zwar nicht zu verachten ist, aber dem Vergleich mit dem weißen Trüffel nicht standhält."

Der Doktor steuerte geradewegs auf einen winzigen Laden in einer dunklen Straßenecke zu.

„Der echte weiße Trüffel ist eine wahre Kostbarkeit. Er wird das Erdgold Istriens genannt. Auf Lateinisch heißt er ‚Tuber magnatum', Trüffel der Mächtigen, der Magnaten, also der König aller Trüffel. Der Kilopreis beträgt 9000 Euro."

Der Verkäufer bot ihnen Kostproben von diversen Trüffelprodukten an.

Laura probierte sowohl schwarzen eingelegten Trüffel als auch verschiedene Trüffel-Pestos.

Dr. Bogdanović interessierte sich nur für den weißen Trüffel.

Er deutete auf eine kleine Knolle. „Riechen Sie mal", forderte er Laura auf. „Dieser wundervolle erdige, animalische Duft schlägt sich auch im Geschmack nieder."

Lauras Begeisterung hielt sich in Grenzen.

Amüsiert las sie in einem Werbeprospekt, in dem einige Produkte näher beschrieben wurden, dass Trüffel eine aphrodisierende Wirkung besaßen. Die hohen Preise wunderten sie nun nicht mehr. Männliche Potenz hatte eben ihren Preis.

Dr. Bogdanović erstand einige der unscheinbaren Knollen, Laura begnügte sich mit zwei Gläschen eingelegten weißen Trüffeln.

Der Doktor drängte zum Aufbruch.

„Wir werden getrennt nach Grožnjan fahren. Dort lassen Sie dann Ihren Wagen stehen und fahren mit mir weiter zu einem Weingut in der Nähe von Buje."

„Yes, Sir", murmelte sie und gondelte dann in gemächlichem Tempo hinter Dr. Bogdanović her.

Sie hatte alle Fenster geöffnet, genoss die milde Luft und die friedliche Gegend und war froh, wieder allein zu sein.

Das Treffen mit dem Stiefsohn ihrer Großmutter war bisher ganz anders verlaufen, als Laura erwartet hatte. Eigentlich hatte sie mit Amino Bogdanović über ihr Erbe reden wollen, doch bisher war sie nicht dazu gekommen.

Die bestimmende Art des Doktors erinnerte sie ein bisschen an ihren Vater. Wenn Mischa es heute wagte, ihr vorzuschreiben, was sie zu tun hatte, verwehrte sie sich allerdings lautstark dagegen.

# 18.

Kaum hatten sie ihre Autos am Parkplatz unterhalb des Dorfes Grožnjan abgestellt, fing Dr. Bogdanović wieder an, den Reiseführer zu spielen.

„Aleksandar Rukavina kam in den 1960er Jahren als Kunstlehrer auf die Halbinsel und gründete in diesem Geisterdorf eine Künstlerkolonie. Die Künstler durften gratis in den verlassenen Häusern wohnen, sie mussten diese nur erhalten und ein bisschen renovieren. Angeblich gibt es hier mehr als 40 private Ateliers."

Laura verliebte sich auf den ersten Blick in das hübsche, mittelalterlich anmutende Dorf. Die grob gepflasterten, engen Gassen waren sehr sauber, die meisten der schmalen, mehrstöckigen Gebäude schön restauriert. Viele Häuser hatten Türen und Fensterläden in kräftigem Blau oder Grün. Blumentöpfe schmückten die Eingänge.

Einige Galerien und Ateliers hatten geöffnet. Laura erstand bei einer Keramikerin eine bunt bemalte Obstschale.

„In den letzten Jahren schießen hier die Festivals aus dem Boden. In Bale zum Beispiel wird jedes Jahr ein Last-Minute-Open-Jazz-Festival veranstaltet. Und in Motovun findet ein Kurzfilmwettbewerb statt …", sagte Dr. Bogdanović.

„Ich sehe schon, Kultur kommt in Istrien nicht zu kurz", warf Laura scherzhaft ein.

Sie entlockte ihm mit diesen Worten kein Lächeln. Humor zählt wohl nicht zu seinen Stärken, dachte sie.

Er führte sie ans andere Ende des Dorfes. Von dort hatte man einen fantastischen Blick über das Mirnatal bis Motovun. Die Mirna, so erfuhr sie, war der längste Fluss Istriens und mündete bei Novigrad in die Adria. Der Motovuner Wald, der sich entlang des Tals erstreckte, war besonders bekannt als Fundort für schwarzen und weißen Trüffel.

Während des Essens erzählte er ihr vom Musiksommer in Grožnjan, lobte die Jazz-Schule im Ort und geriet beinahe ins Schwärmen.

„In den Sommermonaten erklingt hier in allen Gassen klassische Musik. Man fühlt sich beinahe in ein anderes Jahrhundert versetzt. Die Stimmung ist unbeschreiblich ..."

Anscheinend teilte Natalijas Stiefsohn ihre Liebe zur Musik.

Obwohl Laura seine Erzählungen sehr interessant fand, unterbrach sie ihn und brachte das Gespräch auf das Testament ihrer Großmutter.

Er wusste, dass die Villa Natalija gehört hatte.

„Der General hat damals, als er die Villa auf Natalija überschrieb, mit mir gesprochen. Er hatte ihr die Villa zur Hochzeit geschenkt."

Allerdings zuckte er zusammen, als Laura ihm mitteilte, dass sie nicht nur die Villa geerbt hatte, sondern quasi die Alleinerbin ihrer Großmutter war.

Er zog seine dichten Brauen hoch und antwortete nicht gleich, als sie ihn fragte, ob er von Notar Vuković über den Termin der Testamentseröffnung informiert worden war.

„Ich war überrascht, als ich seinen Brief bekam", sagte er dann. „Es hat mich gewundert, dass Natalija imstande gewesen ist, ein Testament zu machen ... Sie war in den letzten Monaten sehr schwach, hat das Bett nicht mehr ohne Hilfe verlassen können. Jedenfalls habe ich davon nichts gewusst. Offenbar war ich an dem Tag, als der Notar sie besucht hat, nicht zu Hause. Ich habe es merkwürdig gefunden, dass mir meine Haushälterin Jelena nichts von diesem Besuch erzählt hat."

„Meine Großmutter hat Ihnen auch nichts davon gesagt?"

„Natalijas Kurzzeitgedächtnis war nicht mehr das beste. Sie hatte seinen Besuch am nächsten Tag bestimmt schon vergessen."

Wollte er damit andeuten, dass Natalija bei der Verfassung ihres Testaments nicht mehr zurechnungsfähig gewesen war?

„Verstehen Sie mich bitte nicht falsch, Natalija war nicht dement im medizinischen Sinn. Sie war nur vergesslich, was bei Menschen in ihrem Alter nicht ungewöhnlich ist."

Laura wunderte sich, dass er die Ermordung des Notars mit keinem Wort erwähnte. Womöglich wusste er nicht, dass Dr. Vuković tot war.

Sie sprach nun selbst den Mord an.

„Eine böse Sache. Die Sekretärin der Kanzlei hat mich darüber informiert. Hat die Polizei den Täter endlich gefasst?"

Laura wollte ihm erzählen, dass ihr Onkel verdächtigt worden war, hielt sich aber in letzter Sekunde zurück.

Der Kommissar hatte sie ersucht, sich aus den Ermittlungen rauszuhalten. Es war sehr entgegenkommend von ihm, sie darüber auf dem Laufenden zu halten, doch sie musste nicht auch noch Dr. Bogdanović in diesen Fall involvieren. Außerdem war das Verhältnis zwischen Nikola und dem Psychiater nicht das beste.

„Wissen Sie, dass die Sekretärin, Frau Horvat, inzwischen auch tot ist?", fragte sie stattdessen.

„Nein! Was ist passiert?" Er wirkte ehrlich überrascht.

Sie erinnerte sich an Viktor Novaks Mahnung, sich nicht einzumischen, und antwortete ausweichend. „Die Todesursache steht nicht genau fest“, log sie und wechselte das Thema.

Sie wollte vor allem Details über Natalijas Tod erfahren. „Wie ist meine Großmutter gestorben?“, fragte sie ihn ganz direkt.

„Da gibt es nicht viel zu berichten. Ich war an jenem Tag nicht zuhause. Unser Gärtner hat sie unten im Garten an ihrem Lieblingsplatz gefunden. Bei halbwegs stabilem Wetter hat Natalija täglich viele Stunden unter einem alten Kastanienbaum verbracht und hinunter auf die Teufelsgrotte gestarrt. Sie ist friedlich in ihrem Rollstuhl eingeschlafen. Als ich heimkam, hatte ein anderer Arzt, den Goran gerufen hatte, bereits ihren Tod festgestellt.“

„Wir haben gedacht, sie wäre längst tot“, warf Laura ein und erzählte ihm von der falschen Todesnachricht.

Amino Bogdanović war sehr verwundert.

„Wer könnte diesen Brief geschrieben haben und warum?“, fragte Laura.

„Ich habe keine Ahnung.“ Er konnte sich diese mysteriöse Geschichte offensichtlich nicht erklären und schwieg eine Weile.

„Ich habe den Brief noch und werde ihn der Polizei übergeben. Vielleicht gelingt es dem Kommissar, herauszufinden, wer ihn verfasst hat“, sagte Laura.

„Die einzig mögliche Erklärung sind für mich die verheerenden Zustände in der Klinik. Auf Rab herrscht akuter Personalmangel, zu wenige Betten, überarbeitete Ärzte, schlampig geführte Patientenkarteien ... Wahrscheinlich war es eine Verwechslung. Ja, bestimmt war diese Misswirtschaft schuld daran.

Wegen dieser ungeheuren Missstände bin ich früher in Pension gegangen. Ich ertrage keine Unordnung."

Sie bat den Doktor, ihr mehr von Natalija zu erzählen, fragte, wie es ihr in den letzten Jahren gegangen war.

Er kam ihrer Bitte nach, schilderte eher distanziert, wie ein Psychiater eben, ihren Krankheitsverlauf. Tunlichst vermied er es, seine Fürsorge zu erwähnen, bemerkte allerdings, dass sie manchmal sehr anstrengend gewesen war, vor allem in ihren manischen Phasen.

Dann kam er auf das Testament zu sprechen.

Garantiert hatte er insgeheim damit gerechnet, dass Natalija die Villa ihm hinterlassen würde, dachte Laura.

Ein versonnenes Lächeln erschien auf seinen Lippen. „Mein Interesse an Materiellem hält sich in Grenzen. Das hat Natalija gewusst", beteuerte er.

Sein Gesichtsausdruck verriet nicht, wie ihm zumute war.

„Na ja, dann werde ich mein Zuhause wohl bald verlassen müssen", sagte er in fast gleichgültigem Ton.

Er schien seine Gefühle gut unter Kontrolle zu haben.

Bei dem Gedanken, diesen feinen, distinguierten Menschen in Kürze seines Zuhauses zu berauben, kam sich Laura richtig schäbig vor. Aber deswegen auf ihr Erbe zu verzichten, war auch keine Alternative.

## 19.

Wie der Doktor es vorgeschlagen hatte, ließ sie ihren Wagen in Grožnjan stehen und fuhr mit ihm nach Buje.

Während der Fahrt sprachen sie nicht weiter über Natalija und ihr Testament.

„Vier Weinstraßen führen durch Istrien“, erklärte ihr Dr. Bogdanović. „Diese hier in der Region Buje, eine in der Umgebung von Poreč, eine zwischen Buzet und Pazin und eine zwischen Rovinj und Vodnjan. Apropos Vodnjan, das mittelalterliche Städtchen sollten Sie sich nicht entgehen lassen. Dort bekommt man das beste Olivenöl Istriens ...“

„Was für ein hübsches Häuschen“, unterbrach ihn Laura und zeigte auf eine runde Hütte aus Naturstein mit einem spitz zulaufenden Dach.

„Man nennt diese Hütten Kažuni, sie wurden von Hirten errichtet. Normalerweise bewahren sie darin ihre Sachen auf. Bei Unwettern suchen sie dort auch mit ihren Tieren Schutz.“

In der Nähe von Buje hielt er bei einem großen Weingut am Ende einer schattigen Pappelallee.

Er lobte den Winzer, bei dem er seit Jahren seinen Wein kaufte, und bestand darauf, dass Laura ein paar edle Tropfen probierte.

Obwohl Laura in den letzten Jahren kaum mehr Alkohol trank, genoss sie die Verkostung. Vor allem der rubinrote, schwere Teran erregte ihr Interesse.

Sie erstand schließlich eine Flasche Teran und eine Flasche von dem tiefroten, leichteren Refosco.

Die Weinlese war in der sonnenverwöhnten Hügellandschaft um Buje noch voll im Gange. Die Weinberge leuchteten in bunten Farben, die goldgelben Reben waren voller Trauben. Der Winzer führte sie durch seine Weingärten und zeigte ihnen die verschiedenen Rebstöcke. Besonders stolz schien er auf seinen goldfarbenen Malvazija und den süßen roten Malvazija zu sein.

Laura bildete sich ein, den Alkohol zu spüren, obwohl sie nur ein paar Tropfen intus hatte. Sie drängte zum Aufbruch.

Nach der Weinverkostung hatte sie Appetit bekommen. Als eine urig aussehende Konoba in Sicht kam, schlug sie vor, dort einzukehren.

Dr. Bogdanović bestellte eine Portion istrischen Prsut, diesen dick geschnittenen geräucherten Rohschinken, der mit ein paar Oliven und köstlichem Weißbrot garniert war.

„Die Portionen sind hier riesig, wir teilen miteinander", sagte er zu Laura.

Sie amüsierte sich inzwischen über seine ständigen Erklärungen. Normalerweise war sie mit Leuten, die einen andauernd belehrten, nicht so nachsichtig, doch sie hatte das Gefühl, diesem Mann, der ihre Großmutter so viele Jahre lang betreut hatte, etwas schuldig zu sein. Zumindest Geduld und Aufmerksamkeit. Außerdem redete er ja keinen Unsinn.

„Es gibt hier so viel zu sehen", sagte er. „Sie sollten länger bleiben. Ich würde Ihnen gerne ganz Istrien zeigen. Warum fahren Sie nicht gleich mit nach Opatija? Schließlich ist die Villa Ihr neues Zuhause."

Ihm schien es mit der Einladung ernst zu sein.

Laura versprach, ihn bald zu besuchen.

Sie war nicht zu ihrem Vergnügen hier. Momentan hatte sie das Gefühl, sich in erster Linie um ihren Onkel kümmern zu müssen, der nach wie vor zu den Verdächtigen zählte, zumindest was die Ermordung des Notars betraf. Doch das ging den Doktor nichts an.

„Ich habe vorher noch einiges zu erledigen", sagte sie.

„Begleiten Sie mich wenigstens bis Pazin. Auch diese Stadt ist sehenswert."

Sie fuhren zurück nach Grožnjan. Dort nahm Laura ihren Wagen und folgte Dr. Bogdanović bis Pazin, obwohl sie eigentlich keine Lust mehr auf eine weitere Stadtbesichtigung hatte.

Über der Schlucht von Pazin thronte das Wahrzeichen der Stadt, eine riesige, über 1000 Jahre alte Burganlage.

Sie hielten kurz an und Laura machte ein paar Fotos.

„Von Dante Alighieri bis Jules Verne haben sich viele Schriftsteller von diesem Ort inspirieren lassen“, sagte der Doktor. „Der Fluss verschwindet unter der Burg in einem schwarzen Loch im Fels. Für Dante war hier das Tor zur Hölle ...“

„Und hier trennen sich unsere Wege“, unterbrach Laura ihn rasch und verabschiedete sich etwas überhastet von ihm.

Auf der Rückfahrt nach Rovinj erfasste sie eine leicht melancholische Stimmung, obwohl es ein schöner Tag gewesen war.

Amino Bogdanović hatte sie einerseits beeindruckt, andererseits war er ihr ein bisschen auf die Nerven gegangen. Warum musste so ein intelligenter und gebildeter Mensch andauernd sein Wissen zur Schau stellen?

Ihr wurde bewusst, dass sie nicht dazu gekommen war, mit ihm ernsthaft über die Ermordung des Notars und den Tod der Sekretärin zu reden. Außerdem würde ihr nichts anderes übrigbleiben, als Viktor Novak darüber zu informieren, dass sie an jenem verfluchten Abend den Psychiater vor dem Haus des Notars beobachtet hatte. Sie würde sich wie eine Denunziantin vorkommen. Der Gedanke, diesen Schöngeist mit einem brutalen Mord in Verbindung zu bringen, erschien ihr vollkommen absurd.

Das Licht der tief stehenden Sonne verlieh den Farben der Umgebung eine besondere Intensität. Ein tiefes goldenes Schimmern, ja eine Art Zauber umhüllte die Landschaft.

Die Sonne war deutlich gesunken und tauchte den Himmel in eine hellorange Farbe, während die Schatten der Bäume länger und länger wurden.

Patrik Vuković rief an.

Sie hielt am Straßenrand, griff nach ihrem Handy und hob ab.

Er klang ziemlich aufgeregt, wollte sie unbedingt heute Abend sehen.

„Ich habe gehört, dass das Testament wieder zum Vorschein gekommen ist. Dieser Kommissar ist ein Sturkopf, er will mich keine Einsicht nehmen lassen. Ich benötige deine Unterschrift. Du musst mich mit deinem Mandat beauftragen, sonst kann ich offiziell nichts für dich tun."

„Ja, ja, ist klar. Im Moment bin ich unterwegs, muss mich aufs Fahren konzentrieren. Ich melde mich morgen."

Sie schimpfte sich selbst einen Feigling, weil sie es nicht wagte, Patrik klipp und klar zu sagen, dass sie ihn höchstwahrscheinlich nicht als Anwalt engagieren wollte.

***

Über Rovinj war während Lauras Abwesenheit ein Unwetter niedergegangen. Es war kalt geworden. Leichter Nieselregen hatte die Gäste aus dem Gastgarten der Pizzeria vertrieben.

Nikola saß allein auf einem wackeligen Stuhl an der Hausmauer und rauchte.

Laura gesellte sich zu ihm.

„Komm endlich herein, sonst holst du dir einen Schnupfen", rief Ivana von drinnen.

Nikola rührte sich nicht. Auch als seine Frau in der Tür stand und ihn noch einmal energisch aufforderte, hineinzugehen, reagierte er nicht.

„Ach, du bist auch wieder da", sagte sie zu Laura. „Wie war's? Hat der Doktor kapiert, dass er die Villa schleunigst verlassen muss?"

„Darüber haben wir nicht gesprochen."

„Na großartig. Hast du dich von ihm einschüchtern lassen?"

Laura wollte nicht unhöflich werden und schwieg.

Ivana erwähnte in vorwurfsvollem Ton, dass dieses Anwaltsbürschchen mit seiner fetten Karosse hier gewesen war und nach Laura gefragt habe.

„Fette Karosse?"

„Sie meint den großen BMW des jungen Anwalts. Vergiss es. Sie ist bloß neidisch. Lass uns von hier verschwinden", sagte Nikola und stand auf.

Leise vor sich hin schimpfend, zog sich Ivana ins Restaurant zurück.

Nikola lud Laura auf eine kleine Spritztour ein. Er schlug vor, in die Neustadt zu fahren.

„Ich kenne dort eine nette Konoba. Hier können wir nicht ungestört miteinander reden. Ivana spioniert dauernd herum. Sie wäre eine großartige Spionin geworden. Sie muss ständig alles unter Kontrolle haben, ihr entgeht nichts, absolut nichts! Auch ihre Rechthaberei ist im Alter ärger geworden. Sie kann alles besser, weiß alles besser. Ich warte nur darauf, dass sie dir demnächst erklärt, wie du deine Kleider entwerfen sollst.

Zum Glück hatte es zu regnen aufgehört, als Laura hinter ihrem Onkel auf den Motorroller stieg. Nikola reichte ihr Mateos Helm und seine Lederjacke. Beides war ihr viel zu groß.

Der Roller war überraschend bequem. Ihr war zwar ein bisschen kalt, aber sie fand es lustig, mit ihrem alten Onkel durch die Stadt zu gondeln. Er fuhr zwar vorsichtig, doch die Fahrbahn war nass, und als Nikola kurz vor der ehemaligen Tabakfabrik links abbog, geriet der Roller ins Rutschen. Laura klammerte sich fest an ihren Onkel.

„Keine Angst", rief er unbeeindruckt.

Ohne weitere Zwischenfälle erreichten sie ihr Ziel.

## 20.

Das Lokal von Nikolas Freund entpuppte sich als finstere Kneipe, in der ein paar ältere Männer herumlungerten.

An den Wänden und über der Theke hingen Fischernetze, an denen winzige Boote, Muscheln, Seesternchen und Plastikfische baumelten. Dahinter verbargen sich vergilbte Fotos vom Hafen von Rovinj und jede Menge Devotionalien.

Neben der Tür thronte eine Hundertjährige hinter einer großen, altmodischen Registrierkassa. Sie hatte die Augen geschlossen, doch ihre Lippen bewegten sich, als würde sie lautlos beten.

Hinter der Theke stand ein dicker alter Mann. Laura hielt ihn für den Sohn der Kassiererin, obwohl sie äußerlich keinerlei Ähnlichkeit feststellen konnte.

„In diese Gegend verirren sich kaum Touristen", sagte Nikola.

Nachdem er den Wirt, die alte Frau und die wenigen Gäste herzlich begrüßt hatte, setzte er sich mit Laura an einen Tisch in der Mitte der Gaststube und bestellte eine Flasche Malvazija.

Er bestätigte Laura, dass es sich bei den Inhabern um Mutter und Sohn handelte. „Pero hat nichts zu reden. Die Alte hat bis heute die Hosen an", sagte er und rollte mit den Augen. „Ist überall das Gleiche. Egal ob Mutter oder Ehefrau, sie behandeln dich ein Leben lang wie einen kleinen Jungen."

„Warum wohl?", fragte Laura. „Ihr habt es nicht anders verdient", fügte sie grinsend hinzu.

„Du bist eine Emanze, stimmt's." Er klopfte ihr sanft auf die Schulter.

„Und du bist und bleibst ein unverbesserlicher Macho!"

Sie prosteten sich zu.

Plötzlich wurde Nikola ernst und begann von seinem Vater zu reden.

„Josip war ein richtiger Patriarch. Er war unheimlich brutal, hat mich oft windelweich geprügelt. Natalija meinte, er habe seine Wut und seinen Frust an mir ausgelassen. Gegen Adriana hat er nie die Hand erhoben. Das hat meine Mutter ihm nicht erlaubt."

„Und du warst eifersüchtig auf deine ältere Schwester, weil sie nie Schläge gekriegt hat."

„Nein, war ich nicht. Ich war mir trotzdem sicher, dass er mich lieber gemocht hat als Adriana."

Laura war neugierig, mehr über die Kindheit und Jugend ihrer Mutter zu erfahren. Adriana hatte so gut wie nie darüber gesprochen. Doch Nikola schien lieber über sich selbst zu reden.

„Josip hat darauf bestanden, dass ich zur Marine gehe. Also habe ich meinen Militärdienst bei der Marine absolviert. Ich wollte aber keinesfalls Berufssoldat werden. Der Scheiß-Drill war nichts für mich. Ich habe, gegen den Willen meines Vaters, den Dienst quittiert, mir mein erstes Boot gekauft und bin Fischer geworden. Die Lizenz habe ich von meinem Großvater väterlicherseits übernommen, der zu alt war, um noch rauszufahren. Die Fischerei war leider auch nichts für mich. Zu anstrengend und zu wenig Kohle. Ich habe sie bald wieder aufgegeben."

Er seufzte so inbrünstig, dass Laura beinahe ein Lachen entkam.

„Ach, mein Schätzchen, dein Onkel hat immer gute Ideen gehabt. Manche habe ich in die Tat umgesetzt, aber ich war nie wirklich erfolgreich, meistens bin ich gescheitert. Ich habe schlicht und einfach kein Glück im Leben gehabt."

Der Wein war ihm zu Kopf gestiegen. Je mehr er dem ausgezeichneten Malvazija zusprach, desto selbstmitleidiger und rührseliger wurde er.

Laura beschloss nüchtern zu bleiben, nippte nur an ihrem Weinglas und trank viel Wasser.

„Nach der Fischerei habe ich mit dem umgebauten Fischerboot Ausflugsfahrten für Touristen organisiert. Die Zeit war noch nicht reif dafür. Heute verdienen die Leute ein Heidengeld mit diesen Touren. In den späten 1970er Jahren haben sich die Touristen solche Ausflüge noch nicht leisten können. Dann hab ich Ivana geheiratet und bin dadurch zum Hotel- und Restaurantbesitzer in Rovinj aufgestiegen. In den ersten Jahren ist alles wunderbar gelaufen. Als der Krieg ausbrach, ist das Hotelgeschäft den Bach runter gegangen. Statt Touristen haben sich Soldaten bei uns eingenistet. Ich war damals nicht zu Hause, war bei der Küstenverteidigungstruppe."

„Bist du in Kämpfe verwickelt gewesen?"

Er nickte, ging aber nicht näher darauf ein.

Über die Jugoslawienkriege sprach anscheinend niemand gern.

„Wir haben das Hotel zusperren oder, besser gesagt, dem Militär überlassen müssen. Während des Krieges habe ich mich als Olivenbauer versucht, aber das erzähle ich dir ein anderes Mal.“

Bei dem Wort Oliven hatte Laura aufgehorcht. Auch sie hatte einst, als sie auf der griechischen Insel Samos lebte, einen Olivenhain bewirtschaftet, der letztendlich Brandstiftern zum Opfer gefallen war.

„Natürlich hat Ivana immer mir die Schuld an allem gegeben. Dem realen Krieg folgte ein fast ebenso brutaler Ehekrieg. Leider hat sich Mateo, als er älter wurde, mit seiner Mutter gegen mich verbündet. Sie hat den Jungen von Anfang an auf ihre Seite gezogen. Er hängt bis heute an ihrem Schürzenzipfel, ist total von ihr abhängig. Nur einmal hat er es gewagt, sich ihr zu widersetzen. Damals, als er sich in Mariella verliebt und sie nach kurzer Zeit geheiratet hat. Was er inzwischen bereut, glaube ich. Jetzt muss er sich von Ivana andauernd anhören: Ich habe es dir ja gesagt: Einmal Schlampe, immer Schlampe!“ Er konnte die Stimme und vor allem den Tonfall seiner Frau sehr gut imitieren.

Laura konnte sich das Lachen nicht mehr verbeißen.

„Živjeli – auf das Scheiß-Leben!“, sagte er und kicherte wie ein kleiner Junge.

„Mein Mateo war ein liebes Kind. Es hat nie Probleme mit ihm gegeben, auch nicht in der Schule. Ich hätte es gerne gesehen, dass er studiert. Er war so ein braver und guter Schüler. Doch Ivana hatte es sich nun einmal in den Kopf gesetzt, dass er das Restaurant übernehmen und das Hotel wieder eröffnen sollte. Das Einzige, was sie wirklich interessiert, ist Geld. Inzwischen hat sie Mateo mit ihrer Gier angesteckt. Heute ist er fast genauso habgierig und hartherzig wie sie.“

Laura wollte ihm widersprechen, ließ dann aber nur in Gedanken ihrem Cousin Gerechtigkeit widerfahren. Mateo hatte sicher keine einfache Kindheit und Jugend gehabt. Auf der einen Seite der leichtlebige, unzuverlässige Vater, auf der anderen die verbitterte, verhärmte Mutter, ihre ständigen Streitereien …

„Sei froh, dass du allein bist!", seufzte Nikola und fuhr fort, über seine Frau zu schimpfen.

„Ivana ist eine fürchterliche Pessimistin, sie sieht immer nur schwarz. Andauernd redet sie von Krankheiten und Tod. Stell dir vor, sie hat uns jahrelang täglich beim Frühstück die Todesanzeigen in der Zeitung vorgelesen. Erst Lily ist es gelungen, dies abzustellen. Als die Kleine in die Pubertät gekommen ist, hat sie behauptet, keinen Bissen runterzubringen, wenn die Oma dauernd von Toten redet. Und da das Wohl ihres einzigen Enkelkindes meiner Frau am Herzen liegt, verschont sie uns seither mit diesen Horrorgeschichten beim Frühstück."

„Na siehst du, sie lässt sich also doch was sagen", warf Laura ein.

„Ein frommer Wunsch. Gegen ihren Kontrollwahn kann auch die liebe Lily nichts ausrichten. Im Gegenteil, sie leidet besonders darunter. Ivana überwacht jeden ihrer Schritte außerhalb der Schule. Ihre Versuche, mich und Mateo und seine Frau ständig im Auge zu behalten, scheitern in letzter Zeit allerdings öfters. Vor allem Mariella und mir gelingt es manchmal, ihr zu entwischen. Bei familiären Zwangsveranstaltungen wie Weihnachten, Ostern oder Geburtstagsfeiern sind wir ihr jedoch gnadenlos ausgeliefert."

Er grinste wie ein Schuljunge.

Laura musste wieder lachen.

„Ihre Schimpftiraden sind dir sicher aufgefallen. Sie überschüttet einen förmlich mit Vorwürfen und verfällt, wenn ihr die Luft ausgeht, in dumpfes Schweigen. Das sind die gefährlichen Augenblicke. Wenn man sich in diesem Moment nicht rasch aus dem Staub macht, geht es erneut los, und es folgen noch heftigere und schlimmere Anschuldigungen als zuvor. Du hast sie ja bereits erlebt."

Obwohl Laura ihre Tante nicht sehr sympathisch fand, bekam sie fast Mitleid mit ihr. Nikola ließ kein gutes Haar an ihr. Das Leben mit ihm war sicher kein Honigschlecken. Er war leichtsinnig, unberechenbar und garantiert kein braver Ehemann.

Nicht zum ersten Mal fragte sie sich, warum Nikola sich nicht schon längst scheiden gelassen hatte, wenn er seine Frau dermaßen verabscheute.

Sie hatte diese Frage nicht laut ausgesprochen, doch er schien ihre Gedanken lesen zu können.

„Eine Scheidung würde meinen Ruin bedeuten. Mir gehört nichts mehr außer meinem Boot. Das Haus und das Restaurant haben wir längst Mateo überschrieben. Vielleicht würde mich Mariella heimlich unterstützen. Sie ist eine Frau nach meinem Geschmack, eine hübsche Person, hat alles am richtigen Platz", sagte er grinsend. „Sie ist das genaue Gegenteil von Ivana, fröhlich, unbekümmert, warmherzig und lebenslustig. Als Mateo sie zum ersten Mal heimgebracht und uns vorgestellt hat, habe ich gehofft, sie würde ihn mit ihrer Fröhlichkeit anstecken, denn der Junge ist mittlerweile fast genauso pessimistisch wie seine Mutter. Ivana hetzt ihn leider andauernd gegen Mariella auf. Nicht nur Lily, auch ich fürchte, dass Mateo und Mariella nicht mehr lange zusammenbleiben werden. Da muss nur einer daherkommen ..."

Er beendete diesen Satz nicht, da sich Pero ihrem Tisch näherte.

Laura dachte an die Nacht, in der sie Mariella mit dem Pizzakoch erwischt hatte.

Der Wirt fragte, ob sie einen Teller Suppe möchten.

Nikola blickte Laura fragend an.

Sie nickte, obwohl sie keinen großen Appetit hatte. Aber ihr Onkel war schwer illuminiert. Eine kleine Stärkung würde ihm guttun.

„Die Istarska supa ist eine Spezialität des Hauses. Keiner in der Stadt kann sie besser als die Alte. Ivana kocht sie auch manchmal im Winter. Ihre schmeckt nie so gut wie die hier. Man gibt Olivenol, Zucker, Salz und Pfeffer und eine getoastete Scheibe Brot in warmen Wein. Am besten nimmt man Teran.“

Pero servierte ihnen die Istrische Suppe in einem Keramikkrug.

„Wärmt Körper und Seele“, sagte er, als er den Krug vor sie hinstellte.

Nachdem sie gegessen hatten, fing Nikola an, ihr wieder von seinem neuesten Projekt, dem Leuchtturm, vorzuschwärmen.

Laura hörte ihm kaum mehr zu. Sie wollte aufbrechen. Es war spät geworden, fast Mitternacht.

Sie bestand darauf, ein Taxi zurück zum Hotel Luka zu nehmen. Nikola war betrunken, keinesfalls wollte sie ihn mit dem Roller fahren lassen.

„Du kommandierst mich schon genauso herum wie deine Tante“, protestierte er.

Daraufhin entschied sie, selbst zu fahren, obwohl sie sich nicht sicher war, ob das eine gute Idee war. Seit Jahren war sie nicht mehr mit einem Zweirad gefahren.

# 21.

Laura fuhr vorsichtig. Die Fahrbahn reflektierte das Scheinwerferlicht, sodass sie kaum erkennen konnte, was sich vor ihr auf der Straße abspielte. Ein heller SUV kroch fast im Schritttempo hinter ihnen her. Seine Scheinwerfer blendeten sie.

Laura lenkte den Roller knapp an den Straßenrand, fuhr noch langsamer und deutete dem Autofahrer mit der Hand, sie zu überholen.

Die Straße war schmal. Die Lichter waren jetzt dicht hinter ihnen. Plötzlich setzte der große Wagen offenbar ein Stück zurück. So als ob er Anlauf genommen hätte, raste er dann wieder los und schnitt sie beim Überholen. Die hintere Stoßstange des SUV streifte das Vorderrad des Rollers. Laura und Nikola stürzten in den Straßengraben.

Die roten Rücklichter waren längst im Dunkeln verschwunden, als Laura Mateos Helm abnahm.

„Bist du okay?“, fragte sie Nikola.

„Ja. Du auch?“

„Nichts passiert“, beteuerte sie und besah sich mit dem Handy-Licht die Abschürfungen auf ihren Händen und Beinen.

Na bravo! Ihre neuen Jeans waren total zerrissen.

Sie hatte den Mann am Steuer nicht richtig gesehen, hatte nur bemerkt, dass er einen Hut getragen hatte. Das fand sie ungewöhnlich um diese Jahreszeit und zu dieser späten Stunde.

Sie halfen sich gegenseitig aus dem tiefen Graben und richteten den Roller wieder auf.

Er hatte ein paar Dellen und sprang nicht mehr an.

„Arschloch, Scheißkerl“, verfluchte Nikola den rücksichtslosen Autofahrer.

Laura war überzeugt, dass der Mann mit Hut sie mit Absicht von der Straße gedrängt hatte. Sofort musste sie an Gino denken. Wollte der Pizzabäcker sie beseitigen, weil er Angst hatte, sie würde sein Verhältnis mit Mariella auffliegen lassen? Hatte er sie an jenem Abend, als sie die beiden beim Sex beobachtet hatte, gesehen?

Sie fand diese Theorie selbst unsinnig. Wenn er sie umbringen hätte wollen, hätte er sie mit dem großen Wagen einfach überfahren können. Vielleicht hatte er ihr nur einen Schreck einjagen wollen? Doch wie war Gino an den SUV gekommen? Es war garantiert nicht sein eigener Wagen. Allerdings könnte er ihn geklaut haben ...

Während sie weiter grübelte, rief Nikola seinen Sohn an.

Mateo hob erst beim sechsten Klingeln ab.

Frierend blieben Laura und Nikola eng nebeneinander am Straßenrand hocken und warteten auf ihren Retter.

Eine Viertelstunde später kam Mateo mit einem alten Kastenwagen daher. Sie ließen den beschädigten Roller stehen und kletterten beide auf die Rückbank des Autos, dem der Beifahrersitz fehlte.

Mateo war stinksauer auf seinen Vater. Laura nahm ihren Onkel in Schutz und gestand, dass sie gefahren war. Sie erwähnte, dass ein großer Wagen sie abgedrängt hatte, unterließ es aber, ihm von ihrem Verdacht zu erzählen. Sie würde Lily oder Mariella fragen, ob Gino Dienst gehabt hatte.

Mateo wurde noch wütender. „Du bist genauso leichtsinnig wie er!“, schimpfte er.

Fast hätte Laura zu lachen begonnen. Leichtsinn zählte wirklich nicht zu ihren Eigenschaften. Sie war vielmehr überängstlich und vorsichtig, vor allem im Straßenverkehr.

In ihrem Zimmer im Hotel Luka war es saukalt. Trotz der späten Stunde nahm sie eine heiße Dusche und las im Bett noch ein paar Seiten in Natalijas Tagebuch.

***

*Als der Krieg ausbrach, war Igor zum Glück zu alt, um eingezogen zu werden. Der Arme verstand die Welt nicht mehr. Als Serbe wurde er in Opatija zur Persona non grata. Die Leute grüßten ihn nicht mehr, selbst unsere kroatischen Freunde gingen auf Distanz. Obwohl Igor an der Meinung anderer nie viel gelegen war, merkte ich ihm an, dass ihm die Anfeindungen gehörig zusetzten. In diesem ersten Jahr des Krieges begann er rasch zu altern. Ich befürchtete, er würde auf eine tiefe Depression zusteuern. Also musste ich mir etwas einfallen lassen. Ich überredete ihn, das Land zu verlassen. Zuerst wollten wir nur verreisen, letztendlich verbrachten wir fast die gesamten Kriegsjahre im Ausland. Igor war sehr wohlhabend und erhielt zusätzlich eine gute Pension. Wir gingen für ein halbes Jahr nach Paris, besuchten London und Amsterdam. Die meiste Zeit lebten wir aber in Italien. Einige Jahre verbrachten wir in Triest. Es waren meine glücklichsten Jahre. Wir hatten uns in Barcola in ein kleines, heruntergekommenes Haus, das von einem verwilderten Garten umgeben war, verliebt. Goran, der nachgekommen war, brachte Haus und Garten schnell in Schuss und hielt dort die Stellung, wenn Igor und ich auf Reisen gingen. Ich sah die* Côte d'Azur, *die wunderschönen andalusischen Städte und lernte ganz Italien kennen.*

*Unsere gemeinsame Liebe galt der Oper und der klassischen Musik. Vor allem liebten wir beide Verdi, Puccini und die russischen Komponisten. Wir hatten nicht nur ein Abonnement für das Opernhaus Giuseppe Verdi in Triest, wo ich einst als Tänzerin debütiert hatte, sondern besuchten fast alle großen Opernhäuser Italiens. Die Traviata im Teatro San Carlo in Neapel werde ich wohl niemals vergessen. Oh mein Gott, welch wunderbare Musik durfte ich mit meinem geliebten Igor erleben ... Selbst die Aida in der Arena von Verona war ein großartiges Spektakel. Aber wie gesagt liebten wir nicht nur die italienischen Opern, sondern schätzten auch Tschaikowsky, Schostakowitsch und Prokofjew sehr. Wann immer Igor Karten auftreiben konnte, besuchten wir Ballett- und Konzertaufführungen dieser fantastischen russischen Komponisten.*

*In jeder Stadt, in der wir abstiegen, kaufte mir Igor eine Kleinigkeit, entweder ein Schmuckstück oder ein Täschchen oder andere Accessoires zur Erinnerung. Er war ein überaus großzügiger Mann, beschenkte mich mit teurer Garderobe und stieg mit mir in den besten Hotels ab. Und ich gebe zu, ich genoss es ungemein, dermaßen verwöhnt zu werden. Nach all den Entbehrungen, die ich vorher an der Seite von Josip erdulden hatte müssen, kam ich mir vor wie im Paradies.*

*Getrübt wurde unser Glück nur durch die täglichen Berichte über die Gräueltaten und abscheulichen Kriegsverbrechen in Ex-Jugoslawien. Die Belagerung von Sarajewo, das Massaker von Srebrenica, die tausenden Leichen in Massengräbern ... Wenn es nach mir gegangen wäre, hätten wir den Fernseher nicht mehr aufgedreht, doch der General versäumte so gut wie keine Nachrichtensendung. Als die ersten Bomben der NATO auf sein geliebtes Belgrad fielen, drängte er darauf, in die Heimat zurückzukehren.*

***

Froh, dass ihre Großmutter, trotz der furchtbaren Jugoslawienkriege, ein paar schöne Jahre mit ihrem geliebten Igor verbracht hatte, schlief Laura in dieser Nacht zum ersten Mal problemlos ein. Doch der blöde Unfall mit dem Roller verfolgte sie im Schlaf, vermischte sich mit Bildern von kriegerischem Gemetzel. Sie träumte von brennenden Autos, verkohlten Leichen, vergewaltigten Frauen und schwer verletzten Kindern. Beim Klang der Sirenen von Feuerwehr- und Rettungsfahrzeugen fiel sie vor Schreck fast aus dem Bett.

## 22.

Laura rief Patrik Vuković am nächsten Morgen zurück. Mittlerweile war sie fest entschlossen, seine Dienste als Anwalt nicht in Anspruch zu nehmen. Sie wollte es ihm schonend beibringen und verabredete sich für den Nachmittag mit ihm, beiläufig erwähnend, dass sie vorher unbedingt die berühmte Arena von Pula besichtigen wolle.

Er bot sich an, sie zu begleiten. „Ich bin, wie du weißt, ein guter Fremdenführer", scherzte er.

Sie wartete 20 Minuten auf ihn beim Eingang des römischen Amphitheaters, beobachtete die Frau an der Kassa und studierte die Plakate. Das Programm des Filmfestivals, das im Sommer stattgefunden hatte, kannte sie bald auswendig.

Immer wieder versuchte sie, Patrik telefonisch zu erreichen. Anscheinend hatte er sein Smartphone ausgeschaltet oder es irgendwo liegengelassen. Sie landete jedes Mal in der Mailbox.

Seltsam. Sie war leicht beunruhigt. Normalerweise hasste sie es, wenn jemand sie warten ließ. Dieses Mal hatte sie das Gefühl, dass es nicht an Patriks Unpünktlichkeit lag, sondern dass etwas passiert sein musste.

Irgendwann gab sie das Warten auf, borgte sich einen Audioguide aus und stapfte allein los.

Eine angenehme Frauenstimme begleitete sie durch das Amphitheater, das 80 nach Christus von den römischen Besatzern errichtet worden war.

„72 mächtige Arkadenbögen, die viertgrößte Arena der Welt, 23.000 Besucher ..."

Sie würde sich all die architektonischen Details und die vielen Zahlen sicher nicht merken können.

Lauras Gedanken schweiften wild umher. Sie war in Sorge wegen Patrik und überlegte Kommissar Novak anzurufen. Unwillkürlich musste sie an den erschlagenen Notar denken und auch an ihren Onkel, der sich, laut Ivana, heute schon in aller Herrgottsfrüh aus dem Haus geschlichen hatte.

Als sie die Zuschauertribüne erreichte, verdunkelte sich der Himmel. Sie verschnaufte kurz auf einem der steinernen Sitzplätze.

Eine blauschwarze Wolkendecke senkte sich über das Amphitheater. Unheimliche Stille. Selbst die Möwen hatten zu kreischen aufgehört.

Sie hatte das Gefühl, völlig allein in der riesigen Arena zu sein, schloss die Augen und versetzte sich zurück in die Zeit der grässlichen Gladiatorenkämpfe und Tierhetzen.

Mächtige, glänzende nackte Oberkörper, weitaufgerissene Tiermäuler, Schweiß, Blut und Tränen, fürchterliches Geschrei und lautes Getrampel. Eine Massenhysterie brach aus. Wilde Tiere jagten die sensationsgeilen Zuschauer über die Ränge. Das Gebrüll der Löwen drang ihr durch Mark und Bein.

Erschrocken öffnete sie die Augen wieder. Im Amphitheater herrschte nach wie vor gähnende Leere. Plötzlich erblickte sie in einer der Reihen rechts unter ihr einen Mann mit einem dunkelgrauen Hut.

Anstatt erleichtert zu sein, dass sie nicht die einzige Besucherin an diesem furchteinflößenden Ort war, wurde sie nervös.

Sie erhob sich rasch und wollte zurück auf den Weg eilen, als sich die dunklen Wolken zu entladen begann. Heftige Blitze erhellten den fast schwarzen Himmel. Als nur wenige Sekunden später lauter Donnerschlag erklang, zuckte sie zusammen. Das Gewitter schien sich direkt über der Arena abzuspielen. Fast wie gelähmt vor Angst betrachtete sie das bedrohliche Spektakel.

In diesem Moment sah sie den Mann mit Hut auf sich zukommen. Er war mittelgroß, schlank und trug einen grauen Trenchcoat. Sein Gesicht war unter der tief in die Stirn gezogenen Krempe seines Hutes verborgen.

Laura begann zu rennen, bewegte sich zuerst nach links und dann hinunter zum Kampfplatz. Sie trachtete danach, möglichst schnell den Ausgang zu erreichen. Die hohen Stufen stellten ein gewaltiges Hindernis dar. Sie kam nur langsam voran.

Als sie sich umblickte, sah sie, dass der Mann mit Hut kehrtgemacht hatte und ihr folgte. Er war nur mehr wenige Schritte von ihr entfernt.

Zum Ausgang war es noch weit. Da erblickte sie den Eingang zu einem kleinen Museum. Ein junges Paar und eine ältere Dame standen eng beieinander unter dem Vordach. Das Museum schien geschlossen zu sein. Laura zwängte sich zwischen das Pärchen und die alte Dame.

Der Mann mit Hut war kurz stehen geblieben. Sie konnte sein Gesicht noch immer nicht deutlich sehen. Als sie ihn anstarrte, wandte er sich um und marschierte schnellen Schrittes Richtung Ausgang.

Laura griff nach ihrem Handy und rief Viktor Novak an.

Aufgeregt schilderte sie ihm ihr Erlebnis. Obwohl er wahrscheinlich nur die Hälfte ihres Gestammels verstanden hatte, erklärte er sich sofort bereit, sie abzuholen.

Sie betonte mehrmals, dass sie drinnen vor dem Museum auf ihn warten würde.

Das junge Pärchen traf Anstalten, den geschützten Platz unter dem Dach zu verlassen. Der Regen hatte nachgelassen.

Laura verwickelte die beiden in ein Gespräch. Keinesfalls wollte sie mit der alten Dame allein bleiben. Wer weiß, ob der Fremde sie nicht irgendwo abpasste.

Ein paar Minuten später tauchte der Kommissar, bewaffnet mit einem schwarzen Regenschirm, auf. Erleichtert fiel Laura ihm um den Hals.

Völlig durchnässt stieg sie dann in seinen Wagen, der direkt vor der Arena im Parkverbot stand.

Er hatte ein Handtuch für sie auf den Beifahrersitz gelegt.

„Trocknen Sie sich ab, sonst erkälten Sie sich."

Sie war noch immer erregt und durcheinander, bedankte sich nicht für seine Fürsorglichkeit, sondern fragte ihn: „Haben Sie einen Mann mit Hut beim Eingang gesehen?"

„Nein. Glauben Sie wirklich, dass Sie jemand verfolgt hat?"

„Ich weiß nicht mehr, was ich denken soll. Wahrscheinlich habe ich mir alles nur eingebildet", sagte sie. „Womöglich leide ich unter Verfolgungswahn. Zuerst dieser Vorfall mit dem Roller und jetzt der unbekannte Verfolger ..."

„Was war mit dem Roller?"

„Ach nichts von Bedeutung. Nur ein kleiner Unfall. Die Ermordung des Notars, ja, diese ganze Erbschaftsgeschichte scheint mich total aus der Fassung gebracht zu haben."

„Ich finde, Sie sollten momentan all diese unangenehmen Erlebnisse vergessen. Lassen Sie uns später darüber reden."

„Wahrscheinlich haben Sie recht", sagte Laura. „Darf ich Sie um eine Zigarette anschnorren?"

„Haben Sie nicht gesagt, Sie hätten aufgehört?"

„Habe ich auch. Aber zur Beruhigung rauche ich hin und wieder eine."

Lächelnd reichte er ihr eine von seinen Zigaretten und gab ihr Feuer.

Beim Anblick der kleinen Flamme zuckte Laura zusammen.

Sie schalt sich selbst eine Idiotin, doch sie hatte nun einmal furchtbare Angst vor Feuer, selbst wenn die Flamme winzig war.

Das Gewitter war vorbei. Die dunklen Wolken hatten sich Richtung Osten verzogen, erste Sonnenstrahlen wagten sich durch die Wolkendecke.

„Wohin soll ich Sie bringen?"

„Irgendwohin, ins Grüne vielleicht. Die Farbe Grün hat eine entspannende Wirkung auf mich", sagte Laura in scherzhaftem Ton.

Der Kommissar schlug vor, nach Kamenjak zu fahren.

„Können Sie denn Ihre Arbeit einfach so liegen lassen?"

„Meine Überstunden kann mir der Staat sowieso niemals bezahlen. Außerdem bin ich mein eigener Herr. Und notfalls kann ich ja behaupten, dass ich eine Verdachtsperson genauer unter die Lupe nehmen musste."

„Sie meinen mich?", kicherte sie.

„Wen sonst? Zuerst müssen wir aber schauen, dass Ihre Kleider trocken werden. Soll ich die Heizung einschalten?“

„Ist halb so schlimm. Das T-Shirt ist fast trocken. Wieso sind Sie Ihr eigener Herr? Haben Sie keine Vorgesetzten?

„Sie meinen den Polizeichef? Der lässt mich in Ruhe. Zumindest solange meine Aufklärungsquote hoch ist.“

„Ah, Sie sind also ein sehr guter Polizist. Das habe ich mir schon gedacht“, witzelte Laura.

„Ich hatte Glück“, sagte Viktor grinsend. „Während des Krieges war ich zu jung, um eingezogen zu werden. Ich habe Jura in Zagreb studiert und mich erst nach Tuđmans Tod bei der Polizei beworben. Damals hat ein grundlegender Demokratisierungs- und Liberalisierungsprozess in Kroatien begonnen, das war auch in der Polizei spürbar. Unter Tuđman wäre ich niemals Polizist geworden. Diese Ära ist ein dunkles Kapitel in unserer Geschichte. Tuđman hat unserem Land nicht gutgetan. Zuerst war er Kommunist, dann entwickelte er sich zu einem Autokraten und Nationalisten. Istrien war zum Glück nie ein besonders guter Boden für nationalistisches Gedankengut.“

Laura erinnerte sich, dass Amino Bogdanović dasselbe behauptet hatte.

„Kein Wunder bei diesem Völkergemisch“, warf sie ein.

Plötzlich fiel ihr jedoch ein, was Natalija über Josips politische Gesinnung geschrieben hatte.

„Können Sie mir erklären, was es mit der Ustascha auf sich hat?“, fragte sie den Kommissar.

Natalija hatte in ihrem Tagebuch erwähnt, dass Josip Mitglied bei dieser Organisation gewesen war.

„Soviel ich weiß, war oder, besser gesagt, ist das eine faschistische Bewegung, oder?“

„Könnte man sagen. Die Ustascha war ursprünglich ein kroatischer ultranationalistischer und terroristischer Geheimbund. Sie ist vom faschistischen Regime Mussolinis unterstützt worden, um damit den Staat Jugoslawien zu schwächen, der einer italienischen Vorherrschaft an der Adria und auf dem Balkan im Wege stand. Mithilfe Italiens und Hitlerdeutschlands hat die Ustascha 1941 auf dem Gebiet des heutigen Kroatiens und Bosnien-Herzegowinas den unabhängigen Staat Kroatien NDH gegründet. In den ersten vier Monaten ihrer Herrschaft hat sie 200.000 Serben, Juden, Roma und kroatische Antifaschisten ermordet. Das größte KZ Jasenovac war als ‚Auschwitz des Balkans‘ berüchtigt. Bis heute ist umstritten, wie viele Menschen insgesamt der Ustascha zum Opfer gefallen sind, aber die Historiker sprechen von mehreren hunderttausenden Ermordeten.“

„Und treiben die auch heute noch ihr Unwesen?“

„Nach dem Ende des Zweiten Weltkriegs sind viele Ustascha ins Exil gegangen. Mit Hilfe des Vatikans sind sie nach Südamerika geflüchtet, ihr Anführer Pavelić wurde sogar in Argentinien Sicherheitsberater von Diktator Juan Peron.“

„Irre. Das erinnert mich an all die deutschen und österreichischen Nazibonzen, die ebenfalls mithilfe der Kirche nach Südamerika abgehauen sind.“

„In der Tuđman-Ära ist es dann zu einer Rehabilitierung der Ustascha gekommen. Einige führende Leute sind zurück ins Land geholt worden und haben erneut hohe politische oder militärische Ämter bekommen. Verstehen Sie, warum ich damals keinesfalls zur Polizei gegangen wäre? Aber lassen wir die Politik. Schauen Sie, die Sonne wagt sich wieder hervor."

Sie hatten den Wagen auf einem Parkplatz abgestellt und spazierten zu Fuß weiter durch das Naturschutzgebiet.

Auf der wild zerklüfteten grünen Halbinsel Kamenjak gab es, laut ihrem Reiseführer, viele schöne Badebuchten. Trotz des Regengusses, der sie erwischt hatte, verspürte sie große Lust, schwimmen zu gehen. Leider hatte sie kein Badezeug dabei. Nacktbaden war nicht ihres, und auf keinen Fall wollte sie den Polizeikommissar dazu ermutigen.

Viktor Novak schien ähnliche Überlegungen anzustellen wie sie.

„Hier gibt es unzählige einsame Fels- und Kiesstrände und das Wasser ist glasklar. Ich gehe fast nur hier baden", sagte er.

„Vielleicht ein anderes Mal." Sogleich bereute sie ihre Worte.

Was war schon dabei, wenn sie mit einem Mann schwimmen ging? Das bedeutete noch lange nicht, sich Hals über Kopf in eine Affäre zu stürzen. Außerdem, was war gegen eine Affäre einzuwenden? Sie wollte keine ernsthafte Beziehung mehr eingehen, aber der Gedanke, mit diesem attraktiven Kommissar einfach nur Sex zu haben, war durchaus verlockend.

Unmöglich, sagte ihre innere Stimme. Zwar schien Viktor Novak sie von Anfang an nicht zu den Verdächtigen gezählt zu haben, doch sie war nach wie vor eine wichtige Zeugin.

Ein spektakulärer Regenbogen war am Himmel erschienen, alle sieben Farben waren deutlich sichtbar.

Viktor blieb stehen und deutete auf die farbigen Lichter aus unzähligen Regentropfen.

„Wie wundervoll diese Farben miteinander harmonieren“, sagte er.

„Beim Anblick eines Regenbogens muss ich immer an mein Studium denken“, erzählte Laura. „Farbenlehre war eines der Unterrichtsfächer. Es drehte sich um den Newton’schen Farbkreis, der ja aus den Farben des Regenbogens besteht. Ich habe bei der Prüfung einiges durcheinandergebracht. Physik hat nie zu meinen Stärken gezählt.“ Bei der Erinnerung an ihre Prüfung entkam Laura ein Grinsen.

„Was haben Sie studiert?“

„Mode an der Kunstakademie in Wien.“

„Oh, interessant.“

„Nicht wirklich. Sagen Sie bloß, diese Blumen da vorne sind Orchideen?“

„Ja. Hier gedeihen viele selten gewordene Pflanzen, darunter auch Orchideen.“

Sie gelangten zu einem Lehrpfad, der zu den Fußstapfen eines Dinosauriers führte.

„Die möchte ich sehen“, sagte Laura und lief voran.

Der Spaziergang durch die herrliche Landschaft tat ihr gut. Sie fühlte sich zusehends wohler.

## 23.

Als eine kleine, felsige Bucht, umgeben von einem dichten Wäldchen, in ihr Blickfeld geriet, änderte sie ihre Meinung.

Ihr war eingefallen, dass sie heute eine sportliche dunkelblaue Unterwäsche trug, die durchaus einem Bikini ähnelte.

„Ich werde kurz hineinspringen“, sagte sie und zog sich in Windeseile aus.

„Warten Sie, ich komme mit."

Viktor Novak brauchte länger, bis er seine Kleidung loswurde. Er trug schwarze Bermudashorts unter seinen Jeans, die ebenfalls als Badehose durchgingen.

Bald hatte er Laura, die nicht auf ihn gewartet hatte, eingeholt. Der Kommissar schien ein exzellenter Schwimmer zu sein, doch er verlangsamte sein Tempo und kraulte neben ihr her.

Als sie aus dem Wasser kamen, setzten sie sich auf einen Felsen und ließen sich vom Wind trocknen.

Er wirkte verlegen, blickte sie nicht an, sondern starrte die ganze Zeit auf das türkisfarbene Meer.

Laura, nicht minder verlegen, hatte ihre Arme um ihre aufgeschürften Knie geschlungen und schwieg ebenfalls.

Aus den Augenwinkeln betrachtete sie seinen sonnengebräunten Körper.

Er hatte eine perfekte Figur. Breite Schultern, schmale Hüften, muskulöse Arme und Beine. Es fiel ihr nicht leicht, ihre Finger von ihm zu lassen.

Als er ihr eine Zigarette anbot, sagte sie nicht nein.

Nach den ersten beiden Zügen begann sie die Zigarette zu genießen. Einmal Raucher, immer Raucher, dachte sie schuldbewusst.

Die angenehme Stille wurde nur durch das Geräusch der Wellen, die an die kleinen Felsen am Ufer schlugen, unterbrochen.

Doch kaum hatte Viktor seine Zigarette ausgedämpft und sich hinter einem Busch umgezogen, fing er an, ihr von den letzten Ermittlungsergebnissen zu berichten. Er äußerte wieder den Verdacht, dass der Tod der Sekretärin kein Selbstmord war.

„Moment, ich muss mich auch umziehen", unterbrach Laura ihn und verschwand hinter einem anderen Busch.

Er kehrte ihr den Rücken zu und sprach einfach weiter, während sie aus ihrer nassen Wäsche schlüpfte und sich Hose und T-Shirt anzog.

„Ich habe letztens vergessen zu erwähnen, dass Dora Horvat ausgesagt hat, Patrik Vuković sei am späten Nachmittag in der Kanzlei eingetroffen. Er war mit seinem Onkel wieder einmal in Streit geraten. Patrik hat angeblich eine größere Summe verlangt. Der Notar hat sich geweigert, ihm das Geld zu geben. Als die Auseinandersetzung heftiger wurde, hat der Notar Frau Horvat heimgeschickt. Wie lange Patrik geblieben ist, wusste sie nicht. Sie hat uns das bei ihrer ersten Einvernahme verschwiegen, um ihn nicht zu belasten. Wahrscheinlich hat sie ein gewisses Faible für den charmanten jungen Mann gehabt."

„Wollen Sie damit sagen, Patrik könnte sie umgebracht haben?"

Laura konnte sich Patrik beim besten Willen nicht als kaltblütigen Mörder seines Onkels und der Sekretärin vorstellen.

„Ein Motiv hätte er gehabt. Laut Frau Horvat ging er seinen Onkel ständig um Geld an. Die beiden hatten oft Streit deswegen. Wenn er seinen Onkel ermordet hat, musste er befürchten, dass sie ihn belasten würde. Er könnte sich die lästige Mitwisserin vom Hals geschafft haben."

„Ist das nicht ein bisschen weit hergeholt?"

„Mag sein. Ich muss auf jeden Fall noch einmal mit der alten Nachbarin reden, die die Leiche gefunden hat. Die Dame ist an die 90 und war bei unserem letzten Gespräch verständlicherweise sehr aufgeregt. Sie hat sich mehrmals widersprochen. Zuerst hat sie behauptet, am Vorabend ein Moped gehört zu haben, das den schmalen steilen Weg zu Doras Haus hinunterfuhr. Ihr

Häuschen liegt oberhalb von Dora Horvats Grundstück, direkt an der Straße. Später hat sie sich allerdings an einen großen hellen Wagen erinnert, der abends vor ihrer Gartentür geparkt hat. Sie hat auch behauptet, einen älteren Herrn herumschleichen gesehen zu haben. Kurz darauf hat sie den Mann auf etwa 40 geschätzt. Viel weitergebracht hat uns ihre Aussage bisher nicht. Haben Sie nicht letztens erwähnt, dass Ihr Onkel ein Moped hat ..."

„Kein Moped, sondern einen Motorroller, und der ist in der Werkstatt", nahm Laura Nikola sofort in Schutz.

„Das werden wir überprüfen."

„Das denke ich mir", murmelte sie verstimmt.

„Ihr Onkel scheint wieder einmal kein Alibi zu haben. Er hat behauptet, nach seiner Freilassung zu seinem Leuchtturm gefahren zu sein und dort übernachtet zu haben. Allein."

„Er hat sich das Boot eines Freundes in Pula ausgeborgt."

„Ja, aber er könnte genauso gut erst, nachdem er die Sekretärin umgebracht hat, zum Leuchtturm gefahren sein."

Laura drohten die Argumente auszugehen.

„Laut gerichtsmedizinischem Befund ist Frau Horvat verblutet", fuhr Viktor fort.

„Vielleicht war es ein Einbrecher, der sie beim Baden überrascht hat?", sagte Laura, obwohl sie das selbst für mehr als unwahrscheinlich hielt.

„Einbruch war es mit Sicherheit keiner. In dem kleinen Haus herrschte eine vorbildliche Ordnung. Nur im Bad sah es ein bisschen unordentlich aus. Ihre Kleider und ihre Unterwäsche waren auf den nassen Fliesen verstreut. Frau Horvat dürfte an jenem Abend außerdem Besuch gehabt haben. In der Spüle standen zwei

Weingläser und im Kühlschrank befand sich eine fast leere Flasche Muskat."

„Ich kann mir nicht vorstellen, dass eine Frau wie sie in Anwesenheit eines Besuchers ein Bad genommen hat. Außer sie hatte einen Liebhaber."

„Eher nicht, das wäre der alten Nachbarin sicher nicht entgangen. Sie hat ausgesagt, dass Frau Horvat nur selten Besuch bekam und meistens nur von Frauen. Ich habe den Verdacht, dass uns die Sekretärin einiges verschwiegen hat. Es ist anzunehmen, dass sie einen bestimmten Verdacht gehegt hat, wer ihren Chef umgebracht haben könnte. Womöglich wollte sich der Mörder vergewissern, wie viel sie wusste und was sie uns erzählt hat. Ich nehme stark an, dass er ihr ein Betäubungsmittel verabreicht, sie in die Badewanne bugsiert und ihr die Pulsadern aufgeschnitten hat. Ich habe den Auftrag erteilt, eine Haaranalyse durchzuführen. Damit kann man zum Beispiel K.-o.-Tropfen drei Monate lang nachweisen. Das Ergebnis ist leider noch nicht da."

„Die Blutprobe hat nichts ergeben?"

„Sie war zu lange tot. K.-o.-Tropfen hinterlassen höchstens zwölf Stunden nach der Einnahme Spuren im Blut. Die Wirkung setzt nach etwa 15 Minuten ein und kann vier Stunden lang anhalten. Der Täter hat also genügend Zeit gehabt, um seinen grausamen Plan auszuführen. Es könnte ein jeder gewesen sein, auch eine Frau. Leider gehören Ihre Verwandten nach wie vor ebenfalls zu den Verdächtigen."

„Na wunderbar", murmelte sie.

„Erzählen Sie mir mehr von ihnen", bat Viktor.

„Also doch ein Verhör", seufzte sie. „Na gut. Mein Onkel ist ein sympathischer Lebemann. Ich halte ihn für einen richtigen Schwerenöter. Er hat das Vermögen seiner Frau durchgebracht, Hotel und Restaurant mit

Hypotheken belastet, aber er ist sicher kein Mörder. Meiner Tante würde ich viel eher einen Mord zutrauen. Ivana ist intrigant, gierig und ein wahrer Kontrollfreak. Sie mischt sich dauernd in das Leben ihres Sohnes ein, hasst ihre Schwiegertochter, behauptet, sie sei leichtsinnig und verschwenderisch. Ich finde Mariella nett, sie ist lebenslustig und temperamentvoll und bringt mich oft zum Lachen. Mein Cousin ist eher verschlossen und fast genauso mürrisch wie seine Mutter. Aus ihm werde ich am wenigsten schlau. Irgendwie mag ich auch ihn. Er hat es nicht leicht, muss die ganze Last, ich meine, all die Probleme mit dem Hotel und Restaurant, allein tragen und dazu die ewigen Zankereien zwischen seinen Eltern und zwischen seiner Mutter und seiner Frau. Manchmal frage ich mich, warum die meisten Menschen unbedingt heiraten wollen. Die Hälfte aller Ehen endet vor dem Scheidungsrichter."

„Sprechen Sie aus Erfahrung? Sie waren auch verheiratet, oder?"

Offensichtlich wollte der Kommissar mehr über ihren verstorbenen Mann wissen.

„Lorenz war meine erste große Liebe. Leider haben wir keine gute Ehe geführt. Daran ist nicht nur er schuld gewesen. Ich fürchte, ich bin nicht ehetauglich, ich bin viel zu individualistisch, vielleicht auch zu egoistisch. Außerdem war ich in jener Zeit verliebt in meine Arbeit ..."

Laura sprach höchst ungern über ihre Ehe. Er schien es zu bemerken.

„Ich weiß, wovon Sie reden. Ich bin zweimal geschieden. Meine erste Frau war aus Deutschland. Sie hat sich hier nie richtig wohl gefühlt. Die Ehe hat trotzdem fünf Jahre lang gehalten."

„Ah, deswegen sprechen Sie so gut Deutsch."

„Ich bemühe mich", sagte er lächelnd.

Sein Lächeln war bezaubernd.

„Und beim zweiten Mal hat es auch nicht geklappt?", fragte sie rasch.

„Meine zweite Frau hat es nur drei Jahre mit mir ausgehalten."

„Das tut mir leid", murmelte Laura.

„Ach was. Polizisten sind eben verdammt schlechte Ehemänner. Völlig untauglich für ein bürgerliches Familienleben."

Verwundert über seine Offenheit, sie kannten sich ja kaum, wurde auch Laura gesprächiger. Sie fühlte sich seltsam vertraut mit ihm.

„Meine Großeltern haben ebenfalls keine gute Ehe geführt", sagte sie. „Natalija hat den falschen Mann geheiratet. Eigentlich hat sie einen anderen geliebt. In ihrem Tagebuch hat sie die typischen Szenen einer Ehe beschrieben ..."

Sie schlug sich vor Schreck mit der Hand auf den Mund.

„Oh, verdammt ..."

Er sah sie forschend an.

„Welches Tagebuch?"

„Ach nichts."

„Was verschweigen Sie mir nun schon wieder? Raus mit der Sprache!"

Zögernd gestand Laura ihm, dass sie das Tagebuch ihrer Großmutter beim Notar entdeckt und, ohne lange nachzudenken, entwendet hatte.

Er schien zwischen Zorn und Belustigung zu schwanken.

„Her damit!", sagte er unwirsch.

„Ich habe es nicht dabei, es liegt im Hotel Luka auf meinem Nachtkästchen. Aber ich verspreche, Ihnen das Büchlein persönlich vorbeizubringen, sobald ich es fertiggelesen habe."

„Sie sind unmöglich.“ Sein Grinsen entschärfte seine Worte.

Viktor Novaks Ehrlichkeit am heutigen Nachmittag hatte sie überrascht. Einerseits freute sie sich über sein Vertrauen, andererseits unterstellte sie ihm, sehr wohl einen Hintergedanken gehabt zu haben. Vermutlich hatte er nur so offen mit ihr über die Ermittlungen gesprochen, um sie in Sicherheit zu wiegen? Am Ende hatte er ja doch wieder versucht, sie über ihre Verwandten auszuhorchen.

***

Laura fuhr erst spätabends nach Rovinj.

Mariella war allein im Lokal. Sie musterte Laura kritisch.

„Du siehst ziemlich kaputt aus.“

„Ich bin nur müde und hungrig. Habe seit der Früh nichts gegessen.“

„Gino ist noch auf. Bestell dir doch eine Neapolitana. Die kann er am besten.“

Laura willigte ein.

Während sie auf die Pizza wartete, erzählte sie Mariella von dem Ausflug nach Kamenjak.

Als sie von der wunderbaren Landschaft, dem herrlichen Wasser und den schönen Orchideen sprach, hörte Mariella ihr mit einem versonnenen Gesichtsausdruck zu.

„Ich komme nirgendwohin, nicht einmal nach Kamenjak. Bisher war ich nur zweimal im Ausland, auf Hochzeitsreise in Triest und einmal auf dem berühmten Markt in Ljubljana. Dabei würde ich so gerne eine Kreuzfahrt machen. Wenn ich Mateo endlich überreden könnte, diese scheußliche Bude hier zu verkaufen …“

Gino brachte die Pizza.

Laura war Mariellas Empfehlung gefolgt und hatte sich für eine Neapolitana entschieden.

Bildete sie sich nur ein, dass Gino heute weniger griesgrämig dreinschaute als sonst?

Während des Essens beobachtete Laura argwöhnisch, wie Mariella mit Gino den Dienstplan für die nächsten Tage besprach.

Nichts an ihrem Verhalten verriet, dass sie ein intimes Verhältnis hatten.

## 24.

Da Lily am Samstag schulfrei hatte, stand einem gemeinsamen Ausflug nach Beram nichts im Wege.

Laura entschied sich für die Strecke über Vrsar und Poreč. Ein Fehler, wie sich bald herausstellte. Der Wochenendverkehr hatte eingesetzt, was viele entgegenkommende Autos mit ausländischen Kennzeichen bedeutete und ein Überholen auf dieser Landstraße praktisch unmöglich machte.

Gemächlich gondelten sie ein Stück die Küste entlang. Der farbliche Kontrast zwischen den Olivenhainen und dem Blau des Meeres war ein hübscher Anblick. Die Laubbäume am Straßenrand begannen sich bereits zu verfärben und die Weinlese war überall im Gange.

Als sie ins Landesinnere abbogen, musste Laura wegen der vielen Zypressen auf den sanften Hügeln unwillkürlich an die Toskana denken.

Lily sollte für die Schule ein Referat über die Fresken von Beram vorbereiten.

Laura hielt das Mädchen für künstlerisch begabt. Beim Frühstück hatte Lily ihr ein paar Zeichnungen gezeigt und ihr verraten, dass sie eine eigene Comicfigur entwickelt hatte, die im Internet großen Anklang fand. Lily war sehr stolz auf ihre unzähligen Follower. Laura gehörte auch zu ihren Fans, seit sie die Comics hatte sehen dürfen.

„As time goes by“ ertönte.

„Schau bitte mal, wer das ist“, bat Laura die Kleine.

„Dein Verehrer.“

„Welcher Verehrer?“

„Patrik, wer sonst?“

„Der kann mich mal. Aber gib ihn mir kurz.“

Lily reichte ihr das Handy.

Patrik entschuldigte sich wortreich, weil er sie gestern im Amphitheater versetzt hatte.

„Ich habe mein Telefon verloren, darum konnte ich dich nicht anrufen. Zum Glück habe ich es nur in meinem Spind im Fitness-Center liegengelassen. Mir ist ein wichtiger Termin dazwischengekommen. Es gibt einen Interessenten für den Wagen meines verstorbenen Onkels ...“

„Ich kann nicht reden, ich bin mit Lily unterwegs nach Beram und telefoniere nicht gerne beim Fahren“, unterbrach ihn Laura.

„Passt gut auf euch auf. Heute ist ein starker Reisetag.“

„Das habe ich bemerkt“, sagte Laura und legte auf.

Dieser Patrik war unglaublich, sein Onkel war noch nicht einmal unter der Erde, und er verscherbelte bereits seinen Wagen.

„Der ist verknallt in dich“, kicherte Lily.

„Mit seiner Liebe kann es nicht weit her sein, wenn er mich wegen eines Gebrauchtwagens sitzenlässt“, scherzte Laura.

***

Die kleine Wallfahrtskirche Maria im Fels aus dem 13. Jahrhundert befand sich etwa einen Kilometer nordöstlich von Beram auf dem Friedhof des Ortes. Friedhof und Kirche waren von hohen Bäumen umgeben.

Die gotischen Fresken stammten von Vincent aus Kastav. Der berühmte Totentanz an der Westseite erstreckte sich über sieben Meter. Laura schoss unzählige Fotos von den Skeletten, die den Tod verkörperten. Personen aus allen Ständen waren vertreten: Kaufmann, Ritter, Wirt, König und Königin, Bischof, Kardinal und Papst. Nur der Bauer fehlte.

„Vor dem Tod sind alle Menschen gleich“, sagte sie zu Lily, die wie gebannt auf die unheimlichen Gestalten starrte.

Eines der Skelette spielte ein Saiteninstrument, andere spielten Blasinstrumente, eines trug Pfeil und Bogen, ein anderes eine Sense. Am rechten Rand stand der Tod und spielte Dudelsack über einem offenen Grab.

„Beschreibe einfach möglichst genau, was du siehst, schmücke es mit ein paar Sätzen aus und ruckzuck bist du fertig.“

„Ich würde die Fresken lieber abzeichnen als beschreiben“, sagte Lily.

„Musst du das Referat nicht mündlich halten?“

„Ja, leider.“

„Das schaffst du! Ich helfe dir beim Formulieren. Du musst meine Worte nur ins Kroatische übersetzen. Okay?“

„Du bist meine Lieblingstante“, sagte Lily grinsend.

Als sie zurück zum Wagen gingen, fragte Laura sie über Gino aus.

„Weißt du, warum er immer einen Hut trägt?“

„Weil er sich wegen seiner Halbglatze geniert. Der besitzt ein halbes Dutzend unterschiedliche Strohhüte, die hat er meistens während der Arbeit auf. Er wechselt sie jeden Tag ..."

„Du meinst, er hat einen Montagshut und einen Dienstagshut ...", unterbrach Laura sie.

„Im Ernst, er hat eben einen Hut-Tic. Wenn er in der Stadt unterwegs ist, trägt er andere, schickere Hüte, vor allem bei Schlechtwetter. Am hübschesten finde ich seinen Borsalino, auch sein Panamahut ist nicht übel. Außerdem ist er kein Italiener, sondern Albaner."

„Mit seinem rot-weiß gestreiften Leiberl sieht er aber aus wie ein waschechter venezianischer Gondoliere", ätzte Laura.

„Er heißt auch nicht Gino, sondern Gjon. Doch das klingt so komisch, deswegen nennen ihn alle der Einfachheit halber Gino."

Von Beram nach Poreč fuhr Laura wieder sehr langsam, um die Landschaft genießen zu können.

Seit einigen Kilometern fuhr ein heller SUV hinter ihr her. Er gab laufend Lichtsignale, überholte sie jedoch nicht, wenn sie knapp an den Straßenrand fuhr, um ihn vorbeizulassen.

Ihr war bewusst, dass sie ungewöhnlich oft in den Rückspiegel schaute.

Die Kleine schien ihre Nervosität zu bemerken und fragte, was los sei.

„Dreh dich nicht um, schau nur in den Seitenspiegel. Ich bilde mir ein, dass der große Wagen seit Beram hinter uns ist. Er blinkt mich andauernd an."

„Du glaubst, der will was von uns?"

„Keine Ahnung. Wahrscheinlich bin ich paranoid. Seit ich hier bin, habe ich mich schon öfters verfolgt gefühlt. Als ich nachts mit deinem Opa unterwegs war, hat uns ein ähnlicher Wagen von der Straße abgedrängt ..."

„Doch nicht absichtlich?"

„Wer weiß."

„Mach dir keine Sorgen. Am helllichten Tag wird uns sicher nichts passieren."

Während Lily die verschiedensten irrwitzigen Theorien aufstellte, warum jemand hinter Laura her sein könnte, verschwand der große, helle Wagen aus ihrem Blickfeld.

Erleichtert stieg Laura aufs Gas. Die letzten Kilometer bis Poreč legte sie in flottem Tempo zurück.

***

Die Altstadt von Poreč lag malerisch auf einer Halbinsel, die durch die Insel Sveti Nikola vor dem offenen Meer geschützt wurde.

Laura stellte den Wagen auf einem öffentlichen Parkplatz ab und schlenderte dann mit Lily durch die Fußgängerzone Decumanus zur Euphrasius-Basilika.

In der Einkaufsstraße reihte sich ein Geschäft an das nächste. Die zahlreichen Cafés und Bars sahen recht einladend aus.

Laura fielen vor allem die vielen Juwelierläden auf. Obwohl sie keinen großen Wert auf Schmuck legte, warf sie hin und wieder einen Blick in die Auslagen.

Eine Verkäuferin, die vor ihrem Laden stand und rauchte, forderte Laura und Lily auf einzutreten und sich umzusehen.

Sie sprach Deutsch und erzählte ihnen, dass es in dieser Straße vor 20 Jahren an die 40 Schmuckgeschäfte gegeben hatte. Touristen aus aller Welt seien früher nach Poreč gereist, um hier preisgünstigen Gold- und Silberschmuck zu kaufen.

„Ich schenke dir ein Armbändchen. Such dir eines aus, Lily." Laura deutete auf die modischen, zarten Armbänder in einer Vitrine.

Doch Lily interessierte sich mehr für ein eher altmodisch anmutendes Korallenarmband.

„Sind die echt?“, fragte die Kleine.

„Nein, das ist gepresster Korallenstaub.“

„Umso besser. Korallen sind geschützt, nicht wahr? Darf ich das haben?“, fragte sie Laura.

„Gerne. Ich finde es sehr hübsch.“

Lily legte das Armband gleich an und bedankte sich bei Laura mit einem Kuss auf die Wange.

Obwohl die beiden hungrig waren, widerstanden sie einem originellen Fisch-Imbiss in der Nähe des Schmuckladens und beschlossen, zuerst die berühmte Kirche zu besichtigen.

Poreč war bis heute Bischofssitz. Die Euphrasius-Basilika war im 6. Jahrhundert nach Christus im byzantinischen Stil errichtet worden und galt als eines der bedeutendsten frühchristlichen Kulturdenkmäler Europas, außerdem war sie Weltkulturerbe der UNESCO.

„Istrien hat lange zum Byzantinischen Reich gehört. Das haben wir in der Schule gelernt“, sagte Lily.

Das monumentale Gotteshaus beherbergte prächtige Mosaike und gut erhaltene byzantinische Fresken.

Rechts neben dem Altar auf der Südseite der Basilika entdeckten sie eine seltene Mariendarstellung. Das Mosaik zeigte die schwangere Maria, die ihre mit Johannes dem Täufer schwangere Cousine Elisabeth besuchte.

Laura begann leise zu lachen. „Herrlich“, sagte sie. „Sowas habe ich noch nie gesehen. Schau dir die beiden Frauen genau an. Normalerweise wurden in den Darstellungen des Mittelalters die Bäuche der Schwangeren unter weiten Gewändern versteckt. Hier schmiegt sich die Kleidung eng an die runden Babybäuche, auch die Brüste der Frauen zeichnen sich deutlich unter den

Kleidern ab. Ich finde, sie sehen richtig schick und modern aus."

„Und wer ist der kleine Kerl im Hintergrund?"

„Elisabeths Mann, der als Zeichen seiner Stummheit den Finger an seinen Mund hält", vernahmen sie hinter sich eine Männerstimme.

„Patrik! Was machst du denn hier?", fragte Laura überrascht.

„Ich bin euch nachgefahren, nachdem wir miteinander telefoniert haben. Leider habe ich euch in Beram verpasst. Als ich deinen Wagen später auf der Landstraße entdeckt habe, bin ich euch gefolgt. Hast du mich nicht bemerkt? Jedenfalls hast du auf meine Lichtsignale nicht reagiert. Dann habe ich tanken müssen ..."

„Ach du warst das", sagte Lily und warf Laura einen amüsierten Blick zu.

Laura schwieg verärgert, verzichtete aber darauf, ihn wegen seiner aggressiven Fahrweise zu kritisieren. Sie wollte ihm nicht auf die Nase binden, dass er ihr Angst eingejagt hatte.

Sie verließen die Kirche und schlenderten gemeinsam durch die Altstadt, vorbei an romanischen und gotischen Häuserfassaden. Laura wies Lily auf die gotischen Spitzbögen am Sinčić-Palast hin, doch die Kleine schien sich mehr für Patrik zu interessieren. Die beiden alberten herum, bis sie den Hauptplatz Trg Marafor am westlichen Ende der Halbinsel erreicht hatten.

Laura fotografierte Lily und Patrik vor einem romanischen Haus aus dem 13. Jahrhundert.

Auf dem schönen Platz waren Ausgrabungsarbeiten im Gange.

„Sie finden hier immer wieder Reste aus der Römerzeit", sagte Patrik. „Aber habt ihr keinen Hunger?

Mir kracht der Magen. Ich kenne ein Spitzenrestaurant im Hafen."

„Zuerst würde ich gerne das Haus meiner Urgroßeltern sehen", sagte Laura.

„Deine Ururgroßeltern haben in Poreč gelebt", erklärte sie Lily und gab Patrik die Adresse des Hauses.

Er schien sich in dem schönen Städtchen gut auszukennen. Ein paar Minuten später standen sie vor einem niedrigen, hübsch renovierten Haus, in dem sich ein Restaurant befand. Dahinter war ein schmaler dreistöckiger Bau, der sich in weniger gutem Zustand befand. Die beiden Häuser schienen miteinander verbunden zu sein.

„Was? Diese Häuser gehören deiner Familie?", fragte Patrik die Kleine. „Sie müssen ein Vermögen wert sein. Die Lage direkt an der Riva ist fantastisch und unbezahlbar."

„Mein Opa hat das alles längst verkauft", warf Lily ein.

„Weißt du, wie viel er dafür bekommen hat?"

Lily schüttelte den Kopf. „Das ist lange her, das war noch vor meiner Geburt, glaube ich."

Laura warf einen Blick auf die Speisekarte und schlug vor, hier im ehemaligen Haus ihrer Urgroßeltern zu essen.

Patrik war einverstanden, obwohl ihm anzumerken war, dass er lieber in das schicke Lokal nebenan gegangen wäre, das er ursprünglich vorgeschlagen hatte.

Laura bestellte Spaghetti vongole. Lily nahm Pljukanci mit Ragout.

Patrik stellte dem geduldigen Kellner unzählige Fragen, entschied sich schließlich für ein Beefsteak, zuerst mit Pommes Frites, dann ohne, dafür mit Salat und zuletzt mit Pommes und Salat.

Laura verdrehte die Augen zum Himmel. Lily bekam es mit und fing zu kichern an.

Als Patrik jedoch feierlich verkündete, dass er für das Ramazzotti-Konzert einen Backstage-Ausweis ergattert hatte, fiel ihm die Kleine um den Hals.

Laura freute sich ebenfalls, dass er nicht darauf vergessen hatte. Dennoch verhielt sie sich ihm gegenüber reserviert. Seit sie wusste, dass Patrik mit seinem Onkel an jenem Abend in der Kanzlei heftig gestritten hatte, misstraute sie ihm. Viktor Novak schien es ja sogar für möglich zu halten, dass Patrik seinen Onkel und dessen Sekretärin auf dem Gewissen hatte. In Lilys Gegenwart vermied Laura es, über den zweiten Mordfall zu sprechen. Als Lily auf die Toilette ging, konnte sich Laura nicht mehr länger zurückhalten.

„Hast du schon gehört, dass sich die Sekretärin deines Onkels nicht selbst umgebracht hat, sondern ebenfalls ermordet worden ist?"

„Ja. Was für eine grässliche Geschichte! Dein Freund, der Kommissar, hat mich stundenlang mit Fragen gelöchert. Aber ich habe ein hieb- und stichfestes Alibi für die fragliche Zeit." Er grinste sie jungenhaft an.

„Und? Verrätst du es mir?"

„Ich habe dir erzählt, dass ich an dem Abend vor unserem Ausflug nach Brijuni beim Junggesellenabschied eines Freundes war."

Da Laura überzeugt davon war, dass Viktor dieses Alibi sorgfältig überprüft hatte, ließ sie das Thema wieder fallen. Gerade rechtzeitig, denn in diesem Augenblick kehrte Lily an ihren Tisch zurück.

„Bei Sonnenuntergang ist es hier sehr romantisch. Die Riva ist DER Treffpunkt für Verliebte, die sich nicht sattsehen können an der Sonne, die in der Adria versinkt." Sein spöttisches Lächeln widersprach seinen Worten.

„Im Casino scheint bereits nachmittags viel Betrieb zu sein", bemerkte Laura, die den Eingang des großen Gebäudes im Blickfeld hatte.

„Die Casinos in Istrien sind fast alle in albanischer Hand", sagte Patrik. „Die albanische Mafia ist bei uns gut im Geschäft. Wenn wir nicht aufpassen, gehören ihnen auch bald die besten Hotels und Restaurants."

## 25.

Laura war nicht daran gewöhnt, ständig mit anderen Menschen zusammen zu sein. Nachdem sie mit Lily nach Rovinj zurückgekehrt war, wollte sie allein sein. Sie sehnte sich nach ein paar ruhigen Stunden. In den letzten Tagen war so viel passiert. Sie war bisher nicht dazugekommen, über all die schrecklichen Ereignisse in Ruhe nachzudenken.

Als es Abend wurde in Rovinj, alle Lichter angingen und die Stadt in einen märchenhaften Glanz tauchten, spazierte sie allein durch die Grisia hinauf zur Kirche der heiligen Euphemia. Obwohl es ein lauer Abend war, fröstelte sie in ihrem langärmeligen Baumwollshirt.

Beim Bergaufgehen wurde ihr bald wieder warm. Sie hatte die falschen Schuhe an für den steilen, kurvenreichen Weg durch die pittoreske Altstadt. Mit ihren Flip-Flops geriet sie auf den unregelmäßigen, zum Teil sehr hohen Steinstufen öfters ins Rutschen.

Rovinj galt als Künstler-Städtchen, doch Laura entdeckte nur wenige interessante Ateliers und Galerien.

Offensichtlich hatten sie kitschigen Souvenirläden weichen müssen.

Es gab auch so gut wie keine schicken Modeläden. Schon in Pula und Poreč war ihr unangenehm aufgefallen, dass die meisten Geschäfte Billigware aus Asien oder Italien anboten und nur vereinzelt edlere Boutiquen zu finden waren.

Obwohl sie ihren Job als Modedesignerin vor Jahren an den Nagel gehängt hatte, entwarf sie, wenn sie knapp bei Kasse war, noch kleine Kollektionen für ihre Wiener Freundin Marlene. Und sie hatte nach wie vor einen guten Blick für Mode.

Auf internationalen Messen war sie früher einigen sehr begabten jungen Designerinnen aus Kroatien begegnet. Von diesen fehlte hier jede Spur.

Sie erklärte sich dieses Manko selbst. Die meisten Kroatientouristen besaßen wahrscheinlich nicht das nötige Kleingeld für Designerklamotten. Hier genossen vorwiegend ärmere Familien mit Kindern oder FKK-Anhänger ihren Camping-Urlaub. Und wieder einmal nahm sie sich vor, ihre Freundin Marlene zu überreden, geschmackvolle, aber preislich erschwingliche Kleidung in ihrer Wiener Boutique anzubieten. Mit den Dumpingpreisen der Billigläden würden sie natürlich trotzdem nicht konkurrieren können.

Inzwischen war sie bei der von einem venezianischen Baumeister errichteten Barockkirche angelangt. Das Haupttor stand offen, sodass Laura einen Blick in den dreischiffigen Bau werfen konnte. Der Messner, der gerade die Kerzen auslöschte, deutete ihr, das Gotteshaus zu verlassen.

Laura hatte Verständnis dafür, dass der Mann Feierabend machen wollte. Sie setzte sich auf das Mäuerchen gegenüber der Kirche und betrachtete die heilige

Euphemia auf dem Dach des hohen Campanile, die über ihre Stadt wachte. Die Scheinwerfer waren an und ließen Kirche und Campanile in geheimnisvollem Licht erstrahlen.

Sie genoss die schöne Stimmung. Unwillkürlich musste sie an den Kommissar denken, stellte sich vor, er würde hier bei ihr sitzen und seinen Arm um sie legen. Sie malte sich aus, wie er mit seinen Lippen ihr Gesicht liebkoste, mit seinen kräftigen Händen ihre Brüste streichelte ...

In diesem Moment bemerkte sie einen großen, dunkelhaarigen Mann, der direkt auf sie zusteuerte. Sie erschrak.

Der Fremde nahm neben ihr auf der Mauer Platz und sagte einige Worte, die sie nicht verstand. Sie hielt ihn für einen Albaner. Seine Ausdrucksweise und sein Akzent erinnerten sie an Gino.

Weit und breit waren keine Touristen mehr zu sehen, nicht einmal ein Liebespärchen. Sie war allein mit dem Fremden.

Zuerst dachte sie, der Typ wolle Geld. Bisher war sie in Rovinj noch keinem Bettler begegnet. Sie hatte sich schon darüber gewundert.

Sie musterte den Mann aus den Augenwinkeln.

Er war ärmlich gekleidet mit Trainingshose und T-Shirt, wirkte aber nicht wie ein Bettler oder Obdachloser.

Da sie nicht vorgehabt hatte, irgendwo einzukehren, hatte sie kein Bargeld dabei. In der Gesäßtasche ihrer Jeans steckte allerdings ihre Bankomatkarte. Die trug sie immer bei sich.

Der Fremde starrte lüstern auf ihre Brüste.

Leider hatte sie auch ihr Handy im Hotel gelassen. Schön langsam wurde ihr mulmig zumute. Der Typ war ihr nicht geheuer.

Sie stand auf und machte ein paar Schritte Richtung Kirche.

Er kam ihr nach, kam ihr zu nahe.

Sie wich zurück.

Er folgte ihr.

Der Schein einer Laterne beleuchtete sein Gesicht.

Er sah nicht übel aus. Sein Haar wirkte jedoch ungepflegt und sein Blick war wirr.

„Jebanje", sagte er.

Laura wusste, was dieses Wort bedeutete, und bekam es mit der Angst zu tun.

„Fuck", wiederholte er grinsend und packte sie an den Schultern.

Sie versuchte ihn wegzustoßen.

Grinsend drückte er sie noch fester an sich und blies ihr seinen stinkenden Atem ins Gesicht.

Das Gefühl, ihm körperlich nicht gewachsen zu sein, machte sie zornig. Sie stieß ihm mit voller Wucht ihr Knie zwischen die Beine.

Er jaulte auf und ließ sie los.

Sie lief davon.

Obwohl es bergab ging, merkte sie nach den ersten 50 Metern, dass ihr die Luft ausging. Der kühle Abendwind stach ihr in die Lunge und ihr Herz pochte heftig.

Sie drehte sich um.

Er kam hinter ihr her. Wahrscheinlich würde er sie bald einholen.

Sie geriet ins Stolpern und landete auf ihren Knien. Rasch rappelte sie sich wieder auf.

„Verdammt!", fluchte sie, als sie einen stechenden Schmerz in ihrem linken Knöchel spürte.

Sie eilte mit dem linken Bein humpelnd weiter.

Er war dicht hinter ihr. Sie bildete sich ein, seinen Atem in ihrem Nacken zu spüren.

Gelächter und laute Stimmen.

Erleichtert atmete sie auf.

An der nächsten Ecke saßen einige Leute in einem Gastgarten an einem langen Tisch.

Sie fragte, ob sie sich zu ihnen setzen dürfe.

Die jungen Skandinavier luden sie sogleich auf ein Bier ein.

Der ekelhafte Typ war im Dunkel der Nacht spurlos verschwunden.

Es war spät geworden, der Wirt entschuldigte sich, dass die Küche bereits geschlossen hatte.

Sie prostete den leicht illuminierten Jungs zu und sah sich dann ihr verletztes Knie genauer an. Von ihrem Sturz hatte nun auch ihr zweites Paar Jeans ein großes Loch. Doch zerrissene Jeans schienen ja nach wie vor „in" zu sein. Zumindest liefen Lily und andere junge Leute nach wie vor mit durchlöcherten Hosen herum.

Die Abschürfungen am Knie waren nicht der Rede wert, brannten etwas, bluteten aber nicht. Der Knöchel tat ihr nach wie vor höllisch weh.

Auf dem Heimweg drehte sie sich mehrmals um. Außer ihr waren noch einige andere Nachtschwärmer unterwegs. Der Mann, der sie belästigt hatte, schien die Verfolgung jedoch aufgegeben zu haben.

Sie verließ die Altstadt durch das Balbi-Tor mit dem venezianischen Löwen und warf einen Blick auf den gegenüberliegenden roten Uhrturm.

Kurz vor 23 Uhr. Zum Glück war es nicht mehr weit bis zum Hotel Luka.

Zuhause begegnete sie niemandem, als sie sich in den zweiten Stock hinauf schleppte.

Gino hätte ihr heute Nacht gerade noch gefehlt. Die Begegnung mit dem Mann, den sie für einen Albaner gehalten hatte, konnte ein Zufall gewesen sein. Doch sie glaubte nicht an Zufälle.

Gino könnte einen Freund dazu angestiftet haben, ihr Angst einzujagen. Aber warum hätte er das tun sollen? Es gab keinen Grund. Außer jemand von der lieben Familie steckte dahinter. Jemand, der sie loswerden wollte. Ivana, Mateo oder gar Mariella oder Onkel Nikola? Nein, Letzterer schied aus. Nikola war ihr Lieblingsonkel. Allerdings hatte sie nur einen Onkel.

***

*Meine liebe Adriana, bis heute plagen mich Schuldgefühle wegen dir und Nikola. Ich werde es mir wohl selbst nie verzeihen, dass ich euch verlassen habe. Aber ich fühle mich nicht nur euch gegenüber schuldig. Ich habe auch meinen Stiefsohn im Stich gelassen. Während Igor und ich im Ausland in Saus und Braus lebten und mit beiden Händen Geld ausgaben, hauste Amino allein in der Villa in Opatija und bekam den Krieg hautnah mit, zumindest den ersten Jugoslawien-Krieg. Später, als die Kämpfe in Bosnien-Herzegowina und im Kosovo losgingen, war Istrien ja kaum mehr von den kriegerischen Auseinandersetzungen betroffen.*

*Wir hatten Amino in Opatija zurückgelassen, da er damals gerade sein Medizinstudium in Zagreb abgeschlossen und als junger Arzt im Hospital von Rijeka einen Job gefunden hatte. Finanziell fehlte es ihm an nichts. Jelena führte ihm den Haushalt, und er konnte tun und lassen, was er wollte. Dennoch schien er nicht glücklich zu sein. Er schrieb mir lange, melancholische Briefe. An Igor schrieb er nie, er ließ ihn nicht einmal in seinen Briefen an mich grüßen. Das Verhältnis zwischen den beiden war nach wie vor zerrüttet. Bei seinen seltenen Besuchen in unserem Häuschen in Barcola gerieten sich die beiden auch jedes Mal in die Haare. Igor konnte es nicht lassen, sich über die überhebliche, besserwisserische Art seines Sohnes lustig zu machen, und trieb den Jungen jedes Mal bis zur Weißglut. Ich begann mich vor Aminos Besuchen regelrecht zu fürchten. Diese Familientreffen, meist an Feiertagen, waren unerträglich für mich. Ich saß buchstäblich zwischen zwei Stühlen.*

*Mein Verhältnis zu Amino, der mir anfangs Mitschuld am Tod seiner Mutter gegeben hatte, war, wie gesagt, kompliziert, als er klein war. Als er mit Verspätung in die Pubertät kam, verliebte er sich platonisch in mich. Ich glaube, ich war seine erste große Liebe. Und wahrscheinlich seine einzige. Denn soweit ich es mitbekam, hatte der Junge nie eine Freundin. Er dürfte bis heute eine gestörte Beziehung zu Frauen haben, hat nie geheiratet und auch nie eine Freundin nach Hause gebracht.*

*Später, als er mich nach dem Tod des Generals und dem Prozess gegen Josip in die Klinik auf Rab einliefern ließ, nahm er sich dort eine kleine Wohnung, um rund um die Uhr in meiner Nähe sein zu können. Die vielen Jahre in der Psychiatrie boten mir einen Vorgeschmack auf die Hölle. Die Zustände dort waren unbeschreiblich. Amino tat, was in seiner Macht stand, um mir den Aufenthalt angenehmer zu gestalten, aber sie spritzten mich trotzdem nieder und stopften mich täglich mit Tabletten voll.*

*Ich bemühe mich heute, diese schlimmste Zeit in meinem Leben zu vergessen. Was mir auch manchmal gelingt.*

*Ich vermisse dich so sehr, mein Kind! Und ich wünsche mir nichts sehnlicher, als dich bald wiederzusehen.*

***

Die letzten Sätze im Tagebuch ihrer Großmutter hatten Laura sehr mitgenommen. Obwohl sie so gut wie nie weinte, kamen ihr die Tränen. Als sie sich wieder beruhigt hatte, fragte sie sich, wie es möglich war, dass Dr. Bogdanović seine Stiefmutter so einfach in die Psychiatrische Klinik einweisen hatte können. Ob Nikola davon gewusst hatte?

## 26.

Als Laura am nächsten Morgen hinunter in die Gaststube ging, wollte sie ihren Onkel fragen, ob er über Natalijas Einlieferung in das Psychiatrische Krankenhaus informiert worden war oder gar seine Zustimmung erteilt hatte.

Ivana und Nikola standen lautstark miteinander diskutierend an der Theke. Auf nüchternen Magen ertrug Laura die Zankerei der beiden noch weniger als sonst. Sie setzte sich mit ihrem Frühstück, das aus Kaffee und einer Topfengolatsche bestand, in den Gastgarten.

Ein paar Minuten später gesellte sich Nikola zu ihr. Er wirkte niedergeschlagen. Laura verzichtete darauf, ihn mit Fragen über Natalija zu quälen.

„Ich will nicht tagelang tatenlos bei euch herumhängen und darauf warten, bis die Polizei den Täter endlich gefasst hat“, sagte sie.

„Was möchtest du machen?“

„Mir die Gegend näher ansehen. Schließlich ist meine Mutter hier aufgewachsen.“

„Okay, ich zeige dir den Limski-Kanal, den hat Adriana im Frühherbst, wenn sich die Laubbäume an den Hängen zu verfärben beginnen, besonders geliebt.“

Sogleich besserte sich Lauras Laune.

Erst als sie zum Hafen schlenderten, bemerkte Nikola ihr Humpeln.

Sie erzählte ihm nichts von dem Albaner, erwähnte nur, dass sie gestern gestolpert sei und sich den Knöchel verstaucht habe.

„In der Bordapotheke habe ich eine Salbe. Die wirkt Wunder. Ich habe immer alles Wichtige dabei!“, sagte er stolz.

Nikolas altes Anglerboot mit Pilothaus hatte eine Schlafkoje unter Deck. Der 50-PS-Motor war nur für Küstengewässer geeignet. Laura mochte diese kleinen Boote, die sie an Enten erinnerten.

Sie fuhren nahe der Küste entlang Richtung Vrsar. Nikola wies sie auf die endlosen, zu dieser Jahreszeit fast leeren Strände hin.

Als sie am FKK-Gelände vorbeituckerten, entdeckte Laura doch einige Badegäste.

„Im Sommer ist hier der Teufel los“, sagte Nikola. „Die Nackerten fühlen sich pudelwohl bei uns. Kein Wunder, man findet hier alles, was das Urlauber-Herz begehrt, Poolanlagen, finnische Sauna, beheiztes Hallenbad, Wasserskifahren, Kitsurfen und am Beginn des Limski-Fjords sogar einen FKK-Yachthafen. Die Nächte werden auf Clubbings oder bei Strandpartys durchgetanzt. Sex, Drugs, Alkohol and Rock'n'Roll. Von wegen zurück zur Natur.“

Inzwischen hatten sie die Einfahrt zum Limski-Kanal erreicht. Geschickt umschiffte Nikola die abgegrenzten Zonen.

„Hier wird Fischzucht betrieben. Branzino, also Wolfsbarsch, Seezunge und Steinbutt, unsere besten Fische ...“

„Und was holen sie dort drüben raus?“, unterbrach Laura ihn und deutete auf Bojen, die aussahen wie große Schnecken.

„Muscheln. Die wachsen an den Bojen. Im Limski-Fjord gedeihen sogar Austern. Obwohl du mich mit Austern jagen kannst. Seit ich mal eine schlechte erwischt habe, finde ich Austern zum Kotzen“, sagte er grinsend. „Jakobsmuscheln, Venusmuscheln, ja selbst Miesmuscheln sind mir tausendmal lieber."

„Ich bin auch kein Fan von Austern. Sie leben noch, wenn du sie runterschluckst. Ich stelle mir dann immer vor, wie sie in mir weiterleben, sich in meinem Inneren umsehen und an meinen Organen herumschnüffeln."

Nikolas Lachen war ansteckend.

„Deine neugierigen Austern sind richtige Diven. Sie müssen drei Jahre lang gehegt und gepflegt werden, bevor man sie rausfischen kann."

Am Ende des Fjords legten sie an und kehrten in einem Fischlokal ein, das von den Touristen, die mit Ausflugsbooten gekommen waren, verschont geblieben war. Außer ein paar Individualreisenden waren sie die einzigen Gäste.

Nikola bestellte einen Branzino und empfahl Laura die gemischten Muscheln.

Von der überdachten Terrasse des Lokals hatte man einen schönen Blick auf den Fjord. Schweigend beobachteten sie die an- und ablegenden Boote und genossen den leichten, eiskalten Weißwein, bis das Essen kam.

Lauras Teller quoll über von Jakobs-, Mies-, Venusmuscheln und hässlichen, verschrumpelten Dingern, die aussahen wie Steine.

„Was ist denn das?"

„Das sind Muskulo. Probier mal."

Die ihr unbekannten Muscheln schmeckten köstlich. „Ab nun werde ich nur mehr Muskulo essen", beteuerte sie.

„Jetzt brauchen wir einen Biska. Aber den nehmen wir am Boot", schlug Nikola vor.

Nachdem sie abgelegt hatten, holte Nikola den Tresterschnaps mit Blättern und Früchten der Misteln aus der Kajüte und schenkte sich selbst und Laura großzügig ein.

„Živjeli – so lässt es sich leben, oder? Das Rezept für den Schnaps stammt übrigens von den Druiden, den keltischen Priestern."

„Tja, ich weiß nicht", sagte Laura, die an ihrem Glas nur genippt hatte. „Ich bin keine Schnapstrinkerin."

„Okay, gib ihn mir. Ist zu schade zum Wegschütten. Der Biska ist pure Medizin, er hilft gegen alle Wehwehchen, gegen Kopf- und Zahnschmerzen, Verdauungsbeschwerden, Herzschwäche und sogar bei hohem Blutdruck."

Laura behielt ihre Zweifel für sich.

Vor einem bewaldeten Hang hatten mehrere Ausflugsboote angelegt.

„Dort oben wurde irgendein Karl-May-Film gedreht. Ich glaube, es war ‚Der Schatz im Silbersee', kann aber auch ein anderer gewesen sein", erklärte ihr Nikola und leerte ihr Schnapsglas ebenfalls in einem Zug.

Dann erzählte er ihr von seinem gescheiterten Versuch als Olivenbauer.

Laura kannte sich mit Oliven aus und hörte ihm interessiert zu.

„Die Ernte beginnt bei uns Anfang Oktober und dauert bis Mitte November. Man muss den optimalen Zeitpunkt erwischen. Wenn die Früchte ihre Farbe zu ändern beginnen, geht's los. Die meisten Olivenbauern ernten von Hand, nur wenige benützen Schüttler oder Maschinen. Schon die alten Römer haben hier die ersten Olivenhaine gepflanzt. Es gibt viele Funde antiker Mühlen, Pressen und Amphoren, in denen das Öl einst aufbewahrt und transportiert worden ist. Heutzutage werden in Istrien etwa 15 verschiedene Olivensorten kultiviert, früher waren es sogar an die

100. Das kalt gepresste Öl ist flüssiges Gold. Aber leider haben mir die Oliven kein Glück gebracht."

„Mir auch nicht", sagte Laura und erzählte ihm von ihrem samiotischen Olivenhain und dem verheerenden Feuer, dem er zum Opfer gefallen war.

Nikola wollte mehr über ihre Zeit in Griechenland wissen.

Sie winkte ab. „Ein anderes Mal. Erzähle mir lieber, warum dir die Oliven kein Glück gebracht haben."

„Ich habe auch dieses Projekt in den Sand gesetzt. Irgendwann gewöhnt man sich ans Scheitern. Ich hatte mich verspekuliert. Viel zu viel investiert. Außerdem war die Zeit noch nicht reif. Dieser ganze Zirkus ums Olivenöl hat erst viel später eingesetzt. Wie ich dir letztens schon gesagt habe, war ich mit meinen Ideen immer zu früh dran. Ich war sozusagen ein Vorreiter. Heute boomt das Geschäft mit dem Olivenöl, genauso wie der Bootscharter, die Ausflugstouren ..."

Nikola erhielt einen Anruf.

Er reagierte seltsam, sprach sehr leise und ging mit Handy und Schnapsflasche in die winzige Kajüte.

Laura behielt ihn im Auge, bemerkte, dass er im Laufe des Gesprächs kreidebleich wurde und sich mit einem kräftigen Schluck aus der Flasche stärkte.

Besorgt fragte Laura ihn, nachdem er aufgelegt hatte, was los sei.

Er wollte ihr nicht sagen, worum es ging. „Bloß Geschäfte. Es läuft momentan alles schief, was nur schieflaufen kann."

Den Rest der Strecke war er schweigsam.

Er setzte sie im Hafen von Rovinj ab und fuhr gleich weiter.

„Ich habe noch etwas Wichtiges zu erledigen, ich muss jemanden treffen. Sag zuhause Bescheid, dass ich nicht weiß, ob ich heute zurückkommen werde oder erst morgen Früh."

Ehe sie sich für den schönen Ausflug bedanken konnte, fuhr er los.

***

Ivana regte sich maßlos darüber auf, dass Nikola nicht heimgekommen, sondern gleich wieder abgezogen war. Auch Mateo war nicht zuhause, obwohl sie für heute Abend zahlreiche Reservierungen im Restaurant hatten.

„Er hat mir nicht gesagt, wo er hinwill", beklagte sie sich bei Laura. „Seit neustem macht jeder, was er will. Du hast hier alles durcheinandergebracht", warf sie ihr wieder einmal vor.

„Jetzt hörst du aber auf, Oma! Laura kann nichts dafür, dass Papa und Opa ständig unterwegs sind. Wahrscheinlich sind sie zusammen zum Leuchtturm gefahren. Papa soll doch die Elektrik dort erneuern", mischte sich Lily ein.

„Es wird bald dunkel. Glaubst du, die basteln im Finstern an den elektrischen Leitungen herum?"

„Warum rufst du die beiden nicht einfach an?", fragte Laura.

„Auf dem Boot und beim Leuchtturm haben sie keinen Mobilfunkempfang."

Laura erzählte ihrer Tante nichts von dem Anruf, den Nikola an Bord angenommen hatte. Anscheinend hatte er seiner Frau einen Bären aufgebunden, um wenigstens auf seinem Boot und in seinem geliebten Leuchtturm Ruhe vor ihr zu haben.

Lily schien Bescheid zu wissen. Sie grinste Laura verschwörerisch an, hielt aber ebenfalls den Mund.

„As time goes by“ erklang leise aus Lauras Hosentasche.

Sie hob ab.

„Viktor Novak. Dobar dan.“

Laura spürte, wie sie errötete. Verärgert, dass sie sich wie eine verliebte Pubertierende benahm, fauchte sie in ihr Handy: „Was wollen Sie schon wieder?“

Pause.

Hatte er aufgelegt? Es wäre kein Wunder, dachte Laura.

„Ich habe zufällig beruflich in Rovinj zu tun gehabt und wollte fragen, ob Sie Zeit haben, mich ... wir könnten uns kurz treffen ... gemeinsam essen ...“, stammelte er.

Sie setzte an, ihm von dem ausgezeichneten Mittagessen am Limski-Fjord zu erzählen, als ihr der Verdacht kam, dass der Kommissar womöglich nur einen Vorwand suchte, um sie wiederzusehen. Bisher war sie sich nicht sicher gewesen, dass er ähnliche Gefühle für sie empfand wie sie für ihn. Doch offenbar war ihm sehr an einem Treffen gelegen.

Sie wollte zusagen, als er mit seinen nächsten Worten alles wieder zunichtemachte.

„Vorher muss ich unbedingt mit Ihrem Onkel reden. Es ist wichtig! Es hat sich etwas Neues ergeben.“

„Mein Onkel ist nicht zuhause. Vermutlich ist er zu seinem Leuchtturm gefahren.“

„Das trifft sich gut. Ich bin mit dem neuen Polizeiboot hier und werde ihn gleich dort besuchen. Das Boot ist erst vor zwei Tagen geliefert worden und gehört eingefahren“, erklärte er.

„Und das muss der Herr Kommissar natürlich höchstpersönlich machen“, spöttelte Laura.

„Möchten Sie mir Gesellschaft leisten?“

Laura wollte ihren Onkel keinesfalls mit dem Kommissar allein lassen. Zumindest ist es eine gute Ausrede, um Viktor Novak zu begleiten, dachte sie selbstkritisch.

Da beide nicht wussten, wo sich die Insel genau befand, nahm Laura Lily beiseite und fragte sie nach den Koordinaten der winzigen Insel zwischen Rovinj und Poreč, bevor sie zum Hafen aufbrach.

***

Das Polizeiboot sah schnittig aus, war etwa sieben Meter lang, hatte mehrere Antennen auf dem Dach des Pilothauses und trug die Aufschrift „Policija".

Drei kleine Buben bewunderten es von der Mole aus.

„Wie schnell fährt das?", fragte einer der Knirpse den Kommissar auf Kroatisch.

„35 Knoten, also ca. 65 Stundenkilometer", klärte Viktor ihn freundlich auf.

„Nicht mehr?" Der Kleine wirkte enttäuscht.

Laura hatte den Wortwechsel mitbekommen.

„Ich hätte auch gedacht, dass die Polizei schneller unterwegs ist", scherzte sie.

„Na warten Sie! Ich kann nur hoffen, dass Sie seetüchtig sind", erwiderte er grinsend. „Geben Sie Ihre Handtasche lieber nach unten, damit sie nicht nass wird."

Laura kletterte in den Rumpf des Bootes.

Die geräumige Kajüte beherbergte nicht nur diverse technische Geräte, sondern auch eine Sitzgelegenheit mit einem Mahagonitischchen.

Sie legte ihre Tasche auf die Sitzbank und half dem Kommissar beim Ablegen.

Während der Fahrt erwähnte Viktor, dass er Amino Bogdanović nach Pula aufs Polizeikommissariat bestellt hatte.

„Ich will wissen, ob er am Tag des Mordes in Pula war."

„Warum? Er hat mit den Morden sicher nichts zu tun."

„Wir müssen alle Möglichkeiten in Betracht ziehen. Jedenfalls brauche ich seine Aussage. Frau Horvat, die Sekretärin des Notars, hat bei ihrer Einvernahme zu Protokoll gegeben, dass der Herr Doktor an jenem Tag ebenfalls einen Termin beim Notar hatte. Er hatte seine Verspätung angekündigt, da er wegen eines Unfalls im Učka-Tunnel festsaß. Sie hatte ihm gesagt, dass der Notar länger in der Kanzlei sei, da er einen weiteren Klienten erwartete. Der Herr Doktor hatte beteuert, dass er noch kommen würde. War er also dort oder nicht?"

Laura wunderte sich, warum der Kommissar den Psychiater nicht schon früher vorgeladen hatte. Warum erst nach dem Tod der Sekretärin?

„Ich habe Herrn Dr. Bogdanović erzählt, dass die Sekretärin des Notars ebenfalls tot ist."

„Was genau haben Sie ihm erzählt und warum sagen Sie mir das erst jetzt?" Er klang verstimmt.

Laura schwieg und betrachtete den fantastischen Himmel.

Die Sonne verabschiedete sich in einem spektakulären Farbspiel aus Rottönen.

„Ist egal. Sie werden Ihre Gründe gehabt haben."

„Ehrlich gesagt, habe ich es einfach vergessen. In den letzten Tagen war so viel los. Ich hatte so viel um die Ohren ..."

„Okay, kein Problem. Der Herr Doktor wird mir hoffentlich erklären können, warum er sich nach dem Mord nicht bei uns gemeldet hat. Wann haben Sie ihn getroffen?"

„Vor kurzem in Motovun. Er hat mir einige schöne Dorfer im Landesinneren gezeigt. Wir haben kaum über die beiden Todesfälle geredet. Der Mann ist eigenartig, ein wenig schrullig oder, besser gesagt, speziell, wenn Sie verstehen, was ich meine. Sie können sich ja bald selbst ein Bild von ihm machen."

Den Rest der Fahrt vermieden es beide, über die Morde zu reden.

Es war eine Vollmondnacht. Das Meer war ruhig und spiegelglatt.

Der Mond beleuchtete die Wolken, erzeugte ein hübsches Paisleymuster am Himmel.

Die Wolken nahmen die Formen von Tieren an.

Laura ließ ihrer Fantasie freien Lauf: „Sieht die nicht aus wie eine Schlange? Und die große, dicke daneben erinnert mich an eine Schildkröte."

„Ich sehe nur lauter Schafe", scherzte der Kommissar.

Den eigentlichen Grund für diese romantische abendliche Bootsfahrt schienen beide, zumindest für einen Moment, vergessen zu haben.

## 27.

Der Leuchtturm auf der kleinen, felsigen Insel zeichnete sich im Mondlicht deutlich vom dunklen Himmel ab. Die helleren Töne stachen hervor, vor allem das Weiß des frisch ausgebesserten Mauerwerks. Sonst war der

Turm mehr grau als weiß. Laura schätzte, dass er etwa 20 Meter hoch war.

Viktor Novak richtete den Suchscheinwerfer auf einen länglichen betonierten Sockel, an dem zwei Boote nebeneinander befestigt waren. Von dem Betonklotz führte eine verrostete Leiter zum Meer hinab.

Laura erkannte das Anglerboot ihres Onkels. Auch das zweite Motorboot kam ihr bekannt vor. Es wurde durch Nikolas Boot zum Teil verdeckt.

„Hier scheint Hochbetrieb zu sein. Wir werden ankern müssen“, sagte der Kommissar. „Ich hoffe, die Brandung wird nicht zu stark sein.“

Die Flut lief erst an. Noch war von einer starken Brandung nichts zu bemerken.

Viktor Novak holte eine Taschenlampe aus der Kiste im Cockpit, befahl Laura an Bord zu bleiben und verließ das Boot.

Bis zu den Knien im Wasser stapfte er ans Ufer. Auf einer flachen Felsplatte geriet er ins Rutschen, landete unsanft auf dem Hintern. Fluchend rappelte er sich auf und kletterte zügig weiter über die glitschigen Steine. Bald erreichte er den kleinen Vorplatz des Leuchtturms, der von einer niedrigen Mauer umgeben war.

Es war merklich kühler geworden. Der Herbst kündigte sich an.

Die einsame Insel war höchstens 30 Meter lang und 20 Meter breit und bestand hauptsächlich aus Felsbrocken, zwischen denen kümmerliches Gestrüpp hervorlugte.

Die Gischt spritzte über die Steinblöcke, die als eine Art Uferbefestigung dienten. Laura fühlte sich den Naturgewalten verdammt nahe. Das Wetter hatte plötzlich umgeschlagen. Der Mond versteckte sich hinter den Wolken, kräftiger Wind kam auf.

Im Dunkel der Nacht sahen die spitzen Wellen und die Gischt aus wie schroffe, hochaufragende Felsen.

Sie hatte nicht auf den Kommissar gehört, sondern war ihm gefolgt. Vorsichtig balancierte sie über die nassen Steine, um nicht ebenfalls auszugleiten.

Als sie Viktor erreicht hatte, probierte er gerade mit einer schnellen, heftigen Bewegung die Klinke der Tür des Leuchtturms nach unten zu drücken, doch die Tür war verschlossen.

Auf einmal vernahmen sie Geräusche. Schwache, dumpfe, undeutliche Laute.

„Da ist jemand drinnen“, rief der Kommissar und holte einen Leatherman aus seiner Hosentasche.

Die Geräusche wurden lauter. Gepresste Rufe. Sie klangen verzweifelt.

Laura bildete sich ein, jemanden um Hilfe schreien zu hören. Die Worte waren jedoch nicht deutlich zu verstehen.

Als es dem Kommissar gelungen war, die Tür mit seinem Leatherman aufzubrechen, erhaschte sie einen Blick auf zwei Gestalten, die nebeneinander auf dem betonierten Boden lagen.

Der Strahl von Viktors Lampe streifte langsam über die beiden Körper.

Der eine Mann lag auf der Seite, sein Körper war seltsam verkrümmt. Der andere war nur schemenhaft zu sehen.

Im nächsten Moment warf Viktors Taschenlampe einen hellen Lichtkegel auf die Gesichter der Männer.

Laura stieß einen Schrei aus.

Das Gesicht des Mannes, der ausgestreckt an der Wand lag, war bleich. Seine Hände und Arme waren von schlimmen Brandwunden entstellt.

„Sieht nach Stromschlag aus“, sagte der Kommissar.

Der Tote erinnerte Laura an den Leichnam ihres Mannes. Auch Lorenz' Körper hatte schlimme Verbrennungen aufgewiesen.

Ihr Blick fiel auf die Wand bei der Treppe, die voller Blutspritzer war.

Nikolas Blut?

Laura begann zu schluchzen.

Der Mann, der mit angewinkelten Beinen neben dem Toten lag, war ihr Onkel. Sein Gesicht und seine Halbglatze waren blutverschmiert. Er rührte sich nicht.

Viktor legte seine Hand auf Nikolas Hals, um seinen Puls zu fühlen.

„Er lebt", sagte er. „Bleiben Sie bei ihm. Ich muss noch mal aufs Boot zum Satellitentelefon. Wir brauchen einen Arzt und die Spurensicherung."

„Er lächelt", flüsterte Laura und deutete auf den Toten.

„Das ist bloß die Leichenstarre. Wir nennen es das Grinsen des Todes."

„Es ist Patrik Vuković", sagte sie leise.

„Kann ich Sie allein lassen?", fragte Viktor besorgt.

„Gehen Sie ruhig. Ich schaffe es schon."

Sie ließ sich auf der untersten Stufe der Treppe nieder und nahm den blutigen Kopf ihres Onkels in ihren Schoß.

Nikola war bei Sinnen.

Sie wusste, dass der Stromtod auch erst einen Tag später eintreten konnte, und hatte die ärgsten Befürchtungen.

„Wie fühlst du dich?", fragte sie ihn leise.

„Schwindlig ... mir brummt der Schädel", stammelte er.

Als Viktor zurückkehrte, schlug er vor, draußen auf die Rettungsleute und die Kriminaltechniker zu warten.

Laura nickte dankbar. Sie konnte den Anblick des toten Patrik kaum mehr ertragen.

Viktor hatte nicht nur eine Decke und Verbandszeug vom Boot mitgebracht, sondern auch eine Leuchtpistole.

Nachdem er Nikolas Verletzungen notdürftig verarztet hatte, half er ihm auf und schleppte ihn mit Lauras Hilfe vor die Tür.

Sie legten ihn auf die niedrige Mauer vor der Anlegestelle und breiteten die Fleece-Decke über ihn.

Laura setzte sich neben Nikola und bettete wieder seinen Kopf in ihren Schoß.

Viktor schritt nervös auf und ab. Alle paar Sekunden warf er einen Blick auf seine Uhr.

„Die Spurensicherung wird den Leuchtturm komplett unter die Lupe nehmen, auch wenn der Kampf nur hier unten stattgefunden hat", sagte er zu Laura. „Sie werden alles auf Fingerabdrücke absuchen müssen. Vielleicht waren noch andere ungebetene Besucher hier. Leider haben die Wände eine raue Oberfläche, damit kann man schlecht arbeiten."

„Es war sonst keiner hier", sagte Nikola mit schwacher Stimme und versuchte ihnen zu schildern, was passiert war.

Der Wind pfiff ihnen um die Ohren, drohte seine Worte hinwegzufegen.

Nikola sprach undeutlich und in unvollständigen Sätzen, so als wäre er betrunken oder geistig verwirrt. Er konnte sich beim besten Willen nicht mehr erinnern, warum er sich mit Patrik Vuković beim Leuchtturm getroffen hatte.

Weder Laura noch Viktor kauften ihm diese Erinnerungslücke ab. Nach einem besorgten Blick auf Laura beharrte Viktor nicht auf dieser Frage, sondern bat Nikola zu schildern, woran er sich erinnern konnte.

„Wir sind wegen irgendetwas in Streit geraten. Ach ja, jetzt fällt es mir wieder ein. Er hat behauptet, ich hätte seinen Onkel umgebracht." Nikolas Sprache wurde zusehends klarer. „Er hat mir einfach nicht glauben wollen, dass der Notar bereits tot war, als ich in die Kanzlei gekommen bin. Und dann hat er mir plötzlich eine verpasst."

„Aus heiterem Himmel?", unterbrach Viktor ihn.

„Ja, so könnte man sagen. Er hatte eine mächtig harte Rechte. Ich bin sofort zu Boden gegangen und mit dem Kopf auf die Eisenstiege geknallt." Er deutete auf den Cut über seiner linken Augenbraue. „Ich muss kurz ohnmächtig gewesen sein. Als ich wieder zu mir gekommen bin, habe ich gesehen, wie er sich am Stromkasten zu schaffen gemacht hat. Inzwischen war es hier herinnen dunkel geworden. Ich habe geschrien, er soll seine Finger von dem Kasten lassen. Mateo hat noch keine Zeit gehabt, die Elektrik zu reparieren. Die meisten Drähte liegen blank ... Tja, und dann ist es passiert. Ein kurzer Blitz, und der junge Mann hat zu zittern und zappeln begonnen ..."

Er hielt inne, zitterte selbst.

„Haben Sie eine zweite Decke für ihn? Er friert", sagte Laura zu Viktor.

„Geht schon", murmelte Nikola und fuhr fort: „Ich habe versucht ihn wegzuziehen. Es war zu spät. Er ist richtiggehend an den Drähten geklebt. Ich habe selbst einen Stromschlag abbekommen. Aber es war halb so schlimm, dank meiner Gummistiefel ist mir nicht wirklich was passiert."

„Es war also ein Unfall." Laura klang erleichtert.

Viktor schien nicht ihrer Meinung zu sein. Er schwieg. Nur sein Gesichtsausdruck verriet ihn.

Laura fror ebenfalls erbärmlich. Ihre Hose und ihr Baumwollshirt waren völlig durchnässt vom Meerwasser.

„Drinnen liegt ein alter Pullover. Zieh ihn an, sonst holst du dir was." Nikola deutete auf eine rostige Kiste neben der Tür des Leuchtturms.

Der verfilzte Wollpullover reichte ihr bis zu den Knien und stank fürchterlich, doch er erfüllte seinen Zweck. Sie hörte auf zu zittern. Was vielleicht auch auf Nikolas Sliwowitz zurückzuführen war. Laura hatte in der Kiste eine halbleere Flasche entdeckt und sich mit ein paar großen Schlucken gestärkt.

Als sie in der Ferne Motorengeräusche vernahmen, feuerte Viktor eine Leuchtkugel ab.

Ein paar Minuten später tauchte ein Suchscheinwerfer die kleine Insel in grelles Licht.

Laura übergab ihren Onkel der Rettungsmannschaft. Zum Abschied küsste sie ihn vorsichtig auf beide Wangen und versprach ihm, sich um alles zu kümmern.

„Hab Geduld. Alles wird gut. Ich besorge dir einen Anwalt. Versprochen!"

„Keine Angst, er kommt nicht ins Gefängnis. Sie werden ihn ins Krankenhaus nach Pula bringen", sagte der Kommissar, als er Lauras ängstlichen Blick bemerkte.

„Glauben Sie, die würden auch mich mitnehmen?"

Er schüttelte den Kopf.

„Ich bringe Sie zurück, ich bin hier gleich fertig. Wir müssen nur noch auf die Spurensicherung warten."

Als sich das Boot mit den Kriminaltechnikern näherte, half Viktor seinen Kollegen beim Anlegen. Er besprach sich kurz mit ihnen. Danach rief er Laura zu: „Wir können fahren."

Vorsichtig hangelte sie sich zu den Booten hinunter.

Viktor machte die Leinen los und wollte an Bord springen, landete aber im Wasser.

Bis zum Bauch im kalten Meer stehend, versuchte er fluchend das Polizeiboot näher an den Betonsockel zu ziehen, damit Laura leichter einsteigen konnte.

Die Brandung war heftiger geworden, brachte das schwere Boot gehörig ins Schwanken.

„Setzen Sie sich hin und rutschen Sie langsam zu mir herunter. Ich trag Sie rüber“, forderte er Laura auf.

Sie zögerte nicht lange, ging in die Hocke und ließ sich in seine Arme fallen.

## 28.

Kaum waren sie an Bord, begab er sich in die Kabine, um sich seiner nassen Klamotten zu entledigen.

Laura folgte ihm in der Hoffnung, dass sich an Bord auch für sie etwas Trockenes zum Anziehen finden würde.

Er zog sich bis auf die Unterhose aus.

Ungeniert betrachtete Laura im schwachen Schein der Deckenlampe seinen schlanken, muskulösen Körper. Zwar hatte sie ihn auch bei ihrem gemeinsamen Ausflug nach Kamenjak halbnackt gesehen, aber damals war ihre Angst, abgewiesen zu werden, größer gewesen als ihre Lust auf ihn.

Auf einmal war es ihr hier unten zu warm. Sie zog den stinkenden Pullover aus, schnappte sich ein Handtuch und begann Viktor abzureiben. Als seine Haut leicht gerötet war, ließ sie ihre Hände zärtlich über seine Schultern und seinen muskulösen Rücken wandern.

Er ließ sie gewähren, rührte sich nicht.

Sie fasste ihn um die Mitte und gab ihm mit sanftem Druck zu verstehen, dass er sich umdrehen solle.

Jetzt erst löste er sich aus seiner Erstarrung, umarmte sie stürmisch, drückte sie fest an sich und murmelte mit gepresster Stimme etwas auf Kroatisch.

Es war offenkundig, dass er sie mindestens ebenso sehr begehrte wie sie ihn.

Er nahm ihr Gesicht in seine Hände und sah ihr tief in die Augen.

Laura öffnete ihre Lippen. Da er nach wie vor keine Anstalten traf, sie zu küssen, stellte sie sich auf die Zehenspitzen und küsste ihn.

Er erwiderte ihren Kuss, anfangs zurückhaltend, beinahe kühl, dann mit wachsender Leidenschaft.

Trotz ihres vom Zwetschgenschnaps umnebelten Verstandes versuchte sie klar zu denken. War es wirklich eine gute Idee, mit ihm zu schlafen? Was war bloß mit ihr los? Patrik war tot, ihr Onkel verletzt und sie konnte an nichts anderes als Sex denken?

„Sollten wir nicht ablegen, bevor der Sturm schlimmer wird?“, fragte sie leise.

„Du hast recht.“

Doch anstatt die Leinen loszumachen, küsste er sie erneut.

Sanft schob Laura ihn weg und zog wieder den stinkenden Pullover an.

Viktor schenkte ihr einen langen, traurigen Blick, schlüpfte in einen Neoprenanzug und begab sich an Deck. Laura wickelte sich in eine Fleece-Decke und folgte ihm.

Der Motor sprang erst beim dritten Startversuch an, begann aber, kurz nachdem sie losgefahren waren, zu stottern.

Sie zuckten zusammen.

„Hast du vergessen zu tanken?“

Viktor nickte verlegen.

„Das darf doch nicht wahr sein ...“ Laura musste sich beherrschen, um nicht lauthals loszulachen.

Als Viktor jedoch selbst zu lachen anfing, fiel sie in sein Gelächter mit ein.

Er machte sich auf die Suche nach einem Ersatzkanister und wurde bald fündig. Zum Glück war der Kanister bis oben hin voll. Trotzdem fuhr er sehr langsam weiter, um Benzin zu sparen.

Zum Glück hatte der Sturm etwas nachgelassen. Das Meer war nach wie vor aufgewühlt, aber das schwere Polizeiboot meisterte die hohen Wellen.

Laura blieb bei ihm an Deck. Sie teilten sich den Sitz am Steuer und die warme Decke.

Seine leidenschaftlichen Küsse ließen die grauenhaften Bilder in ihrem Kopf in den Hintergrund treten. Über Nikola und den toten Patrik verloren sie kein Wort mehr. Eng umschlungen steuerten sie das Festland an und erreichten so um drei Uhr früh Pula.

„Soll ich dich mit dem Wagen gleich nach Rovinj bringen, oder möchtest du bei mir übernachten? Ich nehme an, du wirst morgen deinen Onkel im Krankenhaus besuchen wollen.“

Laura war einverstanden, den Rest der Nacht bei ihm zu verbringen. Sie sehnte sich nur mehr nach einer heißen Dusche, da sie das Gefühl hatte, genauso zu stinken wie der alte Seemannspullover ihres Onkels.

***

Viktor Novaks Wohnung befand sich im dritten Stock eines modernen Gebäudes in der Fußgängerzone von Pula.

„Kann ich duschen?“, fragte sie, kaum dass sie sein Zuhause betreten hatte.

Er zeigte ihr das Badezimmer und brachte ihr frische Handtücher.

Der heiße Wasserstrahl entfernte nicht nur den Schweiß und Schmutz von ihrem Körper, sondern spülte auch all die Anstrengungen der letzten Stunden und die Erinnerungen an die grauenhaften Ereignisse in den Ausguss.

Die Silhouette eines großen Mannes zeichnete sich auf der Glastür ab.

„Darf ich?“ Viktor öffnete die Duschkabine einen Spalt.

Er war nackt, hatte nur ein Handtuch um seine Mitte geschlungen.

Wieder bewunderte sie seinen wohlgeformten Körper.

Als er das Handtuch fallen ließ, zuckte sie beim Anblick seines erigierten Gliedes zusammen.

Wie lange war es her, seit sie zuletzt mit einem Mann geschlafen hatte? Zwei Jahre oder gar drei?

Viktor sparte nicht mit Olivenseife, rieb sich von oben bis unten gründlich ein. Dann umarmte er sie wortlos. Seine Hände glitten über ihre Schultern zu ihren Brüsten. Er presste seinen Mund auf ihren und sie spürte seine feuchte Zunge zwischen ihren Zähnen.

Seine Küsse erregten sie.

Während er seine seifigen Hände mit sanft kreisenden Bewegungen über ihren Bauch tanzen ließ, spürte sie seinen Atem an ihrem Hals. Sie griff nach seinem Glied. Er schüttelte den Kopf, spülte sie mit der Brause gründlich ab und trocknete mit seinen Lippen jede Stelle ihres Körpers.

Dann richtete er erneut den warmen Wasserstrahl auf ihre Scham. Als sie zu stöhnen begann, hockte er sich vor sie hin und ließ seine Zunge in sie gleiten. Am liebsten hätte sie laut aufgeschrien, doch sie stöhnte nur leise, zerrte ihn an den Haaren, suchte Halt, bevor sie sich fallen ließ und sich seiner Zunge auslieferte.

„Bitte, Viktor, hör auf. Es ist genug." Sie packte ihn an den Schultern, zog ihn hoch und begann sich für seine Zärtlichkeiten erkenntlich zu zeigen. Liebevoll streichelte sie seine behaarte Brust, seine Schenkel. Als sie seinen Schwanz berührte, nahm er ihre Hand weg, drückte sie gegen die Wand, schlang ihre Beine um seine Hüften und drang in sie ein.

Seine Stöße waren heftig und schnell. Mit beiden Händen versuchte sie sich an der glitschigen Duschwand festzuhalten, rutschte immer wieder ab, keuchte schwer, bekam kaum mehr Luft. Er bewegte sich noch schneller und kam zu schnell.

Sie war nicht enttäuscht, da sie ihr Vergnügen ja bereits gehabt hatte. Dennoch zitterte sie weiter.

Im Bett kuschelte sie sich unter der Decke an ihn, umschlang ihn mit ihren Armen und Beinen und hoffte, dass ihr Zittern bald aufhören würde. Trotz der heißen Dusche schien sie nach wie vor zu frieren.

Sie verbrachten eine unruhige Nacht miteinander. Das Bett war nur einen Meter 20 breit. Jedes Mal, wenn er sich umdrehte, wachte sie auf und drehte sich ebenfalls um.

Als sie irgendwann fast aufeinander lagen, versuchte er langsam in sie einzudringen.

Sie wehrte sich nicht. Verschlafen liebten sie sich ein zweites Mal. Dieses Mal sehr sanft und zärtlich.

Er sprach von Liebe, verfiel in seine Muttersprache, flüsterte ihr Koseworte ins Ohr.

Irgendwann schlief sie in seinen Armen ein.

***

Um neun Uhr morgens wurden sie von Möwengeschrei geweckt.

„Oh verdammt, nicht schon wieder“, stöhnte Viktor, sprang aus dem Bett und eilte hinaus auf die Terrasse.

„Was ist los?“, murmelte Laura verschlafen.

„Diese Biester scheißen alles voll. Ich bin selten zuhause, darum haben sie meine Terrasse zu ihrem Lieblingstreffpunkt erkoren.“

Laura hoffte, er würde nach der Möwenjagd ins Bett zurückkommen, doch er verschwand in der Küche und rief: „Magst du Kaffee oder Tee?“

„Kaffee bitte, stark und schwarz, ohne Zucker.“

Während er Kaffee kochte, suchte sie ihr T-Shirt und ihre Unterwäsche. Beides fand sich schließlich im Badezimmer. Auch ihre Jeans lagen dort am Boden. Sie starrten vor Dreck und rochen nach Diesel. Ihr graute davor, sie anziehen zu müssen.

Barfuß und nur mit dem ebenfalls nicht mehr sauberen T-Shirt bekleidet, tappte sie hinaus auf die Terrasse.

Viktor war nirgends zu sehen. Doch plötzlich legten sich zwei Hände um ihre Taille.

Langsam drehte sie sich um.

Der Kommissar war bereits vollständig angezogen und roch gut.

Als sich seine Lippen ihrem Mund näherten, wich sie zurück. „Ich muss erst Zähne putzen. Hast du eine zweite Zahnbürste?“

Ihr Mundgeruch schien ihn nicht im Mindesten zu stören. Sein Kuss war leidenschaftlich und fordernd.

„Nicht jetzt, Viktor, bitte, mir ist leicht übel ..."

Enttäuscht ließ er von ihr ab und holte den Kaffee.

„Möchtest du Spiegeleier? Leider habe ich nur Toastbrot und eine alte Butter im Haus."

„Spiegeleier sind wunderbar."

Während er die Eier briet, blieb sie auf der Terrasse.

„Was für ein toller Blick", rief sie.

Die Terrasse befand sich über den Dächern der Stadt, mit dem Hafen von Pula zu ihren Füßen. Die Giganten in der Werft Uljanik, die sie letztens in vollem Lichterglanz bewundert hatte, grüßten in der Ferne.

Nachdem sie ein paar Bissen Toastbrot und eines der Spiegeleier gegessen hatte, fühlte sie sich besser und hatte Lust, noch einmal mit Viktor zu schlafen. Doch nun war es dafür zu spät. Er schien in Gedanken bei seiner Arbeit zu sein. Während des Frühstücks hatte er mehrmals auf seine Armbanduhr geschaut und bedauert, dass er sich beeilen müsse.

„Ich habe Doktor Bogdanović für zehn Uhr aufs Kommissariat bestellt. Bleib ruhig hier, solange du möchtest. Und wenn du gehst, zieh einfach die Tür hinter dir zu. Ich rufe dich später an, wir könnten zusammen mittagessen. Die Besuchszeit im Spital beginnt erst um 16 Uhr, soviel ich weiß."

Er verabschiedete sich von Laura mit einem langen Kuss.

„Und pass auf, dass dir die Möwen nicht den Rest deines Frühstücks klauen", rief er noch, bevor sich die Wohnungstür hinter ihm schloss.

Laura legte sich auf eine Liege und schlummerte bald ein. Das verzerrte, bleiche Antlitz des toten Patrik erschien ihr im Halbschlaf. Auf einmal veränderten sich seine Züge, bekamen eine gewisse Ähnlichkeit mit den Zügen ihres bei einem Verkehrsunfall verbrannten

Mannes. Mit vorwurfsvollem Blick beugte er sich über sie. Sie schrie und wachte von ihrem eigenen Schrei auf.

Im ersten Moment wusste sie nicht, wo sie sich befand. Irritiert beobachtete sie die Eidechsen, die sich auf den warmen Dachziegeln sonnten. Die schrecklichen Traumbilder ließen ihr aber keine Ruhe.

Sie sprang auf, kochte sich einen zweiten Kaffee und machte sich auf die Suche nach einer Zigarette.

In einer Schublade neben dem Herd wurde sie fündig. Sie bediente sich aus einem offenen Päckchen.

Nach dem Kaffee und der Zigarette fühlte sie sich imstande, sich in Viktors Bleibe genauer umzusehen.

Nicht nur Kleidung, auch Wohnungen verrieten ihrer Meinung nach extrem viel über einen Menschen.

Auf den ersten Blick sah es bei Viktor aus wie in einem typischen Junggesellenhaushalt. Spärlich bestückte Küchenschränke, im Kühlschrank hauptsächlich Getränke und ein paar abgelaufene Lebensmittel. Der Fernsehapparat wirkte neu und war riesengroß. Auch die anderen technischen Geräte schienen teuer gewesen zu sein. Was seine Möbel betraf, konzedierte sie ihm einen guten Geschmack. Eine hübsche Jugendstillampe zierte seinen Schreibtisch und an den Wänden hingen ausgezeichnete Fotografien. Sie erkannte ein World Press Photo wieder, das sie in einer Fotogalerie in Wien gesehen hatte. Die anderen Bilder schienen ebenfalls von professionellen Fotografen aufgenommen worden zu sein. Hohe Bücherregale aus Nussholz, ein bequem aussehendes braunes Ledersofa und eine rote, chinesische Kommode verliehen dem geräumigen Wohnzimmer einen gewissen Retro-Charme.

Die Wohnung war sauber und aufgeräumt, jedoch nicht übertrieben ordentlich. Auf dem Couchtisch lagen zwei leere Zigarettenpäckchen, eine aufgeschlagene Zeitung und ein Tablet. Im Schlafzimmer stapelten sich Bücher auf seinem Nachtkästchen.

Laura gefiel, was sie sah.

Sie sehnte sich danach, Viktors Stimme zu hören.

Die Befragung von Doktor Bogdanović musste längst vorbei sein.

Kurzentschlossen rief sie den Kommissar an und fragte, was bei der Einvernahme des Psychiaters herausgekommen war.

Viktor klang kühl und distanziert. Wahrscheinlich war er nicht allein. Er berichtete ihr, dass der Doktor seinen Termin beim Notar wegen eines Staus im Učka-Tunnel angeblich nicht einhalten hatte können.

„Er hat behauptet, die Sekretärin angerufen und den Termin verschoben zu haben. Als ich ihn mit der Aussage von Frau Horvat konfrontiert habe, hat er zugegeben, dass er es sich anders überlegt hatte und mit großer Verspätung in Pula eingetroffen war. Die Haustür war geschlossen. Er hat angeläutet, aber niemand hat geöffnet. Ich bezweifle allerdings, dass der Doktor die Wahrheit gesagt hat. Die Spurensicherung und meine Kollegen waren um die Zeit, in der er vorgibt, dort gewesen zu sein, im Haus."

Laura wusste, dass er recht hatte. Amino Bogdanović war ihr auf dem großen Platz aufgefallen, als sie im Café Cvajner auf Viktor gewartet hatte. Sie behielt dies für sich, wollte erst noch einmal über alles nachdenken. Sie konnte sich nicht vorstellen, dass dieser distinguierte, höfliche ältere Herr einen Mord begangen hatte.

„Auf jeden Fall gehört er ab heute auch zu den Verdächtigen", sagte Viktor.

„Das ist völlig abwegig. Warum sollte er den Notar umgebracht haben?"

„Wegen des Testaments?" Viktors ironischer Ton behagte ihr nicht.

Als er sie vor dem Psychiater warnte und ihr riet, sich von ihm fernzuhalten, reichte es ihr.

„Ich wusste bisher nicht, dass Kriminalbeamte so viel Fantasie besitzen. Schau lieber, dass du den wahren Täter bald findest."

„Hej, warum bist du so schlechter Laune? Hast du nicht gut geschlafen?"

Er senkte seine Stimme, flüsterte ins Telefon: „Leg dich wieder hin, Liebes. Ich werde schauen, dass ich möglichst rasch hier wegkomme. Was hältst du von einer gemeinsamen Siesta?"

So leicht ließ sich Laura nicht besänftigen. Ohne ihm zu antworten, beendete sie das Gespräch.

Aus Trotz und auch aus Neugier rief sie nach dem unerquicklichen Telefonat mit Viktor Amino Bogdanović an.

Er war noch in Pula und willigte ein, sich mit ihr zu treffen. Wie schon bei ihren früheren Telefonaten war er kurz angebunden. Er schlug ein Lokal in der Altstadt vor und legte auf, ohne zu warten, ob sie mit seinem Vorschlag einverstanden war.

Wie sind denn diese Herren heute drauf, fragte sich Laura. Zuerst war Viktor, mit dem sie gerade eine Liebesnacht verbracht hatte, auffallend distanziert gewesen und jetzt auch noch dieser sonst so höfliche Psychiater. Am liebsten hätte sie ihn versetzt. Doch ihre Neugier war größer als ihr Unmut.

## 29.

Nachdenklich verließ sie Viktors Wohnung. Wie er ihr geraten hatte, zog sie einfach die Tür hinter sich zu.

Sie schenkte den italienisch anmutenden Häusern in der Fußgängerzone kaum Beachtung, registrierte dennoch die Sprünge in den Mauern der Patrizierhäuser und die zum Teil kaputten hölzernen Jalousien an den Fenstern.

In einem alten italienischen Palazzo entdeckte sie eine Modeboutique mit halbwegs passabel aussehenden Klamotten im Schaufenster.

Sie erstand weiße Jeans und ein weißes T-Shirt, zog beides gleich an, stopfte ihre schmutzige Kleidung in einen Papiersack und machte sich auf die Suche nach dem Restaurant, das sich laut Dr. Bogdanović hinter dem Augustustempel befand.

Laura war als Erste im „Piazza Nove".

Die Tische im Gastgarten waren alle besetzt, doch sie hatte Glück, ein Tischchen für zwei an der Hausmauer wurde gerade frei.

Erinnerungen an Patrik kamen hoch, während sie auf den Doktor wartete. Obwohl ihr der junge Anwalt nicht sonderlich sympathisch gewesen war, entsetzte sie sein grauenhafter Tod. Was auch immer er getan haben mochte, den Tod hatte er sicher nicht verdient. Sie war gespannt, was ihr Onkel erzählen würde. Die Erklärung, die er ihr und Viktor im Leuchtturm aufgetischt hatte, war sicher nicht die ganze Wahrheit. Patrik schien ihn erpresst zu haben, aber warum?

Laura konnte sich nicht vorstellen, dass ihr Onkel den Notar umgebracht hatte. Welchen Grund hätte Patrik also gehabt, ihn zu erpressen?

Während sie weiter grübelte, erblickte sie plötzlich Amino Bogdanović. Er stand hinter dem Rathaus und war in den Anblick der Mauer aus Natursteinen, die einst Teil des römischen Diana-Tempels war, versunken.

Laura winkte ihm. Er schien sie noch nicht bemerkt zu haben.

Erst nach ein paar Minuten näherte er sich gemächlichen Schrittes dem Restaurant.

Er war 20 Minuten zu spät. Kein Wort der Entschuldigung kam ihm bei der Begrüßung über die Lippen. Kaum hatte er Platz genommen, vertiefte er sich in die Speisekarte.

Laura vermutete, dass ihn die Einvernahme auf dem Kommissariat ziemlich mitgenommen hatte. Er wirkte verärgert, fuhr den Kellner an, der ihm statt des bestellten stillen Wassers ein prickelndes gebracht hatte.

Den Appetit hatte ihm das Verhör durch die Polizei nicht verdorben. Laura staunte nicht schlecht, als er eine 350 Gramm schwere, mit Käse gefüllte faschierte Roulade orderte.

Sie wählte händisch gedrehte istrische Nudeln mit dem lustigen Namen „Fuzi" in weißer Trüffelsauce.

Da der letztens bei ihrem gemeinsamen Ausflug so redselige Doktor heute den Schweigsamen markierte, bemühte sich Laura ein Gespräch in Gang zu bringen.

„Ich habe gehört, dass Sie heute Vormittag eine Aussage auf dem Kommissariat gemacht haben."

„Ein völlig überflüssiger Termin. Ich fürchte, ich konnte der Polizei nicht weiterhelfen. Der Kommissar dürfte ein überaus misstrauischer Mensch sein, ein typischer Polizeibeamter eben."

Er äußerte sich weiter abfällig über den Kommissar, hörte erst auf zu schimpfen, als sich der Kellner näherte. Während des Essens schwiegen beide. Laura sah dem Doktor staunend dabei zu, wie er diese Unmengen von Fleisch vertilgte. Sie hoffte, ihm würde nicht schlecht werden.

Die Stimmung war frostig. Erst beim Kaffee taute er ein bisschen auf und erzählte ihr, dass der Notar den General von früher her gekannt hatte.

„Daher hat der General die Kanzlei in Pula für all seine juristischen Angelegenheiten gewählt. Er wollte sich von keinem Anwalt oder Notar aus Opatija vertreten lassen."

„Warum nicht?"

„Der General war zeit seines Lebens ein Außenseiter in dieser Stadt, nicht nur weil er Serbe war, sondern aus einem anderen Grund."

Er sah Laura lange und forschend an.

Sie wollte nach dem Grund fragen, als er von selbst zu erklären begann. „In Opatija waren die Leute seit dem Tod meiner Mutter ihm gegenüber misstrauisch und voller Vorurteile. Aber lassen wir die Vergangenheit ruhen." Er lehnte sich seufzend zurück und beteuerte, dass er froh über das Auftauchen des Testaments sei.

„Ich hätte unser Haus höchst ungern den Händen Ihres Onkels und seiner Familie überlassen."

Also doch „unser" Haus. Laura hielt den Mund, obwohl es ihr auf der Zunge lag, ihn zu korrigieren.

„Verzeihen Sie meine harten Worte, aber ich nehme an, Sie werden meine Abneigung gegen Ihre kroatischen Verwandten verstehen. Ihr Großvater war Schuld am Tod meines Vaters und nun scheint Ihr Onkel aus reiner Geldgier zum Mörder geworden zu sein."

„Wie kommen Sie auf diese Idee?", fragte Laura empört.

„Ohne Testament würde das Erbe zwischen Ihnen und dieser mörderischen Familie aufgeteilt werden", fuhr Doktor Bogdanović unbeirrt fort. „Der General hätte sich im Grab umgedreht! Und erst recht meine Frau Mama. Sie müssen wissen, dass meine Mutter aus einer sehr wohlhabenden Familie kam. Ein Großteil der Mobiliare in der Villa stammt von meinen Großeltern mütterlicherseits."

„Oh, da Sie das gerade erwähnen, sollte ich tatsächlich das Haus erben, würde ich es gerne sehen, wenn Sie alle Möbel, Bilder und Teppiche, die Sie haben möchten, mitnehmen."

Laura hatte soeben beschlossen, sich die Villa so bald wie möglich anzusehen. „Ich werde demnächst nach Opatija kommen", sagte sie.

Der Psychiater lud sie ein, bei ihm zu wohnen. „Es ist Ihr Haus", bekräftigte er seine Einladung.

Der Gedanke, mit diesem fremden älteren Herrn im selben Haus zu nächtigen, war ihr unangenehm.

Viktor Novak hatte sie mit seinem Misstrauen angesteckt.

***

Laura und Dr. Bogdanović verabschiedeten sich vor dem Lokal voneinander. Sie wartete, bis er um die nächste Straßenecke verschwunden war, und setzte sich dann auf die Stufen vor dem Augustustempel.

Während des Essens hatte Viktor mehrmals angerufen und zwei Nachrichten auf ihrer Mailbox hinterlassen. Sie hatte ihr Telefon auf lautlos gestellt, hörte aber jetzt ihre Mailbox ab.

Viktor entschuldigte sich für seinen schroffen Ton von vorhin. Er war, so wie sie vermutet hatte, nicht allein in seinem Büro gewesen.

„Ich möchte dich heute noch unbedingt sehen. Wir sollten miteinander reden. Es gibt eine neue Entwicklung im Fall Vuković. Ruf mich bitte zurück."

Seine zweite Nachricht brachte sie zum Lachen, da er wie ein verliebter Pubertierender um einen Kuss bettelte.

Sie rief ihn zurück und verabredete sich mit ihm im Café Uliks beim Triumphbogen am Ende der Fußgängerzone.

Obwohl sie den Forumsplatz wunderschön fand, fühlte sie sich nicht sehr wohl hier, denn genau gegenüber des Augustustempels befand sich der Palazzo, in dem der Notar ermordet worden war.

***

Im Café Ulysses erwartete sie James Joyce mit Stock und Hut. Dieser grandiose Schriftsteller hatte in Pula eine Zeitlang als Englischlehrer gearbeitet. Neben dem Genie in Bronze saß der Kommissar mit halbgeschlossenen Lidern.

Nicht zum ersten Mal hatte sie den Eindruck, er döse vor sich hin oder sei gar schwermütig. Mittlerweile wusste sie, dass der Ausdruck seiner Augen in Sekundenschnelle wechseln konnte, von melancholisch zu heiter oder von bedrohlich zu gutmütig.

Als Viktor sie erblickte, strahlten seine Augen. Er sprang auf, umarmte sie stürmisch und küsste sie.

Gerne hätte sie mit ihm weiter geschmust, doch als sie die erstaunten Blicke einiger Passanten registrierte, löste sie sich aus seinen Armen.

Der Polizeikommissar war sicher stadtbekannt. Ihm schien es nicht aufzufallen, dass die Leute ihn anstarrten, doch Laura war die Situation ein bisschen peinlich.

„Sag, was ist passiert?“, forderte sie ihn auf.

Er blickte sie traurig an.

Sogleich bereute sie ihren schroffen Ton.

Viktor bestellte für sie Kaffee und Mineralwasser, dann räusperte er sich mehrmals, bevor er ihr klarmachte, dass Mateos Alibi für die Tatzeit geplatzt war.

„Dein Cousin war, als der Notar ermordet wurde, ebenfalls in Pula."

Laura wusste das bereits, schwieg jedoch.

„Meine Leute haben Fotos von allen Mitgliedern deiner Familie den Kellnern in den umliegenden Lokalen gezeigt. Der Pförtner im Rathaus hat Mateo gesehen, wie er zur fraglichen Zeit am Forum herumspazierte."

„Ich dachte, er war nur in einem Baumarkt außerhalb der Stadt", murmelte Laura.

„Wie bitte? Du hast gewusst, dass er mich angelogen hat? Und ich Idiot habe dir die ganze Zeit vertraut, dir sogar Ermittlungsdetails verraten ...", empörte sich Viktor.

„Es handelt sich um meinen Cousin, meinen einzigen", sagte sie trotzig.

„Ich werde mir die liebe Familie Marković noch einmal vorknöpfen. Und dich sowieso. Am besten, ich nehme dich gleich mit aufs Kommissariat und sperre dich ein. Du solltest schnell etwas Gutes essen. Bei uns gibt es nur Wasser und Brot."

Laura kicherte und tätschelte sein Knie unterm Tisch. „Ich lasse mich nur einsperren, wenn du mich jede Nacht in meiner Zelle besuchst."

Sie alberten noch eine Weile herum. Laura war froh, dass er sich so rasch besänftigen hatte lassen, und versprach ihm, in Zukunft im Zusammenhang mit den Mordfällen nie mehr etwas zu verschweigen.

Als er sich mit einem Kuss bedankte, fühlte sie sich richtig mies. Jetzt wagte sie es erst recht nicht mehr, ihm von ihrem Treffen mit Amino Bogdanović zu berichten.

„Ich habe die Kopie des Testaments dabei. Willst du sie dir ansehen?"

Viktor nahm ein marmoriertes weißes Kuvert, auf dem in schnörkeliger Schrift „Laura Mars“ stand, aus seiner Aktentasche und reichte es ihr.

Laura warf nur einen kurzen Blick auf den Letzten Willen ihrer Großmutter, der in krakeliger Schrift auf Kroatisch verfasst und von zwei Zeugen unterschrieben worden war. Eine der Zeuginnen war die Sekretärin des Notars gewesen. Der zweite Name war unleserlich.

„Darum werde ich mich später kümmern. Ich möchte jetzt zu meinem Onkel ins Spital.“

„Gute Idee. Ich bringe dich hin. Vielleicht ist er sogar vernehmungsfähig.“

„Ich würde gern allein mit Nikola reden.“

Sie ärgerte sich, weil Viktor ihren Onkel scheinbar nach wie vor verdächtigte.

„Wie du willst, Liebes.“

Viktor legte den Arm um ihre Schultern und zog sie an sich.

Gereizt schob sie ihn weg und stand auf.

„Hast du nicht etwas vergessen?“, fragte er und hielt sie an einer Hand fest.

„Was meinst du?“

„Du wolltest mir das Tagebuch deiner Großmutter zum Lesen geben.“

„Ich bin noch nicht damit fertig. Bisher habe ich nichts gefunden, das zur Aufklärung der beiden Verbrechen beitragen könnte. Im Prinzip sind es Briefe von einer Toten an eine Tote. Es handelt sich dabei hauptsächlich um Familiengeheimnisse, und die gehen dich nichts an.“

„Oh nein, meine Liebe, du irrst! Alles, was mit deiner Familie zu tun hat, geht mich was an.“

„Du kriegst es, sobald ich es gelesen habe, und jetzt lass mich los.“

„Hast du es dabei?“

Sie schüttelte den Kopf.

„Draga! Ich habe vorhin einen Blick in deine offene Tasche geworfen. Das kleine schwarze Buch darin sah mir nach einem Tagebuch aus.“

Laura errötete, ob vor Zorn oder Scham, war ihr momentan egal.

„Ist dort schräg gegenüber nicht ein Copyshop? Darf ich mir wenigstens die letzten Seiten, die ich noch nicht gelesen habe, kopieren?“

„Das werde selbstverständlich ich für dich erledigen“, sagte Viktor und streckte seine Hand aus.

Laura blieb nichts anderes übrig, als ihm das zerfledderte schwarze Büchlein auszuhändigen. Sie ließ es sich nicht nehmen, ihn in den Copyshop zu begleiten, und sah ihm schweigend dabei zu, wie er die Seiten, die sie ihm zeigte, eigenhändig kopierte.

„Weißt du, was ich nicht begreife“, sagte er plötzlich, „ich war von Anfang an sehr ehrlich zu dir, habe dich über die Ermittlungen am Laufenden gehalten, was ich nicht hätte tun dürfen, aber ich wollte dein Vertrauen gewinnen und natürlich habe ich es auch als Vorwand benützt, um dich wiederzusehen. Aber du bist selbst jetzt, nach allem, was zwischen uns war, nach wie vor misstrauisch mir gegenüber und lügst mich sogar an.“

Sie wich seinem verletzten Blick aus, griff nach den Kopien und verließ den Shop. Ihr war zum Heulen zumute. Doch sie hatte sich geschworen, dass sie kein Mann mehr zum Weinen bringen würde.

Als er sie zum Abschied auf den Mund küsste, presste sie ihre Lippen fest zusammen. Dann nahm sie ein Taxi zum Krankenhaus.

Viktor schaute dem Wagen lange nach.

## 30.

Nikola lag allein in einem Zweibettzimmer. Seine graue Gesichtsfarbe und die halb geschlossenen Augen bedeuteten nichts Gutes. Er wirkte ermattet, kraftlos, wie in sich versunken.

Laura besorgte sich einen Stuhl und setzte sich neben sein Bett.

Sie hatte ihm Kaffee und eine Schachtel Kraš Domaćica mitgebracht. Nikola liebte diese berühmten kroatischen Kekse mit dem politisch nicht ganz korrekten Namen „Hausfrau".

Er war gerührt und der Kaffee brachte etwas Farbe in sein Gesicht zurück.

Verlegen gestand er ihr, dass er das originale Testament gestohlen hatte.

„Es war eine Kurzschlusshandlung. Ich habe einfach einige Papiere, die in dem offenen Tresor herumlagen, mitgenommen. Erst zuhause hat sich herausgestellt, dass es sich um Natalijas Testament handelte. Ivana hat mich beim Lesen erwischt und mir geraten, es zu verbrennen, als sie kapiert hat, dass du die Alleinerbin bist. Ich wollte das nicht, das musst du mir glauben. Aber du kennst ja deine Tante. Sie hat mir das Testament aus der Hand gerissen und ist damit verschwunden. Angeblich hat sie es verbrannt, was ich nicht glaube, denn dafür würde der liebe Gott sie bestrafen. Sie wird es wohl irgendwo versteckt haben. Aber das finde ich noch raus!"

Lügt er wieder, fragte sich Laura, da ihr Nikola bei seinen letzten Worten nicht mehr in die Augen, sondern zu Boden geschaut hatte.

„Und was ist mit dem Geld, das sich angeblich im Tresor befunden hat? Hast du das auch gestohlen?"

Er zögerte, griff nach den „Hausfrauen-Keksen".

Ungeduldig wartete sie auf seine Antwort. Sie wusste, dass in der Wohnung der ermordeten Sekretärin viel Bargeld entdeckt worden war. Da sie Frau Horvat nicht für eine Diebin hielt, vermutete sie, dass ihr Mörder einen Teil des gestohlenen Geldes bei ihr deponiert hatte, um den Verdacht auf sie zu lenken.

„Sag schon, hast du das Geld aus dem Tresor geklaut?"

„Nur ein bisschen was", gab er kleinlaut zu.

„Was heißt ein bisschen? Wie viel?"

„Etwa 20.000 Dollar."

„Und das nennst du ein bisschen", empörte sich Laura.

„Angeblich hat sich das Fünffache darin befunden."

„Wieso weißt du das?"

„Weil er das behauptet hat."

„Wer hat das behauptet? Komm, lass dir nicht alles aus der Nase ziehen."

„Na dieser Neffe des Notars."

„Fangen wir noch einmal von vorne an. Der Notar ist also ganz sicher zum Zeitpunkt deiner Ankunft tot gewesen?"

„Ich schwöre es!"

Merkwürdigerweise glaubte sie ihm nach wie vor.

„Du hast den offenstehenden Tresor gesehen und konntest nicht widerstehen, ihn auszuräumen. Und wo sind diese 20.000 jetzt?"

„Hoffentlich im Leuchtturm. Ich habe sie in einer alten Seemannskiste versteckt."

„Und wieso hat Patrik das gewusst?"

„Weil ich es ihm gesagt habe."

„Wie bitte? Wann hast du ihm das gestanden?"

„Auf der Rückfahrt vom Limski-Fjord habe ich einen Anruf bekommen, erinnerst du dich? Es war Patrik Vuković. Er hat behauptet, an jenem Tag, als sein Onkel ermordet worden ist, gesehen zu haben, wie ich aus dem Haus rannte. Er wollte sein Geld zurück, hat betont, dass er der einzige Erbe seines Onkels sei. Allerdings hat er 100.000 verlangt. Er hat behauptet, er wisse genau, wie viel Bargeld sein Onkel im Tresor aufbewahrt hatte. Mir haben die gestohlenen Dollar sowieso unter den Nägeln gebrannt. Im Grunde bin ich fast froh gewesen, sie loszuwerden. Aber ich hatte ja nur 20.000 und keine 100.000. Ich habe mich also mit ihm auf meiner Insel verabredet, ich dachte, es wäre gescheiter, unter vier Augen miteinander zu reden. Manchmal bin ich ein richtiger Idiot!"

„Glaubst du, dass Patrik seinen Onkel ermordet hat und den Rest des Bargeldes selbst entwendet hat?"

Nikola nickte. „Was weiß ich? Aber wenn ich es mir recht überlege, habe ich damals das Gefühl gehabt, dass außer mir noch jemand in der Kanzlei war. Ich habe eigenartige Geräusche gehört, ich dachte, sie würden von draußen kommen, weil ein Fenster offenstand. Zuerst habe ich vermutet, dass die Sekretärin auf der Toilette war oder in einem der hinteren Räume. Aber genauso gut könnte sich Patrik Vuković irgendwo in der Kanzlei versteckt haben, als ich dahergekommen bin. Ich habe gerufen: ‚Ist da jemand?', aber keine Antwort bekommen. Die Hand des Notars war noch warm. Blöderweise habe ich ihn angefasst, ich wollte seinen Puls fühlen. Doch da war kein Pulsschlag mehr zu spüren. Ich habe die Papiere und ein paar Geldbündel in meine Jacken- und Hosentaschen gestopft und geschaut, dass ich weiterkam. Umso länger ich darüber nachdenke, desto überzeugter bin ich, dass der Mörder in der Kanzlei war und mich die ganze Zeit beobachtet hat. Wahrscheinlich habe ich ihn beim Ausräumen des Tresors gestört."

„Du meinst also, es war Raubmord?"

„Ich bin mir ziemlich sicher. Dieser Patrik war kein Guter. Er war vor mir auf der Insel, hat beim Leuchtturm auf mich gewartet. Anfangs hat er keinen so üblen Eindruck auf mich gemacht. Er war höflich, beim Reingehen hat er mir den Vortritt gelassen. Doch kaum hatte sich die Tür hinter uns geschlossen, hat er mir einen Faustschlag in den Magen versetzt."

Laura konnte sich Patrik als brutalen Schläger kaum vorstellen.

„Ich habe ihm die Geschichte mit den 20.000 Dollar erklären wollen. Er hat nur höhnisch gelacht und mich mit beiden Händen an die Wand gedrückt. Er hat mir gar nicht zugehört, hat was von einem Vermögen gefaselt, das ich horten würde. Ich glaube, der hat mich für einen schwerreichen Hotelbesitzer gehalten. Irgendwie kriegte ich die große Petroleum-Lampe bei der Wendeltreppe zu fassen und haute sie ihm auf den Schädel. Ich habe schlecht gezielt, die Lampe hat nur seine Stirn gestreift. Das hat ihn noch wütender gemacht. Während er auf mich einschlug, hat er geschrien, dass er mich ja leider auf der Landstraße nicht voll erwischt habe."

„Er hat also zugegeben, dass er uns an dem Abend, als wir mit deinem Motorroller unterwegs waren, verfolgt und von der Straße abgedrängt hat?"

„Indirekt ja."

„So ein Mistkerl!"

„Leider habe ich keine Chance gegen ihn gehabt. Ich habe ihm zwar auch ein paar Haken verpasst, aber am Ende hat er mich niedergeschlagen. Ich bin mit dem Gesicht auf das eiserne Geländer gefallen. Ich bekam Blut in die Augen und hab fast nichts mehr gesehen. Es war sehr finster. Als Patrik versucht hat, Licht anzumachen, habe ich ihm zugerufen, dass er den Schalter lieber nicht anfassen solle. Aber es war schon passiert."

„Du konntest doch kaum was sehen", warf Laura ein.

„So ein Stromstoß ist eine grässliche Sache", fuhr Nikola unbeirrt fort. „Er hat kurz gezuckt und gezappelt. Im Prinzip war er sofort tot."

Da es fast die gleiche Geschichte war, die er Laura und Viktor im Leuchtturm erzählt hatte, zweifelte sie nicht mehr länger an ihrem Wahrheitsgehalt.

„Du hast gewusst, dass die Elektrik im Eimer war."

„Ja natürlich. Ich habe selbst manchmal daran herumgefummelt, aber zum Glück ist nie was passiert. Hundertmal habe ich Mateo gebeten sich darum zu kümmern. Er kennt sich mit elektrischen Dingen super aus. An ihm ist echt ein Elektriker verloren gegangen. Im Restaurant hat er alle Stromleitungen selbst erneuert. Ausgerechnet gestern ist er zum Leuchtturm gefahren, um die Anlage genauer unter die Lupe zu nehmen."

Ein ungeheuerlicher Verdacht keimte in Laura auf.

„Hast du Mateo von dem gestohlenen Geld und deinem Rendezvous mit dem Erpresser erzählt?"

„Nicht wirklich ... ich habe nur kurz vom Boot aus mit ihm telefoniert und ihm gesagt, dass ich erpresst werde, weil ich ... du wirst doch nicht denken, dass er ..." Nikola sah sie entsetzt an.

„Und als ihr miteinander telefoniert habt, war er beim Leuchtturm?"

„Nein, er war vormittags dort. Du meinst, er könnte den Stromkasten manipuliert haben? Aber wieso? Er hat nicht ahnen können, dass Patrik die Kabel anfassen wird ..." Er hielt inne. „Oh mein Gott! Er hat mich ausdrücklich gewarnt, nichts anzurühren, weil er mit der Reparatur nicht fertig geworden ist ..." Nikola wischte sich mit der Hand über die Augen. „Er hat angeboten, mich zu dem Treffen mit Patrik zu begleiten, aber ich habe ihn nicht dabeihaben wollen. Nein, der Junge kann wirklich nichts dafür!" Seine Augen waren nach wie vor feucht.

„Reg dich ab, Onkel Nikola. Es wird sich bestimmt herausstellen, dass es ein schrecklicher Unfall war. Wir müssen nur vorsichtig sein und gut überlegen, was wir der Polizei erzählen und was nicht."

Am liebsten hätte sie Viktor angerufen und ihm die Wahrheit gesagt. Die Stimmung zwischen ihnen war jedoch momentan nicht die beste. Außerdem befürchtete sie, er würde Mateo sofort festnehmen. Keiner von den Markovićs hatte bei den vorangegangenen Einvernahmen die volle Wahrheit gesagt, so viel wusste auch Viktor.

Ihr Cousin wurde ihr immer unheimlicher. Er war schwer zu durchschauen. Wie viele auffallend ruhige Menschen neigte er zu Jähzorn. Inzwischen befürchtete sie, dass ihm auch ein Mord zuzutrauen war. Außerdem wäre es nicht der erste Mordfall in ihrer Familie. Und weder Onkel Nikola noch Mateo wären die ersten Mörder im Hause Marković, dachte sie, da ihr in diesem Moment wieder Natalijas Tagebuchaufzeichnungen einfielen. Nicht ihre Großmutter hatte Schande über die Familie Marković gebracht, sondern ihr Großvater Josip. Als ehemaliger Soldat hatte er anscheinend keine Hemmungen gehabt zu töten. Aber hatte er den General tatsächlich auf dem Gewissen?

Obwohl Nikola sehr erschöpft wirkte und sie sich selbst unsensibel schimpfte, brachte sie auch dieses Thema zur Sprache.

„Was ist um die Jahrtausendwende in Opatija passiert? Hat Opa Josip den General umgebracht?"

Falls Nikola der abrupte Themenwechsel seltsam vorkam, ließ er sich nichts anmerken. „Mein Vater hat mir geschworen, dass er Igor Bogdanović nicht getötet hat. Er habe ihn nur zusammengeschlagen. Ich bin mir bis heute nicht sicher, ob er mir die Wahrheit gesagt hat. Wenn ja, hätte man ihm höchstens Körperverletzung und unterlassene Hilfeleistung vorwerfen können. Anstatt wegzulaufen und den Mann zwischen den Felsen im Wasser liegenzulassen, hätte er Hilfe holen oder selbst hinunterklettern und ihn aus dem Wasser ziehen können. Doch mein Vater hat es vorgezogen, unterzutauchen, um den Verhören durch die Polizei zu entgehen. Erst nach ein paar Wochen hat er sich wieder in Rovinj blicken lassen. Er hatte sich total betrunken, hat nur wirres Zeug gefaselt und ist noch am selben Tag verhaftet worden."

„Der General ist ertrunken, oder?"

„Ja, er hat Wasser in der Lunge gehabt. Die Polizei ist davon ausgegangen, dass er einen heftigen Schlag auf den Kopf bekommen hat und der Mörder seine Spuren verwischen wollte, indem er den Verletzten die Klippe hinunterwarf. Aufgrund von Amino Bogdanovićs Aussage ist Josip wegen Totschlags zu zehn Jahren Haft verurteilt worden. Natalija war damals überzeugt davon, dass Josip zu Recht verurteilt worden ist. Zweifel bekam sie erst später, als sie ihn im Knast besucht hat. Er ist nach zwei Jahren auf der Krankenstation im Gefängnis an Leberzirrhose gestorben."

Diese Version der Ereignisse kannte Laura nicht. Adriana hatte einmal kurz erwähnt, dass ihr Vater Natalijas zweiten Ehemann auf dem Gewissen hatte. Über die Tat selbst, den Prozess und Josips Gefängnisaufenthalt hatte sie nie gesprochen. Mischa wusste sicher Bescheid, hatte aber ebenfalls den Mund gehalten.

***

Laura nahm abends einen Bus zurück nach Rovinj, wo ihr Wagen immer noch stand. Entschlossen, am nächsten Morgen nach Opatija aufzubrechen, packte sie, kaum war sie im Hotel Luka eingetroffen, ihren Koffer. Sie hatte genug von der Familie Marković, von ihrem ungemütlichen Zimmer und der viel zu weichen, durchgelegenen Matratze.

Viktor Novak war ein fähiger Mann. Er würde die beiden Mordfälle auch ohne ihre Hilfe aufklären. Sie würde sich nicht mehr einmischen.

Da sie keine Lust hatte, mit jemandem über die schrecklichen Ereignisse im Leuchtturm zu reden, verzichtete sie auf das Abendessen und legte sich früh aufs Ohr.

Schlaflos wälzte sie sich im Bett herum und sah auf einmal die arme Sekretärin vor sich, sah deutlich ihre aufgeschnittenen Pulsadern und das scheußliche Blutbad. Auch das blutverschmierte Gesicht des Notars tauchte wieder vor ihrem inneren Auge auf. Hatte der charmante Patrik tatsächlich diese beiden brutalen Morde begangen?

Sie schüttelte sich vor Ekel.

Patriks eigener Tod war ein Unfall. Sie glaubte den Worten ihres Onkels, wollte ihnen glauben. Die kriminaltechnischen Ergebnisse würden seine Aussage hoffentlich bestätigen.

Aber konnte sie auch ihrem Cousin glauben? Mateo hatte sie von Anfang an immer nur belogen. Und Tante Ivana traute sie sowieso alles zu, selbst einen Mord.

Plötzlich vernahm sie leise Schritte am Gang.

Gino? Er schlich oft in der Nacht herum. Der albanische Pizzakoch hatte ja ebenfalls ein Zimmer ohne Bad im selben Stock wie sie. Sie war ihm schon einige Male am Gang begegnet.

Laura stand auf und vergewisserte sich, dass sie ihre Tür zweimal zugesperrt hatte.

Bestimmt gehörte Gino der albanischen Mafia an, die, laut Patrik, nicht nur in Poreč, sondern auch in Rovinj ihr Unwesen trieb.

Aber mit dem Tod des Notars konnte er nichts zu tun haben. Ihr wollte beim besten Willen kein Motiv einfallen. Außer Ivana oder Mateo hatten ihn als Killer engagiert. Auftragskiller gab es mehr, als man im Allgemeinen vermutete.

Ihre Fantasie ging mit ihr durch. Sie musste unwillkürlich an Alexander, den griechischen Profikiller, denken, in den sie sehr verliebt gewesen war.

Um sich auf andere Gedanken zu bringen, griff sie nach den kopierten Seiten aus dem Tagebuch ihrer Großmutter.

***

*Meine liebe Adriana, es fällt mir schwer, über den Tod meines geliebten Igor zu schreiben. Aber es muss sein. Du sollst die Wahrheit erfahren. Obwohl, ich kenne die Wahrheit bis heute nicht. Ich kenne zwei Versionen, die eine hat mir Jelena erzählt, die andere Josip selbst, einige Monate später, als ich ihn im Gefängnis-Hospital besucht habe.*

*Igor und ich waren erst seit kurzem aus Triest zurück. Ich war an jenem Abend nicht zu Hause, sondern allein in der Oper. Goran hatte mich chauffiert und sich, während ich mit Madame Butterfly heiße Tränen vergoss, mit einem Freund getroffen. Es war mein erster Opernbesuch in Rijeka seit vielen Jahren. Der General konnte mich nicht begleiten, weil er nachmittags mit einem Journalisten, den er von früher kannte, verabredet gewesen war.*

*Der Mann hatte sich von ihm eine Stellungnahme zu den anhaltenden Luftangriffen auf Belgrad erhofft.*

*Kurz nachdem sich der Journalist verabschiedet hatte, stand Josip auf der Türschwelle der Villa und wollte rein. Laut Jelena war er sturzbetrunken. Lallend verlangte er vom General eine finanzielle Entschädigung für all die Jahre, die er auf mich verzichten hatte müssen. Ich nehme an, Josip war an jenem Tag nicht zurechnungsfähig.*

*Der General komplimentierte ihn aus dem Haus. Doch kurz danach vernahm Jelena lautes Geschrei. Die beiden alten Männer lieferten sich ein Schreiduell im Garten. Beide schienen unheimlich wütend zu sein. Jelena hütete sich, dazwischenzugehen.* Als sie die *Männer Richtung Meer verschwinden sah, nahm sie an, der General würde den ungebetenen Besucher zum Lungomare hinunterbringen und dort hinausbefördern. Sie hatte sich wieder an ihre Arbeit gemacht und erst viel später bemerkt, dass der General nicht zurückgekehrt war.*

*Laut Josip war es beim Gartentor zu einer Rauferei gekommen. Angeblich hatte der General ihm einen Schlag ins Gesicht versetzt, als er sich weigerte, das Grundstück zu verlassen. Er hatte zurückgeschlagen. Daraufhin hatte der General, der deutlich größer war, ihn hinaus auf den Lungomare gezerrt. Dort hatten sie im Dunkeln weiter aufeinander eingeprügelt. Josip war als Erster zu Boden gegangen. Laut Josip habe der General plötzlich das Übergewicht bekommen und sei kopfüber ins Meer gestürzt, als er sich erschöpft mit dem Rücken an das Geländer gelehnt hatte.*

*Laut Gerichtsmediziner hatte der General Kopfverletzungen, die sowohl von dem Sturz als auch von der Schlägerei stammen konnten. Das ist nie eindeutig geklärt worden. Er war noch am Leben, als er ins Meer stürzte, denn er hatte Wasser in der Lunge. Die offizielle Todesur-*

*sache lautete Tod durch Ertrinken. Igors Leichnam wurde am nächsten Tag in der Teufelsgrotte gefunden. Verzeih, ich muss eine Pause einlegen. Die Erinnerung an jene schreckliche Nacht tut immer noch verteufelt weh.*

## 31.

Aus Lauras geplanter Abreise nach Opatija am nächsten Morgen wurde nichts.

In der Früh kam Viktor daher. Er parkte seinen Polizeiwagen direkt vor dem Eingang zum Gastgarten.

Die halbe Familie Marković war zugegen und beäugte ihn misstrauisch.

Der Kommissar streckte Laura seine Hand entgegen und blickte sie unsicher an.

Laura war nach wie vor sauer auf ihn und benahm sich ihm gegenüber abweisend. Fast bereute sie es, sich mit ihm eingelassen zu haben.

Viktor befragte die Familie in der Küche des Restaurants.

Sie standen um einen Arbeitstisch zwischen Kochtöpfen, Herdplatten, Eisschränken und einer großen Fritteuse mit einer alten, lauten Abzugshaube.

„Kann die mal jemand ausschalten", bat der Kommissar.

Es roch penetrant nach Frittierfett und verbrannter Milch.

„Du scheinst eigenartige Orte für deine Ermittlungsgespräche zu bevorzugen", sagte Laura leise zu ihm.

„Ich treffe die verdächtigen Leute am liebsten dort, wo sie zu Hause sind. Und ich werde hier nicht weggehen, ohne eine vollständige Auskunft über den Aufenthaltsort eines jeden von ihnen zur fraglichen Tatzeit erhalten zu haben."

Dieses Mal durfte Laura bei der Befragung nicht dabei sein.

Viktor bat sie, im Gastgarten auf ihn zu warten.

Als sie ihn nachher mit Fragen bestürmte, sagte er: „Du musst verstehen, Liebes, ich kann und darf dir keine Auskunft mehr über die neuesten Entwicklungen geben. Wir haben es mit zwei, wenn nicht drei brutalen Morden zu tun. Am besten, du hältst dich von jetzt an völlig raus. Es wäre am gescheitesten, du würdest nach Wien zurückfahren und warten, bis wir diese Fälle aufgeklärt haben."

Na großartig! Anscheinend war ich doch nur ein One-Night-Stand für den Herrn Kommissar, dachte Laura.

Ihr Abschied fiel kühl aus, obwohl sie allein im Gastgarten waren. Viktor küsste sie nur flüchtig auf den Mund.

Nachdem der Kommissar gegangen war, knöpfte sich Laura ihren Cousin vor.

Mateo leugnete auch ihr gegenüber, gestern Nachmittag beim Leuchtturm gewesen zu sein. Er hatte aber kein Alibi für diese Zeit. Laura gab keine Ruhe und brachte ihn schließlich zum Reden.

Er stammelte etwas von Nachforschungen, die er angestellt habe, und gestand, Mariella nachspioniert zu haben, da er seine Frau in Verdacht hatte, ihn zu betrügen.

„Ich bin ihr nach dem Essen gefolgt. Sie hat sich vor dem Löwentor mit einem fremden älteren Mann getroffen. Er hat wie ein Süditaliener ausgesehen. Sie sind gemeinsam im Hotel Adriatic verschwunden. Da mich dort jeder kennt, habe ich es nicht gewagt, ihnen nachzugehen. Ich habe mir im Konzum eine Flasche Whisky besorgt und mich damit auf eine Bank an der Mole gesetzt und gewartet. Es hat mindestens eine Stunde gedauert, bis sie wieder rausgekommen sind. Mein Zigarettenpäckchen war halbleer, meine Whiskyflasche ebenfalls. Vorm Hotel haben sie sich dann umarmt und mit Küsschen links und Küsschen rechts voneinander verabschiedet. Dass ihr nicht graust vor so einem alten Schwein!"

„Mateo, du weißt doch gar nicht, ob sie wirklich zusammen im Bett waren."

„Was haben sie sonst in einem Hotel zu suchen gehabt? Ich war so besoffen, dass ich mich nicht nach Hause gewagt habe. Stundenlang bin ich durch die Stadt gelatscht, zweimal rund um den Hafen."

„Da wirst du bestimmt jemanden getroffen haben."

„Keine Ahnung, ob mich ein Bekannter gesehen hat. Ich war wie in Trance, ich habe niemanden angeschaut und auch mit niemandem geredet."

Laura riet ihm, mit Mariella zu sprechen.

„Vielleicht stellt sich heraus, dass alles harmlos war ..."

„Die und harmlos. Meine Mutter hat schon recht, ich habe eine Hure geheiratet."

Er sagte es so laut, dass Laura Angst hatte, jemand könnte ihn hören. Die übrigen Familienmitglieder waren alle im Haus.

„Schrei nicht so", zischte Laura. „Du musst mit ihr reden. So kann es mit euch nicht weitergehen."

„Wenn sie erfährt, dass ich ihr nachspioniere, verlässt sie mich sowieso", sagte er weinerlich. „Sie wirft mir ohnehin dauernd vor, dass meine Eifersucht krankhaft ist ..."

„Wenn du dich nicht traust, spreche ich mit ihr."

„Bloß nicht!", schrie er und sprang auf. „Halt dich raus! Es reicht, dass sich meine Mutter ständig in unsere Beziehung einmischt."

„Okay, dann eben nicht. Bleib aber bitte da. Ich muss noch was anderes mit dir besprechen. Wo warst du wirklich am Tag der Ermordung des Notars? Und lüg mich nicht mehr an. Denkst du, ich habe nicht bemerkt, dass ihr alle die Unwahrheit gesagt habt?“

Zögernd gestand Mateo, nach dem Einkauf im Baumarkt in die Stadt hineingefahren zu sein. Ivana hatte ihm empfohlen, seinen Vater nicht allein mit dem Notar verhandeln zu lassen, und ihm die Adresse mitgeteilt.

„Als ich vor dem Palazzo, in dem sich die Kanzlei befindet, stand, ist das erste Polizeiauto mit eingeschalteter Sirene und Blaulicht um die Ecke gebogen und ich habe mich sofort aus dem Staub gemacht, ohne zu wissen, was eigentlich passiert ist.“

„Und warum hast du das der Polizei verschwiegen?“

„Ich hätte sie nur auf blöde Ideen gebracht.“

Laura bezweifelte, dass er dieses Mal die Wahrheit sprach. Einerseits hielt sie Mateo durchaus für fähig, einen Mord zu begehen, andererseits mochte sie ihn gern. Allein der Gedanke, dass einer ihrer Verwandten ein Mörder sein könnte, machte sie krank.

Auf jeden Fall hatte sie endgültig genug von ihrer verlogenen Verwandtschaft und brach nun doch am späten Vormittag nach Opatija auf.

Während der Fahrt musste sie ständig an ihre Familie denken.

Der Onkel ein Gauner und ein Dieb. Die Tante eine bösartige, bigotte und geldgierige Schlange und Lügnerin. Der Cousin ein Mörder so wie der Großvater?

Sie schauderte. Wie gerne hätte sie mit ihrer Mutter über diese ganze Scheiße geredet. Kein Wunder, dass Adriana den Kontakt zu ihrer Familie komplett abgebrochen hatte. Mit Mischa wollte Laura lieber nicht über die Markovićs sprechen. Er würde sie nicht verstehen, sich nur lustig über die mörderische Verwandtschaft machen. Ihr Vater war ein alter Zyniker. Sicher hatte er gewusst, dass sein Schwiegervater im Knast gesessen war, aber er hatte nie ein Wort darüber verloren. Wahrscheinlich hatte er es Adriana versprochen. Doch nach ihrem Tod hätte er mich aufklären müssen, dachte Laura. Und dann ließ er mich auch noch allein zu meiner Sippe fahren ... Ihr war bewusst, dass sie Mischa Unrecht tat. Er hatte sich mehrmals angeboten, mit ihr nach Istrien zu fahren, und bei ihren letzten Telefonaten vorgeschlagen nachzukommen.

Sie griff nach ihrem Handy und rief ihren Vater an.

„War mein Großvater ein Mörder? Ja oder nein?"

Schweigen.

„Rede endlich!", zischte sie ihren Vater an.

„Er wurde wegen Totschlags verurteilt, wenn ich mich richtig erinnere. Ob er den zweiten Mann deiner Großmutter umgebracht hat oder nicht, das wusste nur er selbst. Aber das ist doch Schnee von gestern, mein Schatz. Was gibt es Neues? Hat die Polizei den Mörder des Notars inzwischen verhaftet?"

Laura hatte keine Lust, den Fall mit ihm zu diskutieren.

„Ich bin mit dem Wagen unterwegs nach Opatija. Ich rufe dich noch einmal an, wenn ich angekommen bin."

„Wo bist du denn genau?"

„Einige Kilometer vor dem Učka-Tunnel."

„Ist die Abzweigung nach Hum schon vorbei?"

„Ich glaube nicht. Warum?"

„Du solltest es dir unbedingt ansehen. Es ist ein entzückendes kleines Städtchen!"

„Du hast Nerven. Glaubst du, mir steht der Kopf im Moment nach Sightseeing?"

„Würde dich vielleicht auf andere Gedanken bringen.“

„Sehr witzig. Ich muss aufhören. Hier ist viel Verkehr“, beendete sie das Telefonat abrupt. Jetzt fing sogar ihr Vater noch an, sich ungefragt als Reiseführer aufzudrängen. Hier wurden Menschen ermordet, doch es schien, als wollten alle sie nur von der Schönheit Istriens überzeugen, dachte sie kopfschüttelnd.

Als sie ein Hinweisschild nach Hum erblickte, bremste sie jedoch ab, folgte Mischas Rat und machte einen Abstecher in die kleinste Stadt der Welt. Hatte ihr nicht auch Amino Bogdanović einen Besuch empfohlen?

Sobald sie in Hum angelangt war, besserte sich ihre Laune. Es war tatsächlich ein idyllisch gelegenes mittelalterliches Städtchen. Eine Handvoll Steinhäuser, eine Kirche, rundherum bewaldete Hügel. Strahlender Sonnenschein. Der ausklingende Sommer zeigte sich von seiner besten Seite.

Im Biska-Haus erstand sie einen hochprozentigen Mispel-Schnaps als Gastgeschenk für Dr. Bogdanović. Nicht nur Onkel Nikola schwor auf die Heilkraft dieses hochprozentigen Getränks. Der Schnaps galt als echter Zaubertrunk und verlieh angeblich übermenschliche Kräfte, stand zumindest in einem Werbeprospekt.

## 32.

Als von der Straße aus zum ersten Mal Opatija in Lauras Blickfeld geriet, hielt sie kurz an und stieg aus. Eingebettet zwischen dem Meer und den Bergen lag die

Stadt eindrucksvoll vor ihr. Sie machte ein paar Fotos und fuhr dann langsam die kurvenreiche Straße hinunter ans Meer.

Als sie sich dem Ortskern näherte, fielen ihr als Erstes die Lorbeerbäume und Palmen in den gepflegten Parkanlagen und Gärten auf. Auf Mischas Empfehlung hin hatte sie ein Zimmer im Hotel Miramar gebucht. Die schöne Hotelanlage umfasste mehrere Gebäude. Ihr Zimmer befand sich im dritten Stock der Villa Neptun.

Sie setzte sich auf den Balkon, schaute aufs Meer und genoss die milde Sonne.

Die Bucht von Rijeka, die vor ihr lag, war von atemberaubender Schönheit.

Allmählich verstärkten sich die Farben des Wassers. Blasses Türkis ging über in kräftigeres Smaragdgrün und verwandelte sich weiter draußen in ein betörendes Azurblau. Am Horizont wirkte es ultramarin. Im gleißenden Licht bildeten die Grün- und Blautöne des Meeres einen sanften Kontrast zum eisblauen Himmel.

Viktor rief an.

Sie drückte ihn weg.

Ihr letztes Gespräch in Rovinj war nicht sehr erfreulich verlaufen. Das war mit ein Grund gewesen, warum sie die Westküste Istriens so überstürzt verlassen hatte.

Nachdem sie ihr Handy auf lautlos gestellt hatte, griff sie nach den Hotelunterlagen und vertiefte sich in die Vergangenheit des Kurortes Opatija.

Abbazia, der italienische Name der Stadt, der um 1900 verwendet wurde, war einer der wichtigsten Kurorte der k. u. k. Monarchie gewesen. Viele Hotels und Villen hatten damals vor allem in den Wintermonaten den österreichisch-ungarischen Adel und reiche

Großbürger, ja sogar einige europäische Majestäten beherbergt. Berühmte Wiener Ärzte, wie zum Beispiel Theodor Billroth, schickten ihre hochherrschaftlichen Patienten hierher an die Adria und behandelten sie meist erfolgreich vor Ort.

Die Villa Neptun erinnerte an das Traumschloss Miramar von Kaiser Maximilian in Triest und war ein beliebtes Urlaubsziel für Prominente. Der berühmte Schriftsteller Vladimir Nabokov verbrachte als Kind einen Sommer hier und Ludwig Salvator, Erzherzog der Toskana, war sogar mehrmals zu Gast.

Nobel, nobel, dachte Laura amüsiert und beobachtete einige Saunagäste, die sich nackt ins Meer stürzten.

Auch sie hatte Lust zu schwimmen, schlüpfte in ihren Badeanzug und ging zum hoteleigenen Strand.

Das Wasser war kühler als an der Westküste. Sie schwamm weit hinaus. Umgeben von endlosem Blau ließ sie sich von der Strömung treiben und fühlte, wie sie fast eins mit dem Meer wurde. Wieder einmal wurde ihr bewusst, dass sie in Zukunft am Meer leben wollte.

Sie war sehr neugierig auf die Villa ihrer Großmutter. Bisher hatte sie beabsichtigt, ihr Erbe möglichst rasch zu Geld zu machen. Aber wer weiß, vielleicht würde die Villa sogar ihr neues Zuhause werden?

Ihr fröstelte, als sie aus dem Wasser stieg. Obwohl sie keine große Sauna-Liebhaberin war, beschloss sie, sich dort aufzuwärmen.

Nach dem ersten Aufguss fand sie, dass sie genug geschwitzt hatte, und kühlte sich im Meerwasserpool ab.

***

Die freundlichen Damen an der Rezeption empfahlen ihr einen Spaziergang nach Volosko. Laura schlenderte den Lungomare entlang und blieb öfters kurz stehen, um aufs Wasser zu schauen.

Eine kleine Flotte von Optimisten tummelte sich in der Bucht. Sie bewunderte die geschickten Manöver der Kinder und hatte Mitleid mit einem Nachzügler, der es nicht schaffte, die anderen jungen Segler einzuholen.

Durch enge, verwinkelte Gassen und über zahlreiche Stufen gelangte sie in Volosko vom kleinen Hafen aus hinauf in das Dorf.

Alte Villen und kleine Steinhäuser säumten die schattigen, zum Teil von wildem Wein überwachsenen Wege. Manchmal tat sich zwischen den Häusern ein Blick aufs Meer auf.

Das Tor der zweitürmigen Jesuitenkirche stand offen. Sie trat ein und zündete, obwohl sie nicht religiös war, eine Kerze für ihre verstorbene Mutter und eine zweite für Natalija an.

Über zahlreiche unregelmäßige Stufen gelangte sie zurück ans Meer. Die Bucht von Volosko glich einem riesigen See. Es waren nicht viele Leute unterwegs. Sie genoss die Stille in dem kleinen Hafen, die nur hin und wieder durch das Bimmeln von Mastglöckchen oder das Motorengeräusch eines nahenden Bootes unterbrochen wurde.

Laura kam sich vor wie in einer anderen Welt. Wie schon zuvor im Hotel vergaß sie erneut auf all das Grauen, mit dem sie in Pula und Rovinj konfrontiert gewesen war.

Beschwingt schlenderte sie weiter bis zur Villa Minach. Von außen machte das große Haus nicht viel her. Aber sie hatte im Internet gelesen, dass der ungarische Graf Andrássy die letzten Tage seines Lebens hier bei Freunden verbracht hatte. Angeblich hatte ihn die österreichische Kaiserin Elisabeth dreimal heimlich besucht.

Zurück in der Marina setzte sie sich mit dem Rücken zum Wasser auf die niedrige Kaimauer, betrachtete die hohen alten Häuser, die sich an den steilen Hang schmiegten, und stellte sich vor, wie es vor 200 Jahren hier ausgesehen hatte.

Sie ließ ihre Beine über die Kaimauer baumeln und schaute wieder auf das in der Abendsonne glitzernde Meer.

Die kleinen Boote schaukelten friedlich im Wasser. Nur das Geschrei der ewig hungrigen Möwen unterbrach die Stille. Ein mächtiger Albatros kam angeflogen und ließ sich einen Meter von ihr entfernt nieder. Vorwitzig starrte er Laura an.

Bei Sonnenuntergang machte sie sich auf den Rückweg.

Ohne ersichtlichen Grund schlug auf einmal ihre Stimmung um.

Es war kurz vor acht und sie war allein auf dem Lungomare unterwegs. Die meisten Touristen saßen um diese Zeit beim Essen.

Als die Dämmerung einsetzte, gingen die Laternen an der Promenade an. Das Licht spiegelte sich im Wasser.

Obwohl weit und breit kein Mensch zu sehen war, fühlte sie sich unwohl. Sie schritt schneller aus und blickte sich mehrmals um. Als sie lautes Rascheln in einem Gebüsch am Rande des Weges vernahm, zuckte sie zusammen und verfiel in einen Laufschritt.

Da es leicht bergauf ging, geriet sie bald außer Atem.

Sie verschnaufte kurz und bemühte sich, regelmäßiger zu atmen.

Wer sollte sie hier auf dieser romantischen Uferpromenade verfolgen? Patrik war tot und Gino schob in Rovinj eine Pizza nach der anderen in den Ofen. Außer, Mariella hatte sie ebenfalls belogen, war doch mit Gino verbandelt und steckte mit ihm und der albanischen Mafia unter einer Decke. Selbst wenn sie und Mateo nur einen Teil des Erlöses vom Verkauf der Villa in die Hand bekämen, könnten sie endlich ihre Träume wahr machen.

„So ein Schwachsinn“, murmelte sie und bat Mariella im Geiste um Entschuldigung.

Erst als sie in der Ferne ein Pärchen um die Ecke kommen sah, fiel der Stress von ihr ab.

Den Rest des Weges ärgerte sie sich über sich selbst. Sie sollte dringend etwas gegen ihren Verfolgungswahn unternehmen. Sobald sie wieder in Wien war, würde sie ihre ehemalige Psychotherapeutin, die sie nach dem tödlichen Unfall ihres Mannes betreut hatte, aufsuchen.

Andererseits hatte Patrik sie tatsächlich zweimal verfolgt. Auf der Strecke von Beram nach Poreč und, laut Nikola, auch in jener Nacht in Rovinj, als sie mit seinem Motorroller in den Graben gestürzt waren.

***

Im Hotel Miramar stand an diesem Abend das beliebte Fischbuffet auf der Karte.

Berge von überbackenen Jakobsmuscheln, Miesmuscheln in einer köstlichen Sauce, kleine, appetitliche Fischfiletstücke, Thunfisch- und Lachscarpaccio, gegrillte süß-saure Garnelen, frittierter Tintenfisch, Oktopussalat, raffiniert angerichtete Anchovis und viele andere Köstlichkeiten ließen Laura das Wasser im Mund zusammenlaufen.

Sie bediente sich mehrmals an dem exorbitanten Buffet und verzichtete auf die Hauptspeise.

Nach dem Essen begab sie sich mit der angebrochenen Flasche Weißwein auf ihr Zimmer und setzte sich auf den gemauerten Balkon mit den märchenhaften Zinnen.

Zu ihrer Linken leuchteten die tausenden Lichter der alten Hafenstadt Rijeka, zur Rechten die Lichter Opatijas. Sie kam sich wie ein Burgfräulein vor. Nur der edle Ritter fehlt, dachte sie und prostete sich selbst zu.

## 33.

Vor dem Frühstück sprang Laura ins Meer. Sie schwamm zügig etwa eine halbe Stunde lang.

Nach dem Frühstück auf der sonnigen Terrasse wollte sie einen Spaziergang unternehmen, doch es war Handy-Terror angesagt.

Zuerst rief Mateo an, um ihr mitzuteilen, dass sein Vater wieder zuhause war. Zum Glück war Mateo kein Freund von langen Telefonaten.

Als Nächster meldete sich Viktor, um ihr dasselbe mitzuteilen.

„Ich weiß schon Bescheid", sagte sie.

Eine Weile herrschte Schweigen.

„Bist du noch da?", fragte sie.

„Wie geht es dir? Ist alles in Ordnung?"

„Ja, alles bestens. Aber ich muss auflegen, mein Vater ruft an."

Mischa erkundigte sich ebenfalls nach ihrem Befinden.

„Ich bin im Miramar abgestiegen, war eine exzellente Empfehlung von dir. Hier ist es wunderschön ..." In diesem oberflächlichen Ton plapperte sie weiter und ließ ihn nicht zu Wort kommen. Das Letzte, was sie sich jetzt wünschte, war eine ernsthafte Auseinandersetzung mit ihrem Vater. Dass sie sich bei einem längeren Gespräch in die Haare kriegen würden, stand für sie fest.

Der Nächste im Telefonreigen war Dr. Bogdanović.

Am liebsten hätte sie nicht mehr abgehoben.

Der Doktor lud sie ein, sich heute die Villa anzusehen, und fragte, ob er sie mit seinem Wagen abholen solle.

„Wie weit ist es? Ich würde gern ein Stück gehen."

„Gut, dann hole ich Sie zu Fuß ab. Sagen wir in einer Stunde?"

Da ihr so schnell keine Ausrede einfallen wollte, blieb ihr nichts anderes übrig, als seinen Vorschlag anzunehmen.

Der Doktor traf bereits nach einer Dreiviertelstunde im Hotel Miramar ein.

Er sah heute besonders gut aus, trug ein weißes Polo-Hemd zu schwarzen Jeans und hatte einen dünnen weißen Baumwollpullover um seine schmalen Hüften geschlungen. Irgendwie erinnerte er sie an einen in die Jahre gekommenen Tennisspieler.

Vor allem die älteren weiblichen Hotelgäste schenkten ihm bewundernde Blicke. Laura, die in ihrem weißen Leinenkleid und mit dem offenen langen Haar sehr jugendlich wirkte, erntete hingegen so manch missgünstigen Blick von den Damen.

Als sie am Lungomare Richtung Innenstadt spazierten, drehten sich auch hin und wieder Leute nach ihnen um.

Amino schien das Interesse der anderen nicht zu bemerken.

„Im Grunde verdankt Opatija alias Abbazia seinen Ruf als mondänes Seebad einem Österreicher", sagte er zu Laura. „Friedrich Schüler, der Generaldirektor der k. k. privaten Südbahn-Gesellschaft, hat 1884 an der österreichischen Riviera die ersten großen Hotels hinstellen lassen. Hier verkehrte alles, was Rang und Namen hatte. Um die Jahrhundertwende wurde das Seebad zu einem glanzvollen Treffpunkt für die internationale Prominenz. Modern ausgestattete Kuranstalten und Sanatorien, idyllische Parkanlagen und immer mehr Luxushotels und elegante Villen schossen aus dem Boden."

Sie hatten inzwischen den Park Angiolina erreicht.

„Oh là là, welcher Künstler hat sich hier denn ausgetobt?" Laura deutete auf die lange, mit Porträts bemalte Umzäunung einer Freiluftbühne.

„An dieser Wand sind einige der prominenten Gäste der Stadt verewigt."

Laura erkannte Albert Einstein, James Joyce, die Brüder Lumière und andere Genies.

Der Doktor wies sie auf die üppigen Bambussträucher hin, die so hoch wie Bäume waren.

„Hier im Park gibt es mindestens 150 verschiedene Pflanzensorten. Das Symbol Opatijas ist die Kamelie. Ihr Duft ist dermaßen betörend, dass niemand ihm widerstehen kann. Angeblich werden von diesem Duft alle Liebenden verrückt nacheinander."

Seine Stimme war völlig emotionslos.

Während er neben Laura ein Stück durch den Park schlenderte, sah er sie kein einziges Mal an, sondern redete mit zu Boden gerichtetem Blick.

Das nächste prächtige Gebäude kam in Sicht.

„Wer hat hier gewohnt?", fragte Laura.

„In der Villa Amalia ist nicht nur die deutsche Kaiserfamilie gerne abgestiegen, sondern auch die berühmte amerikanische Tänzerin Isadora Duncan."

Laura machte ein paar Fotos mit ihrem Handy.

„Und das stylische Gebäude da unten?“ Sie deutete auf eine moderne Stahl-, Holz- und Glaskonstruktion.

„Dort befand sich einst das Seebad Angiolina. Die Badenden sind damals voll bekleidet ins Meer gegangen. Aus Angst vor dem Ertrinken hat sich so mancher an einem Pfahl festgebunden.“

„Nicht im Ernst“, sagte Laura lachend.

„Oh ja. Ich habe zuhause einige alte Fotos, erinnern Sie mich daran, dass ich sie Ihnen zeige. Das hölzerne Jugendstilbadehaus ist leider abgebrannt. Vor ein paar Jahren hat man es, angelehnt an die Originalpläne der alten Badeanstalt, wieder errichtet. Und gleich da vorne sehen Sie das Hotel Kvarner, das älteste Luxushotel an der kroatischen Adria. Es ist das berühmteste Hotel der Stadt.“

Einsame Menschen reden zu viel, wenn sie endlich einmal einen Zuhörer finden. Meist sind es Zuhörerinnen, dachte Laura.

Normalerweise schrieb man Vielrederei eher Frauen zu, doch in diesem Fall war es ein Mann, der monologisierte.

Sein enormes Redebedürfnis war ihr bereits bei ihrem gemeinsamen Ausflug durchs Landesinnere aufgefallen. Damals hatte sie gedacht, er sei sehr aufgeregt wegen ihres Treffens.

Inzwischen vermutete sie, dass er niemanden zum Reden hatte. Sie nahm an, dass er seit Natalijas Tod allein in der Villa lebte. Bestimmt hatte er früher immer auf ihre Großmutter eingeredet. Arme Natalija!

Bei einer hübschen Statue nahe am Wasser blieb sie nochmals stehen, um zu fotografieren.

„Das Mädchen mit der Möwe gilt als neues Wahrzeichen der Stadt. Die Einheimischen nennen sie ‚Nymphe‘, weil man bei Sturm den Eindruck hat, dass eine Nymphe der Gischt entsteigt. Früher ist hier die Madonna del Mare gestanden, die über die Seelen von Graf Kesselstatt und Gräfin Fries wachte, die unweit von hier ertrunken sind. An einem Karfreitag hat der junge Reichsgraf Kesselstatt die Reichsgräfin Fries und ihren 15-jährigen Sohn zu einem Bootsausflug eingeladen. Sie gerieten in einen Scirocco und fielen über Bord. Nur der Sohn der Gräfin überlebte dieses Bootsunglück.“

„Wie traurig“, sagte Laura, da er auch dieses verheerende Ereignis ohne jegliche Gefühlsregung geschildert hatte.

Zuletzt wies er sie auf das elegante Hotel Imperial hin. „Kronprinz Rudolf und vor allem seine Frau Stephanie haben sich dort sehr wohl gefühlt. Sie hat Abbazia geliebt. Im Gegensatz zu Erzherzog Franz Ferdinand, der den Kurort wegen seiner vielen jüdischen Gäste richtiggehend verabscheut hat. In einem Brief hat er Abbazia als ‚Judenaquarium‘ bezeichnet und geschrieben, dass er sich hier zwischen Slawen und Irredentisten eingekeilt fühlen würde.“

„Ich habe gehört, dass Kaiser Franz Joseph Abbazia auch nicht gemocht hat. Angeblich hat er sich in einigen Briefen ebenfalls über die Stadt und vor allem über die dauernd hustenden Gäste beklagt“, warf Laura ein.

Den ernsten Blick, den er ihr zuwarf, vermochte sie nicht zu deuten. Lag Anerkennung oder Missbilligung in seinen Augen?

Erst als sie den Lungomare weitergingen und das in einer Villa residierende Casino Admiral zu ihrer Rechten erblickten, setzte er seine Stadtführung fort.

„Die Villa war einst ein heimlicher Treffpunkt von Kaiser Franz Joseph und seiner Seelenfreundin Katharina Schratt. Die stilvollen Räume haben ihr besonderes Flair bis heute bewahrt. Leider kann man das nicht über das benachbarte Hotel Kristal behaupten. Bei den Umbauten hat man vieles von der früheren Eleganz zerstört. Dieses Hotel war übrigens zeitweilig im Besitz der österreichischen Schauspielerin Tilla Durieux. Ihre Großmutter hat diese exzentrische und politisch aktive Dame sehr bewundert.“

Da er Natalija bisher kaum erwähnt hatte, freute sich Laura über diese Bemerkung.

Den Rest des Weges schwieg er. Laura vermutete, dass ihm die Luft ausgegangen war. Auch wenn er einen fitten Eindruck machte, war er nicht mehr der Jüngste und der Weg führte nun leicht bergauf.

„Hier befinden wir uns am höchsten Punkt des Lungomare“, sagte er plötzlich. „Da vorne ist die Grotta del diavolo und schräg gegenüber beginnt unser Grundstück.“

„Warum heißt sie Teufelsgrotte?“

„Weil bei Sturm schaurige Töne aus einem Felseinschnitt dringen“, antwortete Dr. Bogdanović mit ernster Miene.

## 34.

Sie betraten das Grundstück durch ein hohes, verrostetes Gittertor.

„Das Schloss gehört dringend erneuert, es lässt sich nicht mehr zusperren“, sagte er verdrossen.

Ein Kiesweg führte in Serpentinen bergan.

Laura blieb in dem gepflegten Garten, den man fast als Park bezeichnen konnte, mehrmals stehen und bewunderte die blühenden Rosen und Rhododendren. Selbst der Hibiskus stand noch in voller Blüte. Nur die vielen Kamelliensträucher würden ihre volle Pracht erst im Winter entfalten.

Der Garten machte jedenfalls einen viel gepflegteren Eindruck als die zweistöckige, im venezianischen Stil erbaute Villa am Ende des Weges. Sie war umgeben von hohen Bäumen, die kaum einen Lichtstrahl hineindringen ließen.

Der Doktor schlug einen Rundgang durch die Villa vor. „Ich nehme an, Sie möchten Ihr Haus gleich besichtigen?"

„Gerne, aber nur, wenn es Ihnen recht ist", sagte sie höflich.

Auf der Gartenseite gab es eine große Terrasse. Die vier Stühle und das hübsche Mosaiktischchen wirkten unbenützt. Die grün gestrichenen Holzläden an der Terrassentür waren geschlossen.

Der Haupteingang befand sich auf der Straßenseite.

Über ein paar Stiegen gelangten sie zu einer schweren, mit Schnitzereien verzierten Holztür.

Das Entree fand Laura beeindruckend. Vor allem der riesige, farbenfrohe Lüster aus Muranoglas gefiel ihr. Sowohl der Garderobenschrank als auch die Schuhkommode schienen aus dem frühen 19. Jahrhundert zu stammen. Ein kleiner runder Tisch und zwei zierliche Biedermeierstühlchen verstärkten noch den musealen Eindruck des Raumes. Die Wände zierten alte Fotos von Opatija.

Die Tür links neben dem Eingang stand einen Spalt offen.

Laura warf einen neugierigen Blick in den kleinen Raum.

Alte Gartenmöbel, kaputte Sonnenschirme und anderes Gerümpel.

„Das ist der Abstellraum. Hier sollte Jelena endlich mal Ordnung schaffen."

Rasch schloss er die Tür und führte sie in seine Ordination, die sich gegenüber dem Eingang, auf der Meerseite, befand.

Die Arztpraxis war geschmackvoll, jedoch spartanisch eingerichtet. Ein Jugendstil-Schreibtisch, ein Thonet-Sessel, eine Couch, ein Lederfauteuil und ein verschließbarer halbhoher Aktenschrank wirkten ziemlich verloren in dem großen Raum.

An der Wand über der Couch hing ein im impressionistischen Stil gehaltenes Ölgemälde, das die Villa und den Park zeigte. Hinter dem Schreibtisch entdeckte sie zwei gerahmte Diplome.

Der Fliesenboden war nackt. Einige der zartgemusterten hellen Fliesen wiesen große Sprünge auf.

In der Ordination gab es zwei weitere Türen.

„Sind das die Toiletten?", fragte Laura. „Ich würde mich gerne frisch machen."

Ohne seine Antwort abzuwarten, öffnete sie eine der Türen.

Erschrocken wich sie einen Schritt zurück und starrte in das geräumige Badezimmer.

Der Klodeckel war mit einer hübschen weißen Spitzendecke geschmückt. Darauf standen mehrere Kaffeetassen, ein paar Teller und daneben lag silbernes Besteck.

In der altmodischen Badewanne lagen eine Pfanne und eine Salatschüssel. Das Regal neben dem Waschbecken war vollgeräumt mit Putz- und Insektenvertilgungsmittel. Ihr Blick fiel auf eine Packung mit Rattengift.

Verblüfft schaute sie ihn an.

„Dieses Bad wird nicht benützt", erklärte er ihr. „Ich wasche hier nur manchmal mein Geschirr, denn oben im anderen Bad gibt es meistens kein heißes Wasser. Die Gästetoilette befindet sich nebenan."

Wortlos suchte Laura die Toilette auf.

Als sie die billigen, ordentlich in zwei Teile gerissenen Servietten auf dem Spülkasten sah, war ihr sofort klar, dass sie sowohl als Toilettenpapier als auch als Handtuch dienten. Irritiert und zugleich amüsiert wusch sie sich nur die Hände.

„Lassen Sie uns hinauf in die Beletage gehen", sagte der Doktor, als sie aus dem Klo kam. „Hier unten gibt es zwar noch andere Räume, aber einige stehen seit vielen Jahren mehr oder minder leer."

„Von außen sieht die Villa gar nicht so groß aus. Und Sie haben hier die ganzen Jahre allein mit meiner Großmutter gelebt?"

„Jelena, meine Haushälterin, wohnt vorne im Souterrain, neben der ehemaligen Küche. Sie ist heute nicht da, sie musste unbedingt auf Wallfahrt gehen. Das macht sie jedes Jahr zweimal. Auf ihre alten Tage ist sie entsetzlich fromm geworden. Früher war sie eine stramme Kommunistin."

Laura verkniff sich ein Grinsen.

„In der Nähe von Rijeka befindet sich die Wallfahrtskirche ‚Unserer Lieben Frau von Trsat', der älteste Wallfahrtsort Kroatiens. Die Legende berichtet, dass ein Teil des Geburtshauses der heiligen Jungfrau Maria von Engeln auf wundersame Weise aus Nazareth auf den Hügel von Trsat versetzt worden ist."

„Tja, der Glaube kann eben nicht nur Berge, sondern auch Häuser versetzen", scherzte Laura.

Ihm entkam kein Lächeln.

„Vermutlich haben Kreuzfahrer Teile des Hauses aus Nazareth mitgebracht", sagte er.

Gespannt, was sie in den oberen Stockwerken erwartete, folgte Laura ihm in den ersten Stock.

Dieser Psychiater war ein komischer Kauz. Aber er kam ihr weder gespreizt noch überheblich vor, schien nur ziemlich neurotisch.

Nach ihrem schweren Unfall war sie selbst ein psychisches Wrack gewesen und hatte sich gezwungenermaßen näher mit Psychologie und Psychotherapie beschäftigt. Sie diagnostizierte ihm eine schwere Zwangsstörung und ein übersteigertes Geltungsbedürfnis. Womöglich litt er auch unter dem Asperger-Syndrom? Dieses monologisierende, egozentrische Reden und seine Unempfindlichkeit für Ironie deuteten zumindest darauf hin. Sie kannte sich medizinisch zu wenig aus, war jedoch mittlerweile zu der Überzeugung gelangt, dass er psychische Probleme hatte.

Der riesige Salon, der fast die gesamte erste Etage einnahm, raubte ihr beinahe den Atem. Sie kam sich vor wie in einem venezianischen Palazzo. Die altrosafarbene Blümchentapete passte allerdings nicht zu der mit sakralen Motiven bemalten Decke, von der ein schwerer Lüster aus Kristallglas baumelte.

Plötzlich sah Laura den kleinen Amino, versteckt hinter der halb offenstehenden Flügeltür stehend und zusehend, wie sein Vater, der furchteinflößend aussehende General, seine Frau an diesem Kronleuchter aufhängte.

Sie schauderte.

„Ist Ihnen kalt?“, fragte der Doktor, dem ihr Zittern nicht entgangen war.

„Nein, nein, ich finde diese antiken Möbel wunderschön, aber sie haben dennoch eine deprimierende Wirkung auf mich.“

Sie deutete auf eine große Sitzgarnitur vor einem offenen Kamin, die very British anmutete.

Er musterte sie mit hochgezogenen Brauen.

„Sehr hübsch“, sagte sie rasch und schenkte einer mit blauem Samt überzogenen Chaiselongue, einem zarten Schreibtisch mit gedrechselten Beinchen und einer zierlichen Biedermeierkommode mehr Beachtung.

„All diese Möbel befanden sich einst im Besitz meiner Großeltern mütterlicherseits.“ Er sagte es nicht ohne Stolz.

Verblichene Orienteppiche bedeckten den dunklen, knarrenden Holzboden. Auf dem Kamin stand eine protzige, vergoldete französische Kaminuhr aus dem 19. Jahrhundert, in der Mitte des Raumes ein großer, schwerer Esstisch, umgeben von acht mit dunkelrotem Stoff gepolsterten Stühlen. Zwei Glasvitrinen voller Vasen, Porzellan und Nippes, ein großer verschließbarer Bücherschrank und eine Kredenz ergänzten das Interieur.

Die Blümchentapete verschwand zum Großteil hinter den unzähligen Gemälden und Fotos, die die Wände zierten. Auf den meisten Bildern war Amino in den verschiedensten Lebensphasen zu sehen.

In einer dunklen Ecke entdeckte sie einen modernen Glastisch, auf dem eine Espressomaschine, ein Wasserkocher und eine Camping-Gas-Platte standen.

Dieser Stilbruch verwunderte sie.

Der Doktor schien ihre Verwunderung zu bemerken, deutete sie jedoch falsch. „Die meisten der wertvollen Antiquitäten stammen, wie gesagt, von der Familie meiner Mutter“, betonte er erneut.

„Ist das hier die Küche?“ Sie deutete auf den Glastisch.

„So könnte man sagen. Ich ernähre mich sehr gesund, das heißt fast nur von Rohkost. Die Campingplatte und die Kaffeemaschine genügen mir vollkommen.“

„Haben Sie keinen Kühlschrank?“

„Wozu? Ich esse kaum Fleisch und verwende weder Milch noch Butter.“

„Haben Sie eine Lebensmittelunverträglichkeit?“

„Nein, aber Milchprodukte sind ungesund.“

Sie dachte an die große Portion Nudeln mit Trüffelsauce und reichlich Butter und Schlagobers, die er in Buje verdrückt hatte. Als ihr auch das monströse, mit Frischkäse gefüllte Riesen-Cevapcici einfiel, das er in Pula verschlungen hatte, entkam ihr ein Lächeln.

Er begann ihr einen Vortrag über gesunde Ernährung zu halten, doch sie hörte ihm nicht mehr zu. Wie konnte er sich nur einbilden, dass sie seine Belehrungen nötig hatte?

„Wohin führt die hübsche Tapetentür dort drüben?“, unterbrach sie ihn.

„In die Bibliothek.“

„Darf ich?“ Schnellen Schrittes ging Laura auf die niedrige Tür zu und öffnete sie.

„Wow. Das ist ja irre“, rief sie, als sie den dunklen Raum betrat.

An allen vier Wänden gab es bis zur Decke hohe Glasschränke voller Bücher. In der Mitte des Raumes stand ein riesiger Ohrensessel und daneben eine hübsche Art-Déco-Stehlampe.

„Hat meine Großmutter gerne gelesen?“, fragte sie.

„Natalija weniger. Mein Vater war ein großer Bücherfreund und auch ich lese viel.“

Interessiert sah sich Laura in diesem Paradies für Bücherwürmer um. Neben den Klassikern der Weltliteratur entdeckte sie wertvolle Kunstbände, historische Werke und einige Bücher in deutscher Sprache.

„Hat Ihr Vater auch Deutsch gesprochen?“

„Ja, selbstverständlich. Er sprach sieben Sprachen. Ich habe sein Sprachtalent geerbt, beherrsche ebenfalls neben Kroatisch und Deutsch auch Englisch, Französisch und Italienisch. Momentan lerne ich Spanisch."

Laura schwankte, ob sie sich beeindruckt zeigen oder sich über seine Prahlerei lustig machen sollte.

„Es würde mich freuen, wenn Sie noch heute hier einziehen. Jelena wird das Zimmer Ihrer Großmutter für Sie vorbereiten, sobald sie von ihrer Wallfahrt zurückkehrt."

Zögernd willigte Laura ein, in die Villa zu übersiedeln. „Aber erst morgen", sagte sie rasch.

Er wollte sie mit seinem Sportwagen zurück ins Miramar bringen.

„Ich würde lieber zu Fuß gehen."

Als er vorschlug, sie zu begleiten, wusste sie nicht, wie sie ihn davon abhalten sollte, ohne unhöflich zu erscheinen, und entschied sich dafür, sich doch von ihm chauffieren zu lassen.

Als sie zu seinem Wagen gingen, kam ihnen ein alter Mann entgegen. Er war kräftig gebaut und hatte auffällig große Hände. Sein Haar war schlohweiß, ebenso sein Vollbart. Seine dichten Brauen waren jedoch dunkel und fast zusammengewachsen. Sie verliehen ihm etwas Angsteinflößendes.

„Dobar dan", grüßte Laura ihn freundlich.

Der Alte sah kaum auf, murmelte nur etwas in seinen Bart.

Dr. Bogdanović beachtete ihn nicht.

„Wer ist das?", fragte Laura, als sie außer Hörweite des Mannes waren.

„Goran, unser Gärtner. Früher war er der Bursche meines Vaters, später wurde er unser Chauffeur und heute kümmert er sich um den Garten. Er wohnt vorne im Pförtnerhaus."

Auf den überdachten Parkplätzen neben dem Eingangstor standen Aminos Sportwagen, ein alter, klappriger Jeep und ein knallroter Mercedes, ebenfalls ein älteres Modell.

Auf der Fahrt zum Miramar schlug er vor, sie am nächsten Vormittag nach dem Frühstück abzuholen.

„Das ist wirklich nicht nötig. Mein Auto hat ein Navi, das wird den Weg zur Villa schon finden."

***

Das sechsgängige Abendessen im Hotel Miramar war wieder ein kulinarischer Höhepunkt. Nach dem Essen genehmigte sich Laura ein Schnäpschen und einen Espresso in der Habsburger Bar.

Eine kroatische Volksmusikgruppe spielte auf. Laura setzte sich an die Bar und beobachtete die anderen Gäste. Als sie ein freundlicher älterer Herr zum Tanzen aufforderte, gab sie ihm einen Korb und zog sich in ihr Turmzimmer zurück.

Den Rest des Abends verbrachte sie mit der Lektüre von Natalijas Aufzeichnungen.

***

*In jener grauenvollen Nacht verlor ich Igor. Josip blieb ebenfalls tagelang unauffindbar, obwohl er polizeilich gesucht wurde.*

*Als Goran und ich aus Rijeka zurückkamen, empfing uns eine völlig in Auflösung begriffene Jelena. Schluchzend teilte sie uns mit, dass Igor nach einem Streit mit einem ungebetenen Besucher spurlos verschwunden war und Amino im Moment ebenfalls nicht zuhause war, obwohl er sich schon vor Stunden in sein Zimmer zurückgezogen hatte.*

*An jenem Abend herrschte eine richtige Weltuntergangsstimmung. Es blitzte und donnerte und Hagelkörner, so groß wie Taubeneier, prasselten auf das Dach.*

*Trotz des stürmischen Wetters begab sich Goran sofort auf die Suche nach den beiden. Goran, Igors ehemaliger Bursche, ist ein treuer Geselle. Er ist nie von Igors Seite gewichen. Er kam sogar mit uns, als wir während der Jugoslawienkriege nach Italien übersiedelten.*

*Kaum war Goran losgezogen, erschien Amino. Angeblich hatte er einen kleinen Abendspaziergang gemacht. Er war völlig durchnässt, seine eleganten Schuhe waren mit Dreck und Schlamm beschmutzt. Offensichtlich war er durch den Garten gekommen und nicht von der asphaltierten Zufahrt. Als ich ihm sagte, dass Igor verschwunden sei und Goran ihn suchen würde, reagierte er eigenartig. Er zuckte mit den Schultern und murmelte: „Ich muss mich umziehen, sonst erkälte ich mich."*

*Am nächsten Morgen, noch bevor Igors Leiche gefunden wurde, behauptete Amino, bei der Rückkehr von seinem Spaziergang im schwachen Schein einer Laterne am Lungomare eine torkelnde Gestalt erblickt zu haben. Er hatte nicht genau erkennen können, ob es sich um eine Frau oder einen Mann gehandelt hatte, nahm an, dass es ein Mann gewesen war. Wir dachten natürlich alle an Josip.*

*Bei seiner Zeugenaussage im Prozess gegen Josip behauptete Amino jedoch, dass er vom Fenster seines Zimmers unterm Dach aus beobachtet hatte, wie Josip den General niederschlug und an den Füßen zum Geländer zerrte und ihn hinunterwarf. Er wäre sofort zum Lungomare gelaufen, hätte aber weder seinen Vater noch Josip dort vorgefunden. Aminos Zimmer war das einzige im Haus, wo man vom Fenster aus den Lungomare sehen konnte.*

*Josip war fast einen Kopf kleiner als Igor und auch weniger kräftig, außerdem war er betrunken gewesen. Ich glaubte Amino kein Wort. Wegen seiner widersprüchlichen Aussagen verdächtigte ich kurze Zeit sogar ihn, seinen Vater getötet zu haben.*

## 35.

Dr. Bogdanović ließ es sich nicht nehmen, sie am nächsten Morgen vom Hotel Miramar abzuholen. Er war wieder zu Fuß gekommen.

„Ist das alles?", fragte er erstaunt, als er Lauras kleinen Samsonite in den Kofferraum ihres Alfas gab. „Ihre Großmutter hat auf Reisen immer Unmengen von Gepäck dabeigehabt."

Laura hatte die halbe Nacht lang wachgelegen und über Natalijas Aufzeichnungen nachgedacht. Natalijas Verdacht, dass Amino für den Tod seines Vaters verantwortlich sein könnte, erschien ihr nach wie vor unwahrscheinlich. Dennoch übersiedelte sie mit gemischten Gefühlen in die alte Villa. Sie hatte keine Angst vor Dr. Bogdanović. Er benahm sich ihr gegenüber wie ein Gentleman, war von ausgesuchter Höflichkeit und zeitweise sogar richtig liebenswürdig. Aber irgendetwas stimmte nicht mit ihm.

Als sie bei der Villa eintrafen, wurden sie am Tor von Jelena erwartet. Die Alte schnappte sich sogleich Lauras Koffer.

„Kommt nicht in Frage", protestierte Laura und riss ihn ihr aus der Hand. „Der ist zu schwer für Sie."

„Jelena ist kräftiger, als sie aussieht", sagte der Doktor und traf keine Anstalten, sich um das Gepäck zu kümmern. Flotten Schrittes ging er voran.

Im zweiten Stock der Villa befanden sich vier Zimmer, eine Toilette und ein Bad.

„Voilà, das ist Ihr neues Domizil", sagte Dr. Bogdanović und öffnete eine der Türen.

„Dies war das Reich Ihrer Großmutter. Daneben befindet sich das ehemalige Arbeitszimmer des Generals. Im letzten Raum neben dem Bad schlafe ich. Ich lasse Sie jetzt allein. Sie möchten sicher in Ruhe auspacken."

Wohin die vierte Tür führte, sagte er nicht.

Nachdem er gegangen war, sah sich Laura in dem großen, hellen Zimmer genauer um.

Mitten in dem sehr feminin anmutenden Raum stand ein schmales weißes Himmelbett, höchstens einen Meter 20 breit, also kaum für zwei Personen geeignet. Alle anderen Möbel waren ebenfalls aus weißem Schleiflack. Auf einer altmodischen Psyche entdeckte Laura unzählige angebrochene Parfümfläschchen, Flacons, Cremetiegel, Puderdosen und jede Menge Lippenstifte. Das farbenfrohe Ensemble erinnerte Laura an eine Theatergarderobe.

Sie betrachtete sich in dem riesigen Spiegel der Psyche und fand, dass sie nicht die geringste Ähnlichkeit mit ihrer Großmutter besaß. Schnell wandte sie ihr Gesicht wieder ab. Nach ihren zahlreichen Operationen hatte sie eine leichte Form von Eisoptrophobie, eine Angst vor dem eigenen Spiegelbild, entwickelt. Ihre Therapeutin hatte ihr deswegen und auch wegen ihrer anderen Phobien vor Jahren eine Hypnosebehandlung nahegelegt. Doch Lauras Angst, sich jemandem auszuliefern, war stärker als ihre anderen Ängste.

Die Wände waren voll gerahmter alter Fotos. Einige waren verblichen und gelbstichig. Auf den meisten Bildern waren schöne Frauen in Abendkleidung oder junge Mädchen in Ballettkostümen zu sehen. Erst auf den zweiten Blick bemerkte Laura, dass es sich um lauter Fotos von Natalija handelte.

Einige eingerahmte Zeitungsausschnitte und Kritiken erregten ebenfalls ihr Interesse.

Zuletzt entdeckte Laura zwei Fotos von sich, ein Babyfoto und eines, auf dem sie etwa sieben Jahre alt war. Sie kannte dieses Foto, auf dem sie im seichten Meer plantschte und wie ein Hutschpferd grinste, nicht. Ihr Gebiss bestand damals fast nur aus Zahnlücken. Nikola musste beide Bilder aufgenommen und seiner Mutter geschenkt haben, denn Adriana hatte damals keinen Kontakt zu ihrer Mutter gepflegt.

Eine teure Stereoanlage und eine beeindruckende Plattensammlung fielen ihr ebenfalls auf. Flüchtig sah sie die Schallplatten durch: Opern von Verdi und Puccini, die gesammelten Werke von Tschaikowsky und anderen russischen Komponisten sowie ein paar Platten weltberühmter Jazz-Interpreten.

Da es keinen einzigen Schrank in dem Zimmer gab, wusste sie nicht, wohin mit ihren Sachen. Die Schubladen der Kommode waren voller Bettwäsche und Handtücher.

Genervt begab sie sich auf die Suche nach einem Kleiderschrank.

Zuerst probierte sie es bei dem Zimmer nebenan. Die Tür war verschlossen. Ebenso die Tür zum Zimmer des Generals.

Kopfschüttelnd legte sie ihr Zeug zurück in den Koffer.

Sie spürte ein wachsendes Unbehagen angesichts dieses merkwürdigen Haushalts.

***

Am Nachmittag stand plötzlich die Familie Marković vor der Eingangstür. Sie waren ohne Nikola angereist, um die Villa in Augenschein zu nehmen.

Laura war dieser Überfall dem Doktor gegenüber unangenehm. Andererseits war sie gespannt auf seine Reaktion.

Er empfing ihre Verwandten im Garten, bat sie aber nicht ins Haus und bot ihnen auch keinen Platz auf der Bank unter einem großen Kastanienbaum an.

Während Mariella und Lily durch den Garten streiften, blieben Ivana und Mateo bei Laura stehen.

Ivana machte ihr Vorwürfe, weil sie Hals über Kopf abgehauen war.

„Setzen wir uns auf die Terrasse“, forderte Laura die beiden auf, da Dr. Bogdanović nach wie vor keine Anstalten traf, die ungebetenen Gäste Platz nehmen zu lassen.

„Für die Villa würde man zwei Millionen verlangen können, wenn nicht gar zweieinhalb. Allein das Grundstück ist ein Vermögen wert“, sagte Ivana.

Mateo hatte sofort Umbaupläne.

Laura strafte ihren Cousin mit einem bösen Blick, doch er fuhr unbeirrt fort, wollte aus der Villa ein Boutique-Hotel machen, einen Swimmingpool im Garten errichten und eine Anlegestelle für kleine Boote neben der Teufelsgrotte bauen.

Der Doktor schwieg beharrlich.

Laura war froh, als sich Mariella und Lily zu ihnen gesellten, obwohl Mariella mit dem Psychiater zu flirten versuchte. Selbstverständlich stieg Dr. Bogdanović nicht darauf ein, sondern blickte noch abweisender drein.

Lily hatte vorhin ein altes Segelboot, das mit einer Plane bedeckt im Park der Villa verrottete, entdeckt.

„So ein schönes Holzboot! Das wäre was für Opa. Er hat sich schon immer ein Segelboot gewünscht.“

Laura lag auf der Zunge, ihr zu sagen, dass Natalija dieses Boot tatsächlich ihrem Sohn vermacht hatte. Doch sie wollte vor Amino nicht über das Testament reden. Er wirkte ohnehin sehr verärgert.

„Das Boot war seit Jahren nicht mehr im Wasser. Segeln langweilt mich. Ich bevorzuge Motorboote.“ Sein überheblicher Ton gegenüber Lily missfiel Laura.

Ivana interessierte sich weniger für Boote als für Natalijas Schmuck.

Sie behauptete, Adriana hätte den Schmuck ihrer Mutter nicht haben wollen. „Deine Mutter trug keinen echten Schmuck, soviel ich gehört habe. Als Nico seine Schwester einmal in der Klinik auf Rab getroffen hat, soll sie sich geweigert haben, Natalijas Schmuck mitzunehmen, obwohl meine Schwiegermutter darauf bestanden hat."

„Es ist nicht mehr viel vorhanden. Natalija hat in den letzten Jahren einige wertvolle Stücke versetzt, um Ihrem Mann aus der Patsche zu helfen. Ihr Gatte hat seine Mutter nur besucht, wenn er in Geldnöten war", sagte Amino Bogdanović abfällig.

Mariella musste auf einmal dringend auf die Toilette. Ohne den Doktor anzusehen, bat Laura sie, ihr zu folgen.

Ivana wollte sich ihnen anschließen.

„Es gibt nur eine Toilette!", sagte Dr. Bogdanović in scharfem Ton.

„Ich zeige sie dir später", vertröstete Laura ihre Tante, die vor Neugier zu platzen schien.

Im Haus trafen sie auf Jelena.

Beim Anblick der alten Frau zuckte Mariella zusammen.

Jelena sah aus wie eine Hexe in einem Märchenbuch. Ihre Nase war lang und krumm und über ihrer Oberlippe spross ein großes Muttermal. Ihr stechender Blick verstärkte den Eindruck ebenso wie ihr struppiges graues Haar. Die Arme litt außerdem unter Skoliose, hatte einen auffälligen Buckel.

Laura bat die Haushälterin, eine Karaffe mit Wasser und Gläser in den Garten zu bringen.

Sie ärgerte sich, dass Dr. Bogdanović es nicht der Mühe wert gefunden hatte, ihren Verwandten etwas zu trinken anzubieten. Wahrscheinlich hatte dieser Asket außer Wasser sowieso nichts Trinkbares im Haus.

Jelena starrte sie mürrisch an.

„Ich kann mich auch selbst darum kümmern, wenn Sie mir verraten, wo ich Gläser finde."

„Besser, Sie fassen nichts an", murmelte die Alte und entfernte sich schlurfenden Schrittes.

Laura war gespannt, ob sie ihrer Bitte nachkommen würde.

„Wer war denn das? Die sieht richtig furchterregend aus“, flüsterte Mariella.

„Sie heißt Jelena und war früher das Kindermädchen von Herrn Bogdanović. Heute führt sie ihm den Haushalt. Falls man hier überhaupt von einem Haushalt sprechen kann.“

Mariella fragte nicht weiter nach, sondern begann über ihre gierige Schwiegermutter zu lästern, als sie Laura hinauf in den zweiten Stock folgte.

„Die ist scharf auf Natalijas Schmuck, wie du sicher bemerkt hast. Sie will einfach nicht zur Kenntnis nehmen, dass du Natalijas Alleinerbin bist ...“

„Hat Mateo mit dir geredet?“, unterbrach Laura sie rasch. Das Thema Erbe hing ihr zum Hals heraus.

„Worüber?“

„Über dein Rendezvous mit einem älteren Herrn im Hotel Adriatic?“

„Rendezvous? Ach so. Mein Gott, seine Eifersucht ist echt krankhaft! Ja, ich habe ihm alles erklärt. Herr Tarek Toska ist ein wohlhabender Hotelbesitzer aus Tirana. Gino hat früher für ihn gearbeitet und mir den Kontakt vermittelt. Herr Toska ist ein potentieller Interessent für unser Hotel. Aber Mateo will nichts davon hören. Er behauptet, der Mann sei ein albanischer Mafiaboss, obwohl er ihn nie getroffen hat, geschweige denn, sich sein Angebot näher angeschaut hat.“

Die Vorurteile gegenüber Albanern liegen wohl in der Familie, dachte Laura selbstkritisch.

„Dabei wäre auch Mateo nichts lieber, als den alten Kasten endlich verkaufen zu können. Der Hotelbetrieb rentiert sich seit langem nicht mehr. Wir müssten eine Menge investieren, um unseren Gästen den heutigen Standard bieten zu können. Das Restaurantgeschäft läuft zwar, seit wir Gino haben, besser, aber reich werden kann man damit nicht. Mateo und ich würden gerne eine Strandbar auf dem riesigen FKK-Gelände zwischen Rovinj und Vrsar übernehmen. Die jetzigen Besitzer wollen aufhören und haben keine Nachfolger. Die Bar ist eine wahre Goldgrube."

Sie warf einen sehnsüchtigen Blick in die Ferne.

„Klingt interessant", pflichtete ihr Laura bei.

„Ich befürchte, es wird nichts daraus werden", seufzte Mariella. „Wir machen schon Pläne, seit Nikola und Ivana Mateo das Hotel und das Restaurant überschrieben haben. Aber realisiert haben wir nichts davon. Mateo ist zu feige, um seiner Mutter ins Gesicht zu sagen, dass er alles verkaufen möchte."

„Wieso haben sie eigentlich das Haus bereits Mateo überschrieben? Die beiden wirken noch recht fit."

„Sie konnten es wegen Nicos immensen Schulden nicht länger halten. Sie hätten alles verloren. Es war höchste Zeit, den Laden an uns abzugeben. Wie gesagt, reicht es aber hinten und vorne nicht. Wir hätten das Erbe von Mateos Großmutter gut brauchen können ..." Sie brach ab.

Ihre Wangen hatten sich entweder vor Scham oder vor Erregung gerötet. Mit einem Mal fand Laura die Frau ihres Cousins weniger sympathisch.

„Wenn wir Hotel und Restaurant an den Albaner verkaufen, würde ich den Alten eine hübsche Wohnung besorgen. Nikola hat ja seinen Leuchtturm, falls sie sich doch eines Tages trennen sollten", kehrte Mariella wieder zu ihrem ursprünglichen Thema zurück. „Auch für uns wäre eine neue Wohnung drinnen, hat Herr Toska gemeint. Und es würde noch einiges übrigbleiben, um öfters zu verreisen. Wir hätten in den Wintermonaten genügend Zeit. Ich würde zum Beispiel gerne mal in die Karibik oder nach Dubai ... Ich muss nur endlich Mateo rumkriegen. Und ich weiß auch, wie." Sie lächelte kokett.

„Sicher nicht, indem du ihn eifersüchtig machst."

„Wie meinst du das?"

„Na ja ... du scheinst es mit der Treue nicht so ... ich meine, nicht sehr genau zu nehmen", druckste Laura herum.

„Wie kommst du auf diese Idee? Ah, wegen Ivana. Ja, sie hält mich für ein geiles Luder, aber ihr musst du nicht alles glauben. Ich liebe meinen Mann und bin ihm treu. Ich habe mich vor meiner Hochzeit ausgetobt."

„Und was ist mit dem Pizzakoch? Es tut mir leid, aber damals nach der unangenehmen Befragung durch den Kommissar habe ich mir ein Glas Wein aus der Bar holen wollen und da habe ich euch gesehen, oder besser gesagt gehört."

Mariella schaute sie verwundert an. Dann begann sie schallend zu lachen, konnte sich fast nicht mehr einkriegen vor Lachen.

„Ich und Gino? Du bist verrückt! Das waren Mateo und ich, du Schaf! Wir können in unserem Zimmer nicht miteinander vögeln. Daneben befindet sich Lilys Zimmer und auf der anderen Seite schläft Ivana. Die Wände sind dünn. Verstehst du?"

„Oh, entschuldige bitte, ich bin eine Idiotin. Wie gesagt, ich habe euch nicht genau gesehen, bin gleich wieder gegangen ... Mein Gott, ist mir das peinlich ...", stammelte sie und fiel in Mariellas Gelächter mit ein.

Als sie zu den anderen zurückkehrten, gerieten sie in eine heiße Debatte zwischen Amino Bogdanović und Mateo.

Die beiden standen auf der Terrasse und redeten heftig gestikulierend aufeinander ein. Der Doktor verlor gerade die Beherrschung. Er schrie Mateo an und erhob seine Hand.

Mateo ballte seine Rechte zur Faust.

Laura konnte nicht verstehen, worum es ging.

„Schluss jetzt“, rief sie und wollte sich zwischen die beiden Streithähne werfen.

Mariella hielt sie zurück. „Wir fahren, Mateo!“, sagte sie und zerrte ihren Mann weg.

„Ja, Sie gehen besser. Und zwar sofort“, schrie Dr. Bogdanović und verschwand selbst im Haus.

Laura begleitete Mateo und Mariella zu ihrem Wagen.

Mateo hatte nach wie vor einen hochroten Kopf und schimpfte leise vor sich hin. „Dieser Scheißtyp hat meinen Vater einen Mörder genannt ... das kann nicht ungestraft bleiben, ich zeig ihn wegen Verleumdung an ...“

„Beruhige dich bitte, mein Schatz.“ Mariella legte den Arm um seine Schultern.

Er stieß sie weg.

„Was bildet dieser Psycho-Heini sich ein ... dem werde ich es heimzahlen ...“

„Wo sind Lily und Ivana?“, fragte Laura.

In diesem Moment vernahmen sie erneut eine wilde Schreierei. Dieses Mal kamen die Schreie aus der Villa.

Ivana und Lily hatten sich hineingeschlichen und wurden nun vom Doktor lautstark hinauskomplimentiert.

## 36.

Nachdem ihre aufgebrachten Verwandten abgefahren waren, setzte sich Laura in einen Liegestuhl auf der Terrasse und schloss die Augen. „Was für ein Alptraum“, stöhnte sie leise.

Eine halbe Stunde später gesellte sich Dr. Bogdanović zu ihr.

Er benahm sich so, als wäre nichts geschehen, war betont liebenswürdig, fragte, ob sie einen Kaffee wolle oder ein Glas Wasser. Trotz seiner Freundlichkeit empfand sie die Atmosphäre in der Villa nach wie vor als feindselig. Sie kam sich wie ein Eindringling vor und das war sie genaugenommen auch.

„Was hat mein Cousin getan, um Sie dermaßen auf die Palme zu bringen?", fragte sie den Doktor.

„Ach nichts von Bedeutung. Verzeihen Sie bitte meinen Wutausbruch. Ich ertrage keine primitiven, habgierigen Menschen, die nichts anderes als Geld, Geld, Geld im Kopf haben. Lassen Sie uns zu den schönen Dingen des Lebens zurückkehren."

Er schlug vor, ihr den Inhalt des Tresors, der sich im Salon hinter einem großen Ölgemälde verbarg, zu zeigen.

Widerwillig folgte Laura ihm ins Haus.

Er hängte das Bild ab, öffnete den Tresor und holte eine hübsche silberne Schatulle heraus, in der sich einige Schmuckstücke befanden.

Ein in Weißgold und mit Brillanten gefasster Ring mit einem großen, lupenreinen Smaragd fiel ihr sofort ins Auge.

„Von dem Smaragd hat sich Ihre Großmutter nicht trennen wollen. Den hat ihr der General zur Verlobung geschenkt", sagte der Doktor, als er den Ring Laura überreichte.

Laura war schon früher aufgefallen, dass er seinen Vater meistens den „General" nannte. Sie fand das eigenartig. Hatte er so großen Respekt vor dem militärischen Rang seines Vaters gehabt? Oder hatte er sich gar vor ihm gefürchtet? Vielleicht meinte er es auch ironisch? Ironie zählte allerdings, wie sie schon früher festgestellt hatte, nicht zu seinen Stärken.

Außer dem Smaragdring befanden sich ein breites goldenes Armband mit Diamanten im Vollschliff, eine lange Perlenkette, zwei verschiedenfarbige Korallenketten und eine zarte goldene Armbanduhr im Tresor.

„Alles Geschenke des Generals", betonte Dr. Bogdanović wieder. „Der Schmuck gehört jetzt Ihnen. Und er passt zu Ihnen. Sie sind eine außergewöhnliche Frau, sind Ihrer Großmutter nicht nur äußerlich sehr ähnlich, sondern auch, was ihren Charakter betrifft. Natalija war eine Individualistin und ziemlich exzentrisch. Nur wenige Menschen sind sich ihrer Individualität bewusst und streben danach, etwas Besonderes zu sein. Die meisten Menschen bemühen sich, genauso zu sein wie alle anderen. Das verschafft ihnen ein Gefühl von Sicherheit. Sie und ich sind anders. Wir trachten nicht danach, uns den anderen anzupassen. Wir wollen nicht von allen geliebt werden. Ist es nicht so?"

Seine Worte machten sie verlegen.

Niemand ist vor Schmeicheleien gefeit, dachte sie. Jeder wünscht sich anerkannt und geschätzt zu werden, sei es auch nur in Form einer kleinen Schmeichelei.

„As time goes by" beendete ihre selbstkritischen Überlegungen.

Der Anruf ihres Vaters brachte sie auf den Boden der Realität zurück.

Sie begab sich hinaus auf den Balkon, um zu telefonieren. Kurz und bündig fasste sie die letzten Ereignisse für Mischa zusammen. Er riet ihr, das Haus schleunigst einem Makler zu übergeben.

Laura hatte ohnehin vorgehabt, das Haus zu verkaufen. Amino sollte alles mitnehmen, was er behalten wollte. Das schien ihr die beste Lösung zu sein. Sie hatte keinerlei Beziehung zu dem alten Zeug und auch keine Lust, die Sachen einem Antiquitätenhändler zu überlassen. Außerdem hoffte sie, dem Doktor eine kleine Freude zu bereiten. Sie hatte nach wie vor ein schlechtes Gewissen, weil sie ihn seines Elternhauses beraubte.

„Ich habe mich bereits entschlossen“, sagte sie zu ihrem Vater. „Obwohl das Haus und die Lage des Grundstücks wunderschön sind, fühle ich mich hier nicht wohl. Ich komme mir vor wie in einem Museum. Zu viele Gespenster der Vergangenheit toben in diesen alten Mauern herum.“

„Ich komme in den nächsten Tagen und helfe dir beim Verkauf. Du weißt, ich habe einige Erfahrung mit Immobiliengeschäften.“

Sie dachte an seine Finca auf Gomera und seine Wohnung in Las Palmas, die er nach der Scheidung von seiner zweiten Frau und seiner Rückkehr nach Wien nicht gerade mit Gewinn verkauft hatte, und musste lachen.

„Ich schaffe das allein, Papa. Ich bin ein großes Mädchen.“

So leicht ließ er sich nicht abwimmeln. „Ich werde mir gleich ein Zimmer im Hotel Miramar buchen.“

„Du, ich kann im Moment nicht reden. Dr. Bogdanović zeigt mir gerade Natalijas Schmuck. Lass uns später telefonieren.“

Sie legte auf, bevor er noch etwas sagen konnte, und kehrte zurück in den Salon.

Der Doktor hatte die Schmuckstücke inzwischen wieder zurückgelegt und den Tresor geschlossen.

Plötzlich stand Jelena hinter ihr.

Laura erschrak. Sie hatte die alte Frau nicht kommen gehört.

„Sie müssen entschuldigen. Ich habe ihr schon hundertmal gesagt, sie soll nicht dauernd im Haus herumschleichen. Sie hat auch Natalija und mich oft zu Tode erschreckt.“

„Kein Problem“, beteuerte Laura, als sie seinen verärgerten Blick auffing.

„Was willst du“, herrschte er die Alte an.

Sein schroffer Ton missfiel Laura. Die Haushälterin schien daran gewöhnt zu sein. Sie fragte den Doktor auf Kroatisch, was er abends zu essen wünschte.

Aha, es muss also doch eine Küche geben, dachte Laura und beschloss, sich später allein noch einmal in der Villa umzusehen.

„Du weißt, dass ich abends höchstens eine Schnitte Brot und einen Apfel esse“, sagte er.

Na wunderbar, dachte Laura, die seit dem Frühstück nichts Ordentliches zu sich genommen hatte. Andererseits würde ihr nach den aufregenden kulinarischen Erlebnissen im Hotel Miramar ein Fastentag nicht schaden.

„Ich hätte gern eine einfache Suppe, wenn das möglich ist“, sagte sie zu Amino Bogdanović.

„Es gibt Maneštra von gestern. Kann ich aufwärmen“, murmelte Jelena.

„Das wäre nett.“ Laura war erleichtert, dass sie sich auch mit der alten Frau auf Deutsch verständigen konnte.

„Eine Maneštra ist eine Art Bohnensuppe, nein, eher ein Eintopf mit Bohnen, Räucherfleisch und Kartoffeln oder Pršut und Gemüse der Saison. Sie muss mindestens zwei Stunden lang kochen und ist sehr deftig und schwer verdaulich. Nicht gerade das Ideale vorm Schlafengehen“, warnte Dr. Bogdanović sie.

„Ich habe keine Probleme mit dem Magen“, wischte Laura seine Bedenken vom Tisch.

Der Bohneneintopf schmeckte ausgezeichnet. Da der Doktor ebenfalls kräftig zulangte, musste sich Laura mit einer kleinen Portion begnügen. Das vertrocknete, alte Brot rührten weder sie noch er an.

## 37.

Kaum war Laura auf ihrem Zimmer, ertönte „As time goes by".

Viktor Novak.

Dieses Mal hob sie ab.

Er klang verlegen, entschuldigte sich wegen seiner schroffen Art bei ihrem letzten Zusammentreffen.

Sie ließ ihn eine Weile zappeln.

Er schwieg ebenfalls.

„Ich vermisse dich", sagte er mit leiser, zärtlicher Stimme. „Wann kommst du zurück?"

„Wahrscheinlich gar nicht. Dr. Bogdanović wird mir sicher bei der Suche nach einem neuen Notar, der den Nachlass regeln wird, behilflich sein. Wenn das erledigt ist, werde ich zurück nach Wien fahren."

„Ich habe dir gesagt, dass du diesem Mann nicht vertrauen sollst. Er gehört nach wie vor zu den Verdächtigen im Mordfall Vuković."

„Blödsinn! Du traust doch wohl diesem feinsinnigen Menschen nicht so eine grausame Tat zu. Er ist ein versponnener Schöngeist, ein harmloser Spinner, ja, aber niemals ein brutaler Mörder."

„Ich traue jedem Menschen einen Mord zu", sagte Viktor.

„Du bist krank. Das bringt höchstwahrscheinlich dein Beruf mit sich. Ihr Polizisten seht in jedem Menschen einen potentiellen Verbrecher."

„Warum bist du auf einmal so aggressiv?"

„Wer ist da aggressiv", fauchte Laura ins Telefon.

„Hast du die letzten Seiten des Tagebuchs oder besser gesagt die Briefe deiner Großmutter bereits gelesen?"

„Nein, ich komme hier nicht zum Lesen. Außerdem bin ich nach wie vor der Meinung, dass dich die intimsten Gedanken meiner Großmutter nichts angehen. Es sind im Grunde Briefe an meine Mutter. Aber das Briefgeheimnis ist für euch Bullen sicher ein Fremdwort."

„Lies fertig, dann reden wir weiter."

Er legte auf.

„Du kannst mich mal", schimpfte Laura halblaut.

Sie beschloss, sich die kopierten Seiten des Tagebuchs später wieder zu Gemüte zu führen, falls sie das Kauderwelsch aus Deutsch, Kroatisch und Italienisch, das auf den letzten Seiten überhandzunehmen schien, entziffern konnte.

Zuerst wollte sie sich etwas zu essen beschaffen. Der halbvolle Teller Maneštra hatte ihren Appetit eher angeregt als gestillt.

Auf Zehenspitzen, um den Doktor nicht zu wecken, schlich sie hinunter ins Erdgeschoss.

Die angeblich leerstehenden Zimmer waren nicht abgeschlossen. Sie öffnete die erste Tür, machte Licht an und warf einen Blick hinein, zuckte aber sogleich zurück. Der Raum war zum Bersten voll mit Kleinmöbeln. Zwei Tische bogen sich unter Unmengen von Geschirr und Gläsern. An den Wänden lehnten oder hingen Gewehre, Pistolen, Säbel und Degen und einige Jagdtrophäen, hauptsächlich Rehbock- und Hirschgeweihe, darunter auch ein hässlicher Wildschweinkopf.

Die Luft war abgestanden. Es roch nach Mottenpulver und Desinfektionsmitteln. Rasch schloss sie die Tür und schaute in das zweite Zimmer.

Das Licht der Deckenlampe begann zu flackern. Außer zwei Küchenkredenzen erblickte sie nur eine Abwasch und einen alten Gasherd.

Habe ich es mir doch gedacht, es gibt also eine Küche.

Neugierig öffnete sie einen der Schränke und wurde fündig. Die oberen Regale waren vollgeräumt mit Dosen: Thunfisch, Sardinen, Bohnen, Linsen, geschälte Tomaten ... In den unteren Regalen türmten sich verstaubte Marmeladengläser sowie jede Menge in Zellophan verpackte Croissants und andere Süßigkeiten.

Sie schnappte sich ein Marmeladenglas und ein Croissant, als plötzlich das Licht ausging.

„Verdammt", fluchte sie leise.

Sie wartete, bis sich ihre Augen an die Dunkelheit gewöhnt hatten. Zum Glück drang durch das Fenster ein schwacher Lichtschein von einer der Gartenlaternen.

Das Geräusch von Schritten, leisen, kaum hörbaren Schritten, ließ sie erstarren.

Im nächsten Moment blendete sie der Strahl einer Taschenlampe.

Jemand stand auf der Türschwelle.

Oh mein Gott, wie soll ich ihm bloß erklären, warum ich nachts in der Villa herumschleiche, fragte sich Laura.

„Was machst du da?", fragte eine Frauenstimme.

„Ach du bist es, Jelena", seufzte Laura erleichtert. „Dein Eintopf hat wunderbar geschmeckt, aber ich bin leider noch immer hungrig. Ein bisschen Süßes und ich werde wunderbar schlafen."

„Du hast Kurz... Kurzschluss gemacht. Besser hier kein Licht aufdrehen."

„Das tut mir leid. Kann ich irgendwie helfen?"

„Nein. Ich mache. Muss neue Sicherung holen."

„Dobra večer. Gute Nacht", sagte Laura und tappte mit ihren Schätzen im Dunkeln an der Haushälterin vorbei hinauf in ihr Zimmer.

Nachdem sie das halbe Marmeladeglas leer gelöffelt und das pappige Croissant verschlungen hatte, ging sie zu Bett.

Der Schlaf wollte sich nicht einstellen. Die unangenehme Begegnung mit Jelena, das Telefonat mit Viktor und vor allem Natalijas Tagebuchaufzeichnungen ließen ihr keine Ruhe.

Das Licht ging wieder. Sie schaltete ihre Nachttischlampe ein und holte die Kopien des Tagebuchs, die sie unter der Matratze versteckt hatte, hervor.

Natalijas Schrift war auf den kopierten Blättern kaum mehr zu entziffern. Laura beschloss, bei Tageslicht zu versuchen, mit dieser krakeligen Schrift klarzukommen, und legte die Papiere auf ihr Nachtkästchen.

Sie konnte nun erst recht nicht einschlafen. Ihre Kehle war trocken. Sie brauchte dringend einen Schluck Wasser.

Barfuß schlich sie ins Bad. Um niemanden zu wecken, machte sie am Gang kein Licht an. Prompt stieß sie mit den Zehen an den schmiedeeisernen Garderobenständer neben Aminos Schlafzimmertür.

Sie unterdrückte einen Schmerzensschrei und lauschte.

Aus dem Zimmer des Doktors drang kein Geräusch.

Trotzdem hielt sie weiter den Atem an.

Plötzlich vernahm sie Schritte.

Jemand kam die Treppe herauf.

Rasch huschte sie zurück in ihr Zimmer, legte sich ins Bett und zog sich die Decke bis zum Hals.

Ein leises Knacken. Die Türklinke? Es war zu dunkel. Sie konnte nicht sehen, ob sie sich bewegte.

Ein sanfter Lufthauch verriet ihr, dass jemand die Tür geöffnet hatte.

Sie bemühte sich Schlaf vorzutäuschen, atmete regelmäßig. Nicht zu laut und nicht zu leise.

Wer auch immer auf der Türschwelle stand, eigentlich konnte es nur Amino oder Jelena sein, die Person kam nicht näher.

Nach ein paar Sekunden wurde die Tür beinahe lautlos geschlossen.

Laura griff wieder nach den Tagebuchkopien.

***

*Ich war bei Josips Prozess die meiste Zeit anwesend.*

*Damals glaubte ich meinem Ex-Mann kein Wort, mein Schmerz war zu groß. Ich verfluchte ihn, wünschte ihm den Tod. Inzwischen bin ich mir nicht mehr so sicher, dass er die Unwahrheit gesagt hat.*

*Wir hatten ein letztes, halbwegs versöhnliches Gespräch, kurz bevor er im Gefängnis-Hospital gestorben ist. Er starb zweieinhalb Jahre nach dem General.*

*Josip hatte mir noch einmal geschildert, was an jenem Abend passiert war, und mir versichert, den General nicht getötet zu haben.*

*Seltsamerweise schmerzt mich die Erinnerung an meinen geliebten Igor heute nicht mehr so stark, obwohl sein Tod verheerende Folgen für mich gehabt hat.*

*Ich habe mich damit abgefunden, dass es ein Unfall war. Josip hat Igor zusammengeschlagen und ist abgehauen, als mein Geliebter über das Geländer ins Meer stürzte und ertrank. Er hat ihm nicht geholfen. Daher trägt er in meinen Augen Schuld an seinem Tod. Aber er hat dafür gebüßt. Ich werde ihm nie verzeihen, empfinde jedoch keinen Hass mehr auf ihn. Der einzige Mann, den ich geliebt habe, ist tot und ich kann es kaum erwarten, bis auch mich der Tod zu sich holt.*

*Als ich nach dem Prozess und der Verurteilung Josips endlich um meinen geliebten Mann trauern durfte, reagierte mein Stiefsohn nicht sehr verständnisvoll. Er befand, ich würde unter einer schweren Depression leiden und sei suizidgefährdet. Trotz meines Widerstandes ließ er mich zum ersten Mal in die Psychiatrie auf Rab, wo er arbeitete, einliefern.*

*Die Ärzte dort diagnostizierten eine bipolare Störung, früher sagte man manisch-depressiv dazu, und stellten mich mit Unmengen von Medikamenten ruhig. Bald vegetierte ich nur mehr in einer Art Dämmerzustand vor mich hin.*

*Mittlerweile habe ich den Verdacht, dass mich Amino schon damals total von sich abhängig machen wollte. Nachdem du, liebe Adriana, mich mit deiner schönen Tochter besucht hattest und mich nach Wien mitnehmen wolltest, hat er mich ja rasch nach Hause geholt. Als du ein paar Wochen später deinen nächsten Besuch angekündigt hast, hat er mich wieder in die Psychiatrie gesteckt. In jener Zeit habe ich ihn zu hassen begonnen. Erinnerst du dich an den Tag, als du mich zum zweiten Mal auf Rab besucht hast? Amino hatte mich vorher eigenhändig niedergespritzt. Wir konnten uns kaum miteinander unterhalten. Aber vielleicht ist es dir nicht aufgefallen, da Nico ebenfalls da war und auf dich eingeredet hat.*

## 38.

Die nächtliche Lektüre des Tagebuchs hatte Laura sehr aufgeregt. Obwohl es ihr nicht leichtfiel, sich Dr. Bogdanović als Dr. Jekyll & Mr. Hyde vorzustellen, hatte sie doch unwillkürlich an Robert Louis Stevensons schaurige Geschichte über eine gespaltene Persönlichkeit denken müssen. War der Stiefsohn ihrer Großmutter ein Mann mit zwei Gesichtern?

Sie hatte die halbe Nacht lang kein Auge zugetan, war erst in den frühen Morgenstunden eingeschlafen.

Als sie um neun Uhr früh erwachte, herrschte eine deprimierende Stille im Haus.

Kein Radio, kein Fernsehen.

Sie war allein.

Jelena war vermutlich einkaufen gegangen. Der Doktor schien weggefahren zu sein. Der Porsche stand nicht auf seinem Platz.

Laura beschloss die Gelegenheit zu nützen und den Rest des Hauses zu inspizieren. Vor allem die abgeschlossenen Räume hatten ihre Neugier geweckt.

Zuerst wollte sie sich das Zimmer des geheimnisumwitterten Generals anschauen. Sie sah unter der Fußmatte vor der Tür nach. Prompt wurde sie fündig. Beinahe geräuschlos drehte sich der Schlüssel im Schloss.

Fast hätte sie laut aufgeschrien, als sie den Raum betrat und in die strengen, dunklen Augen eines stattlichen Mannes blickte.

An der Wand der Tür gegenüber hing das lebensgroße Bildnis eines älteren Herrn. Seine Uniformjacke war mit zahlreichen Orden dekoriert, in seinem Gürtel steckte eine Pistole, in seiner Rechten hatte er einen Säbel, auf dem sich Spuren von Rot befanden, die wohl das Blut seiner Gegner darstellen sollten. Außer dem mindestens zwei Meter hohen Ölgemälde schmückten zahlreiche Fotos dieses furchterregenden Herren die Wände. Meistens war er darauf in Gesellschaft anderer hochdekorierter Männer zu sehen. Auf zwei Bildern entdeckte sie an seiner Seite sogar Marschall Tito.

Erst jetzt bemerkte sie die fürchterliche Unordnung in dem mit Antiquitäten völlig überladenen Raum.

Auf dem Bett stapelten sich Unmengen von Büchern, der altdeutsche Schreibtisch war übersät mit Kleinkram: silberne Zigarettenetuis, Zigarettenspitze, Tabakdosen, Brieföffner, seltsam geformte Messer, Dolche, Medaillen und Anstecknadeln.

Als sie nach einem exotischen Dolch griff, um ihn sich näher anzusehen, begriff sie auf einmal, dass hier alles seine Ordnung hatte, sowohl der Bücherstapel auf dem Bett als auch die Kramasuri auf dem Schreibtisch.

Rasch verließ sie den unwirtlichen Ort und nahm sich das nächste Zimmer vor.

Der Schlüssel dafür befand sich ebenfalls unter der Fußmatte.

Ekelhafter Gestank nach Mottenkugeln schlug ihr entgegen, raubte ihr beinahe den Atem. Alle Fensterläden waren geschlossen. Anscheinend war hier jahrelang nicht gelüftet worden.

Es war stockdunkel.

Sie machte Licht an.

Vor Schreck zuckte sie zusammen. Mindestens zehn tote Augenpaare starrten sie ausdruckslos an.

Die meisten Kleiderpuppen und Perückenköpfe hatten entweder kahle Häupter oder wurden von den extravagantesten Hutkreationen bedeckt. Einige der abgetrennten Köpfe zierten auch lockige lange Haare in verschiedenen Farbtönen.

Der Rest des Ankleidezimmers war vollgestopft mit Kleidung. Laura wurde beinahe schwindlig beim Anblick all dieser teuren, aber altmodischen Kostüme, Blusen, Pullover, Jacken, Mäntel und Hüte. Am Boden kugelten Berge von Schuhen herum.

Natalija schien tatsächlich verrückt gewesen sein. Warum hatte sie all dieses Zeug aufgehoben?

Beunruhigt und sehr nachdenklich begab sich Laura hinauf ins Dachgeschoss. Hier oben hatte sich früher, laut Natalijas Briefen, Aminos Reich befunden.

Die Tür war ebenfalls abgeschlossen.

Sie sah wieder unter der Fußmatte nach. Kein Schlüssel.

Sie wollte aufgeben, als ihr Blick auf eine hübsche chinesische Vase auf einem schmalen Bord neben der Tür fiel.

Sie nahm den Schlüssel aus der Vase und sperrte auf.

Der große Raum mit Dachschrägen war fast leer. In einer finsteren Ecke stand ein Bett, das viel zu kurz für einen erwachsenen Mann war. Ein Schreibpult, ein Sessel und ein schmaler Kasten ergänzten das sparsame Interieur.

Auch in diesem Zimmer war es ziemlich dunkel. Durch drei winzige Fenster drang nur spärliches Licht.

Von einem dieser Fenster aus musste Amino damals mitangesehen haben, wie Josip und der General unten am Lungomare miteinander gekämpft hatten.

Sie stellte fest, dass man von keinem der Fenster seines ehemaligen Jugendzimmers den Lungomare oder gar die Teufelsgrotte sehen konnte. Warum also hatte Amino behauptet, von hier oben aus beobachtet zu haben, wie jemand seinen Vater die Klippe hinuntergestoßen hatte? Selbst wenn man bedachte, dass die Baumkronen heute höher waren als vor 20 Jahren, konnte sie sich nicht vorstellen, dass er die raufenden Männer deutlich gesehen hatte.

Schwer beunruhigt verließ sie die Villa und lief zum Lungomare.

Am Rand der Klippe beugte sie sich über das Geländer und sah hinab.

Unter ihr lag das aufgewühlte Meer. Die Gischt spritzte fast bis zum Weg herauf. Fasziniert betrachtete sie das schäumende Wasser. Genau an dieser Stelle musste der General ertrunken sein. Die Vorstellung, wie er in dem tosenden Meer langsam unterging, ließ sie erschaudern.

Als sie ins Haus zurückkehrte, war der Doktor noch immer nicht zurück. Doch Jelena schlich lautlos wie eine Katze in der Villa herum.

Laura fragte sie, wo Herr Bogdanović sei.

Jelena zuckte mit den Achseln. „Er mir nicht gesagt, wohin."

Ehe Laura weiterfragen konnte, kehrte ihr die Alte den Rücken zu und schlurfte davon.

Laura beschloss, nicht länger auf ihn zu warten, sondern allein nach Rijeka zu fahren.

Beim Autoabstellplatz begegnete sie Goran.

Der schweigsame alte Mann mit dem harten Gesicht und dem kräftigen Körper putzte gerade den Jeep. Er grüßte kaum hörbar und sah nicht auf, als sie zu ihrem Wagen ging.

„Entschuldigen Sie bitte, darf ich Sie kurz stören? Verstehen Sie Deutsch?"

Er nickte.

„Sie haben meine Großmutter im Garten tot aufgefunden? Wie ist sie dahin gekommen? Ich habe gedacht, sie konnte nicht mehr gehen."

„Normalerweise habe ich sie jeden Nachmittag zu ihrem Lieblingsplatz unter dem Kastanienbaum gebracht. Mit dem Rollstuhl hat sie auf dem Kiesweg nicht allein fahren können. An jenem Tag hat sie es irgendwie geschafft. Der Doktor hat gemeint, sie hätte sich überanstrengt." „Das könnte sein. Als Todesursache wurde Herzstillstand festgestellt. Hat Dr. Bogdanović den Totenschein selbst ausgestellt?"

Er schüttelte den Kopf.

„Er war nicht zuhause. Ich habe einen Arzt im Ort angerufen. Er ist sofort gekommen, hat keine zehn Minuten gedauert."

„In Ordnung. Haben Sie den Eindruck gehabt, dass sie friedlich ... gestor... ich meine entschlafen ist?"

„Sie hat gelächelt."

„Schön. Ich danke Ihnen."

„Ich fahre nach Rijeka", sagte sie, als er sie fragend ansah.

„Bleiben Sie lieber da. Die Bora wird im Laufe des Tages noch schlimmer werden", sagte Goran. „Morgen wird alles vorbei sein. Anfang Oktober tobt sich die Bora höchstens einen Tag lang aus. Im Winter bleibt der eisige Landwind oft eine ganze Woche."

„Mich haut so schnell nichts um", scherzte sie und fuhr los.

Der orkanartige Sturm brachte ihren kleinen Alfa jedoch öfters aus der Spur. Dennoch genoss sie die Fahrt entlang der Küste.

Es herrschte klare Sicht. Die gegenüberliegenden Inseln Krk und Cres schienen so nahe, dass sie glaubte, hinüberschwimmen zu können.

In Rijeka parkte sie am Hafen und schlenderte dann Richtung Markt.

Der Wind fegte durch die Straßen und ließ lose Gegenstände, wie Reklametafeln, Kaffeehaustischchen und Stühle, klappern. Geschirr schepperte und so manches Glas ging zu Bruch.

In der hübschen Markthalle und an den Verkaufsständen im Freien herrschte reger Betrieb.

Laura warf sich ins Getümmel. Obwohl sie nichts brauchte, erstand sie Haselnüsse, Walnüsse und Feigen als eiserne Reserve, falls auch heute wieder das Abendessen ausfallen würde.

Anschließend spazierte sie zum Opernhaus von Rijeka, das ihre Großmutter so oft besucht hatte. Leider wurden keine Führungen durch das Haus angeboten. Sie hätte die von den österreichischen Architekten Hellmer & Fellner erbaute Oper gerne von innen gesehen.

Sie schlenderte weiter durch die Fußgängerzone bis zum Zuckerhaus, in dem sich ein Museum moderner Kunst befand. Das Museum hatte ebenfalls geschlossen.

Leicht frustriert kehrte sie in einer Konoba in einer stillen Seitengasse ein. Der lange Spaziergang bei dem heftigen eisigen Wind hatte ihren Appetit angeregt.

Das Lokal war voll. Sie schaute, was die anderen Leute auf ihren Tellern hatten, und entschied sich ebenfalls für das Tagesmenü: Bohnen mit Schweinerippchen auf gegrillter Polenta.

Auf dem Rückweg entdeckte sie Titos zu einem Hotel umgebaute Yacht. Trotz Renovierung sah sie nicht sehr einladend aus.

Ihr fiel ein, dass Opa Josip hier im Hafen gearbeitet hatte. Sie musste auch an ihre Mutter denken, die in Rijeka die Schule besucht hatte, und sogleich gefiel ihr die alte Hafenstadt viel besser.

Der Wind hatte sich ein wenig beruhigt, als sie nach Opatija zurückkehrte.

Amino Bogdanović schien sie ungeduldig erwartet zu haben.

„Was haben Sie in Rijeka gemacht?“, fragte er sie leicht gereizt.

Am liebsten hätte sie ihm eine scharfe Antwort gegeben, doch sie blieb höflich.

„Ich wollte mir die Stadt ansehen, in der meine Großeltern eine Zeitlang gelebt haben. Außerdem war Rijeka 2020 und 2021 Kulturhauptstadt.“

„Davon ist kaum etwas zu bemerken. Diese Stadt ist nach wie vor nicht besonders sehenswert. Eine typische Hafenstadt eben.“

„Ich fand, dass die Innenstadt schön hergerichtet worden ist“, widersprach Laura. „Außerdem habe ich ein Faible für Hafenstädte. Sie strahlen oft etwas Wildes aus. Ich mag ihre meist morbide Atmosphäre. Mir hat es auch in Pula gut gefallen, trotz der grauenvollen Ereignisse ...“

Er ging nicht darauf ein. „Ich hatte vor, heute mit Ihnen nach Lovran, das ist eine kleine Hafenstadt ganz in der Nähe, zu fahren. Jetzt ist es fast zu spät“, sagte er und strafte sie erneut mit einem vorwurfsvollen Blick.

Der Doktor schien daran gewöhnt zu sein, dass sich jedermann nach ihm und seinen Bedürfnissen richtete. Bisher hatte sie gedacht, vor allem Psychiater würden sich durch besonders große Empathie auszeichnen. Mit seinem Einfühlungsvermögen schien es jedoch nicht weit her zu sein.

„Ich bringe nur rasch meine Einkäufe auf mein Zimmer. Bin gleich wieder bei Ihnen", sagte sie.

Als sie die Treppe hinaufeilte, wurde ihr bewusst, dass sie in letzter Zeit kaum an den Tod des Notars oder an Patrik und die arme Sekretärin gedacht hatte. In der Villa ihrer Großmutter fühlte sie sich in eine andere Epoche versetzt und beschäftigte sich mehr mit Natalijas Problemen als mit ihren eigenen.

Sie wollte Dr. Bogdanović fragen, was in jener Nacht, als der General zu Tode gekommen war, tatsächlich passiert war. Sie wusste jedoch nicht, wie sie dieses Thema anschneiden sollte, ohne ihn mit dem Verdacht ihrer Großmutter zu konfrontieren.

„Wir fahren mit meinem Boot. Lovran ist eine der ältesten Siedlungen der Opatija- Riviera. Ich möchte Ihnen einige historisch bedeutsame Villen und die hübsche Altstadt zeigen", sagte er, als sie zu Fuß zur Marina spazierten, in der sein Motorboot lag.

Kurz bevor sie die Marina erreichten, machte er sie auf eine besonders attraktive Jugendstil-Villa aufmerksam.

„Angeblich wollte Donald Trump diese Villa für seine slowenische Frau kaufen. Aber wahrscheinlich ist das nur ein Gerücht."

## 39.

Das Boot des Doktors war ein älteres Modell mit Kajüte und Sonnendach. Es sah sehr gepflegt aus.

„Haben Ihre Schuhe weiße Sohlen?“, fragte Dr. Bogdanović.

Sie schüttelte den Kopf.

„Dann ziehen Sie sie bitte aus. Das Deck ist empfindlich. Dunkle Sohlen hinterlassen hässliche Fahrer.“

Pedant, schimpfte Laura in Gedanken.

„Warten Sie einen Moment. Unten liegen Segelschuhe von Natalija, die dürften Ihnen passen.“

Der hat sie nicht mehr alle, dachte sie, als er ihr kurz danach ein ausgelatschtes Paar weiße Leinenschuhe reichte.

Die Schuhe ihrer Großmutter waren ihr eine Spur zu groß. Besser zu groß als zu klein, dachte sie und ging endlich an Bord.

Der Doktor machte die Leinen los, bat sie, die Fender einzuholen, und verließ die Marina mit gedrosseltem Motor.

Draußen am offenen Meer war es nach wie vor stürmisch, aber der Wind hatte, im Vergleich zum Vormittag, nachgelassen.

Die Wellen hatten jedoch weiße Schaumkronen, was mindestens Windstärke vier oder fünf bedeutete. Zwischen den Wolken am Himmel erschienen Fetzen von Hellblau. Würde die Sonne doch noch durchkommen? Das Meer schimmerte silbrig grau.

Sie musste an eine andere Bootsfahrt denken, die gar nicht so lange her war.

Auf einmal tat es ihr leid, dass sie den Kommissar am Telefon so schlecht behandelt hatte. Alles, was sie vor ein paar Tagen bei der blöden Auseinandersetzung zu ihm gesagt hatte, tat ihr leid, vor allem ihr kindisches Benehmen beim Abschied. Allerdings hatte würdevolles Abschiednehmen nie zu ihren Stärken gehört. In dieser Hinsicht war sie ihrem Vater sehr ähnlich. Auch Mischa hasste Abschiedsszenen.

Während der Fahrt machte sie der Doktor öfters auf besondere Bauten am Ufer aufmerksam.

Laura deutete ihm, dass sie ihn wegen der lauten Motorgeräusche und dem Pfeifen des Windes kaum verstehen konnte.

Ihr war das nur recht. Ihre Gedanken kehrten zurück zu Viktor. Komisch, dass fast alle Männer, mit denen sie hier zu tun hatte, sich selbst so gerne reden hörten. Die große Ausnahme war Viktor. Verglichen mit den anderen war er wohltuend schweigsam. Zuerst hatte Onkel Nikola auf sie eingeredet, bei ihr all seine Probleme abgeladen. Dann hatte sich Patrik auf sie gestürzt und sie niedergeredet. Ja, er hatte sie auf Brijuni mit Worten richtiggehend erschlagen. Aber dieser Psychiater übertraf die beiden noch bei weitem.

Die Učka-Berge hinter Ičići schälten sich aus den Wolken.

Laura klammerte sich mit der linken Hand an die Reling und versuchte mit der Rechten ein Foto zu schießen.

„Ičići war im Mittelalter ein bedeutender Holzverladehafen. Später haben sich hier die Jesuiten angesiedelt. Auch viele Hochseekapitäne haben ihre Villen in dieser geschützten Bucht errichten lassen", sagte Dr. Bogdanović.

Bevor sie zum Hafen von Lovran gelangten, zeigte er auf eine schöne, in venezianischer Blumengotik errichtete Villa.

„So könnte unser Zuhause auch aussehen, wenn mein Vater sein Geld besser investiert hätte", sagte er. Laura hatte schon vorhin einige andere herrschaftliche Villen, die sich hinter dem üppigen Grün mächtiger Bäume verbargen, bewundert.

„Kommen nach Lovran noch weitere so hübsche Ferienorte?"

„Mošćenička Draga ist ebenfalls sehenswert. Bis dorthin werden wir es heute leider nicht mehr schaffen. Nach diesem Dorf wird die Küste rauer und einsamer."

Im kleinen Hafenbecken von Lovran brachten kraftvolle Böen selbst die größeren Freizeitboote, die hier vor Anker lagen, zum Schaukeln.

Das Klappern der Wanten an den Masten der Segelyachten klang wie eine Warnung.

Amino Bogdanović schien ein erfahrener Skipper zu sein. Langsam und vorsichtig näherte er sich der Mole.

Ein alter Mann eilte herbei und war ihnen beim Anlegen behilflich. Galant reichte er Laura seine Hand und half ihr von Bord.

Laura hoffte, Amino würde ihm ein anständiges Trinkgeld geben. Sie hatte wieder einmal nur ihre Bankomatkarte dabei.

Der Doktor begnügte sich mit einem gnädigen Nicken. Dann führte er sie geradewegs zu einer romanischen Dreifaltigkeitskapelle oberhalb des Hafens und wies sie auf die spätgotischen Wandmalereien hin.

„Ihren Namen verdankt die Stadt den Lorbeerbäumen, die entlang der Uferpromenade herrlichen Schatten spenden. An den Hängen des Učka-Gebirges, oberhalb der Stadt, gedeihen auch die Maronibäume bestens. Lovran ist berühmt für seine besonders schmackhaften Maroni. Jedes Jahr im Oktober findet hier ein mehrtägiges Maronifest statt."

„So ein Volksfest würde ich gerne einmal miterleben", sagte Laura.

Sie meinte es ernst, doch Amino Bogdanović blickte sie zweifelnd an.

„Lovran ist verglichen mit Opatija sicher weniger mondän, obwohl sich hier früher ebenfalls der Hochadel getummelt hat. Dafür hat es eine 2000 Jahre alte Seefahrertradition. Bereits die Römer haben sich hier angesiedelt. Im 14. Jahrhundert ist die Stadt in den Besitz der Habsburger gekommen und bis 1918 österreichisch geblieben. Ausgenommen die Zeit zwischen 1809 und 1815, da hat Napoleon nach seinem Sieg gegen Österreich auch Lovran besetzt.“

„Sie sind ein wandelndes Lexikon“, warf Laura ein.

Er strafte sie mit einem scharfen Blick, fuhr aber fort: „Natürlich hat Lovran später auch von Opatijas Aufstieg zur Kurstadt profitiert. Zahlreiche Villen und Hotels sind aus dem Boden geschossen, die Infrastruktur wurde verbessert, Badeanstalten wurden eingerichtet und sogar ein eigenes Theater.“

Sie betraten die mittelalterliche Altstadt durch das südliche Stadttor gegenüber dem Hafen. Malerische Gässchen führten von dort hinauf zum Kirchplatz.

Auf dem schrägen Platz vor der Kirche fielen Laura zwei merkwürdige Gebäude auf.

„Einen Moment bitte, die beiden Häuser möchte ich fotografieren“, sagte sie.

„Das obere mit dem Holzrelief über dem Steinportal ist das ehemalige Rathaus“, klärte sie der Doktor auf. „Daneben steht das sogenannte Mustaćon-Haus. Die Menschen waren früher noch abergläubischer als heute. Sehen Sie den Schnurrbartmann über dem Haustor? Er soll genauso Feinde und böse Geister fernhalten wie all die Dämonen, die unter den Balkonen angebracht wurden, um dem Bösen Angst einzujagen.“

Laura schoss ein paar Fotos von dem furchterregend dreinblickenden schnurrbärtigen Gesicht, während der Doktor bereits auf eine nahegelegene Vinothek zusteuerte.

Sie verkosteten jungen Wein und probierten köstlichen Lardo dazu. Der weiße Speck schmeckte Laura besonders gut. Auch Amino Bogdanović langte mehr beim Speck als beim Wein zu.

Während sie von all den Köstlichkeiten, die der nette Wirt anzubieten hatte, naschten, wurde der Doktor freundlicher. Er kam ihr zum ersten Mal entspannt vor.

Es war ihr nicht vergönnt, sich länger an seiner guten Laune zu erfreuen, denn auf der Rückfahrt wurde ihr speiübel. Sie schob es auf den starken Wellengang.

Zuhause verzichtete sie freiwillig aufs Abendessen und wollte gleich zu Bett gehen.

„Mir ist leider nicht gut", entschuldigte sie sich.

Der Doktor wirkte besorgt, bot ihr ein Mittel gegen Magenverstimmung, eine Schmerztablette und dazu einen Magenschoner an.

Mit Todesverachtung schluckte sie alles hinunter.

## 40.

In ihrem Zimmer war es stockfinster. Jemand hatte die Außenjalousien an den Fenstern geschlossen. Als sie die Nachttischlampe anknipste, ertönte ein leises Knacken. Sie tastete nach dem Schalter für die Deckenlampe.

Kein Licht.

Offensichtlich hatte sie wieder einen Kurzschluss verursacht. Sie musste unwillkürlich an Patrik denken, an seine verbrannten Gliedmaßen und sein starres Grinsen. Auch ihr Mann Lorenz fiel ihr ein, der in seinem eigenen Wagen verbrannt war. Sie selbst war dem Tod damals nur knapp entronnen und hatte ebenfalls schlimme Brandwunden davongetragen. Manche Narben auf ihrem Körper waren bis heute sichtbar. Kein Wunder, dass ich seither entsetzliche Angst vor Feuer habe, dachte sie. Im selben Moment sah sie im

Geiste die Villa in Flammen stehen. Sie stellte sich vor, wie eine von Aminos Gaskartuschen explodiert und Feuer im Salon ausbricht. Die Flammen erfassen die schweren Brokat-Vorhänge, züngeln wie Schlangen daran hoch, fressen die Tapeten von den Wänden und kriechen die Treppe hinauf bis in die Räume im oberen Stockwerk. In Natalijas Ankleidezimmer toben sie sich erst recht aus. Die alten Kleider und vor allem ihre Perücken brennen lichterloh.

Laura riss sich zusammen und bemühte sich an etwas Erfreuliches zu denken. Sie malte sich aus, wie sie, begleitet von Delfinen, weit hinaus aufs offene Meer schwamm. Doch die Angst ließ sich nicht so leicht vertreiben.

Sie wagte es nicht, eine der unzähligen Kerzen in Natalijas Schlafzimmer anzuzünden. Unschlüssig blieb sie im Finstern auf ihrem Bett sitzen.

Garantiert befanden sich die elektrischen Leitungen in dem alten Haus in einem ähnlich schlechten Zustand wie in Nikolas Leuchtturm. Auf keinen Fall würde sie sich auf die Suche nach dem Sicherungskasten begeben, geschweige denn ihn anrühren.

Da sie auch keine Lust hatte, hinunterzugehen und Amino oder Jelena um Hilfe zu bitten, öffnete sie die Jalousien.

Ein schwacher Lichtschein drang von den Laternen im Park herein. Nicht zum ersten Mal fragte sie sich, wer die Villa erben würde, wenn ihr etwas zustoßen sollte. Mischa, ihr Vater, wer sonst? Doch sie hatte Natalijas Erbe bisher nicht angenommen. Die Testamentsvollstreckung stand noch aus. War die beglaubigte Kopie überhaupt rechtskräftig? Falls nicht, würde sie sich das Erbe mit Nikola teilen müssen? Und würde

Amino tatsächlich mit einem Sparbuch und ein paar Gemälden abgespeist werden? Zu viele Fragen! Sie hatte keine Ahnung von juristischen Angelegenheiten und nahm sich vor, mit Mischa bei ihrem nächsten Telefonat über all dies zu reden. Er war der einzige Mensch, dem sie momentan vertraute.

Während sie sich auszog, überlegte sie, ob sie noch einmal die Toilette aufsuchen sollte, bevor sie sich hinlegte. Sie ließ es bleiben.

Falls sie beim Anknipsen der kleinen Lampe einen Kurzschluss verursacht hatte, würde auch das Ganglicht nicht funktionieren.

Die Finsternis passt zu diesem unheimlichen Haus, dachte sie und legte sich hin. Trotz ihrer Bauchschmerzen und des Schwindelgefühls döste sie bald ein.

Plötzlich zeichnete sich eine helle Silhouette an der Wand ab. Ein großer, in eine weiße Gala-Uniform gekleideter Mann näherte sich ihrem Bett. Seine dunklen Augen blickten sie forschend an. Auf einmal verwandelte sich sein schmaler Schnauzbart in den üppigen aufgedrehten Oberlippenbart des Schnurrbartmannes von Lovran. Als sich der Mann über sie beugte und sie auf die Wange küsste, bekam sie eine Gänsehaut. Der Kuss war ihr jedoch nicht unangenehm, obwohl sie seine Barthaare kitzelten.

Sie schreckte auf und musste lachen, als sie sich ihr eigenes Haar aus dem Gesicht strich.

Der Mann in ihrem Traum war nicht furchterregend gewesen, sondern hatte eher komisch ausgesehen.

„Wer Angst vor Geistern hat, wird Geistern begegnen“, fiel ihr ein arabisches Sprichwort ein.

Sie beschloss, sich von den Geistern der Vergangenheit nicht länger wachhalten zu lassen. Doch ihr Zustand verschlimmerte sich, als sie sich hinlegte und die Augen schloss. In ihrem Kopf drehte sich alles. Die vielen Köstlichkeiten, die sie heute genascht hatte, kamen hoch. Sie wankte im Dunkeln auf die Toilette.

Als ihr Magen endlich leer war, tastete sie sich zurück in ihr Zimmer.

Sie musste etwas Verdorbenes erwischt haben. Entweder in Rijeka oder in Lovran.

Zuerst gab sie den Bohnen mit Schweinerippchen, die sie mittags in der Konoba in Rijeka gegessen hatte, die Schuld. Doch vielleicht war auch der fette Speck, den sie in der Vinothek in Lovran zum Wein verkostet hatte, der Übeltäter? Den Saumagen hatte der Herr Doktor, der so großen Wert auf gesunde Ernährung legte, und nicht sie.

Trotz ihrer Angst vor Feuer zündete sie zwei Kerzen an.

Schlafen konnte sie sowieso nicht. Sie wollte versuchen, die restlichen Seiten aus Natalijas Tagebuch zu entziffern.

***

*Es wird Zeit, an mein Testament zu denken. Ich habe das Gefühl, dass der Tod endlich naht. Seit ich zuhause bin, träume ich oft von Igor, träume, dass er mich holen kommt. Es ist immer wieder der gleiche Traum. Ich liege in meinem Bett und fühle mich wie gelähmt. Es erscheint mir unmöglich, mich zu bewegen. Plötzlich steht der junge, schöne Igor in der Tür. Er trägt seine weiße Galauniform. Seine Brust ist mit Orden bestückt. Er lächelt mich liebevoll an. Auch seine Augen lächeln. Leider macht er keinen Schritt näher, streckt nur die Hände nach mir aus. „Komm mit mir, mein Liebstes", flüstert er. Seine Stimme klingt weich und zart und sehr verführerisch. In diesem Moment verwandle ich mich in eine junge Frau, hüpfe leichtfüßig aus dem Bett und flüchte mich in seine Arme.*

*Würde dieser Traum doch endlich Wirklichkeit werden!*

*Seit Monaten habe ich nichts mehr von dir gehört, meine liebste Adriana. Auch dein Bruder hat sich lange nicht bei mir blicken lassen. Ich fürchte, er wagt es nach dem letzten Eklat mit Amino nicht mehr, mich in der Villa zu besuchen. Unser lieber Nico ist und bleibt ein kleiner Feigling. Die Villa gehört mir, und ich kann hier empfangen, wen ich will.*

*Das Haus wird eines Tages dir und deiner Tochter gehören. Das war auch Igors Wunsch. Amino hat keine Nachkommen. Außerdem würde er hier alles verkommen lassen. In den vielen Jahren seit Igors Tod hat er keinen Finger gerührt. Er interessiert sich nur für sich selbst, höchstens noch für seine Arbeit. Wenn ich Goran und Jelena nicht gehabt hätte, wäre die Villa jetzt schon baufällig und der Garten verwildert.*

*Nikola würde Haus und Grund sofort verkaufen, wenn er es in seine Hände bekäme. Dabei hat er im Laufe der letzten Jahre genug Geld von mir kassiert. Vor kurzem habe ich sogar einen Großteil meines Schmucks verkauft, um ihm aus der Patsche zu helfen. Der Bursche ist ständig in Geldnöten. Ich bin zum Glück nicht so dement, dass ich nicht sehe, dass er selbst Schuld daran trägt. Er kann einfach nicht mit Geld umgehen. Seine Fehlinvestitionen sind legendär. Er ist viel zu gutgläubig, steckt andauernd Geld in irgendwelche fantastischen Projekte, die nie realisiert werden. Nach Josips Tod war er Alleinerbe, während du völlig leer ausgegangen bist. Auch dieses nicht unbeträchtliche Erbe hat Nikola in Windeseile durchgebracht.*

*Leider hat sich Josip, außer in deinen ersten Lebensjahren, als du seine süße kleine Prinzessin warst, nie was aus dir gemacht. Das habe ich ihm schwer verübelt.*

*Bisher habe ich allerdings Amino in dem Glauben gelassen, dass er nach meinem Tod das Grundstück und die Villa erben wird.*

*Ich wollte ihn mit diesem Versprechen bei Laune halten.*

*Aber ich denke nicht im Traum daran, ihm etwas zu hinterlassen. Er hat Geld genug und ist ein verdammter Geizkragen. Außerdem habe ich ihn schwer in Verdacht, dass er seinen Vater sterben hat lassen. Ich bin mir fast sicher, dass er ihn retten hätte können. Doch er hat seinen Vater aus tiefster Seele gehasst.*

***

An dieser Stelle brach der zusammenhängende Text ab.

Die letzten Seiten bestanden, wie Laura schon früher bemerkt hatte, aus Notizen. Manche waren auf Italienisch, andere auf Kroatisch und nur wenige auf Deutsch.

Natalijas Verdacht, dass Amino seinen Vater sterben ließ, ging Laura nicht aus dem Kopf. Wenn ihre Großmutter Recht gehabt hatte, war der Mann nicht ganz zurechnungsfähig. Musste auch sie Angst vor diesem Doktor haben? Sie hatte sich immer für eine gute Menschenkennerin gehalten. Hatte sie sich so sehr in Amino Bogdanović getäuscht?

## 41.

Am nächsten Morgen fühlte sich Laura nach wie vor sehr schwach.

Als sie ins Badezimmer tappte, begegnete sie dem Doktor am Gang.

Er musterte sie eingehend und schien ernsthaft besorgt. Auch er tippte auf eine Lebensmittelvergiftung.

„Ich fürchte, ich habe gestern einen Kurzschluss verbrochen“, sagte sie.

„Goran hat den Schaden inzwischen behoben. Zum Glück war nur das obere Stockwerk betroffen.“

Er wartete auf sie, bis sie aus dem Bad kam, und nötigte sie, noch zwei Tabletten zu nehmen. Außerdem empfahl er ihr im Bett zu bleiben und kündigte an, dass er in einer Stunde wieder nach ihr sehen werde.

Eine Viertelstunde später klopfte jemand an ihre Tür.

Warum kann er mich nicht in Frieden lassen, murmelte Laura, die gerade eingenickt war.

Doch nicht der Doktor, sondern Jelena stand vor ihrem Bett. In der einen Hand hatte sie einen Eimer, in der anderen ein kleines braunes Fläschchen.

„Das wird dir helfen“, murmelte sie.

Laura war durcheinander, wusste nicht, wessen Anwesenheit ihr momentan unangenehmer war, die der alten Hexe mit dem irren Blick oder die des durchgeknallten Psychiaters.

„Was ist das für ein Zeug?“, fragte sie, als die Alte ein paar Tropfen aus dem Fläschchen auf einen Löffel gab.

„Brechwurzelsirup.“

„Willst du mich vergiften?“, scherzte Laura halbherzig.

Jelenas Versuche, ihr das Wundermittel einzuflößen, wehrte sie mit beiden Händen energisch ab.

Die Tropfen landeten auf dem Kopfpolster.

„Du musst das trinken. Oder willst du weiter seine Pillen schlucken? Merkst du nicht, was er vorhat?“

„Was meinst du? Wovon sprichst du?“

„Du siehst deiner Großmutter ähnlich. Er will dich für sich haben, so wie er Natalija die letzten Jahre für sich allein gehabt hat."

Sind denn in diesem Haus alle verrückt, fragte sich Laura nicht zum ersten Mal.

„Ich können nicht auf dich aufpassen. Ich bin zu alt. Trink das. Bald dir besser gehen, das schwöre ich dir."

Laura tat der Alten den Gefallen und nahm einen Löffel voll von dem Sirup.

Das Zeug schmeckte scheußlich. In ihr keimte erneut der Verdacht auf, dass die Alte sie vergiften wollte.

Als sie kurz danach heftigen Brechreiz verspürte, war sie dankbar, dass ihr die Haushälterin den Eimer hinhielt.

„Gut so! Alles muss raus", murmelte Jelena, die sie die ganze Zeit beobachtet hatte.

Bevor sie Lauras Zimmer verließ, drängte sie ihr das halbvolle Fläschchen auf.

Sie wirkte sehr aufgeregt, brachte keine vollständigen deutschen Sätze mehr zusammen. „Nach dem Essen ein paar Schluck ... und keine Tabletten mehr ... er selber krank", stammelte sie.

„Wie bitte?"

„Ich hab nichts gesagt. Schlaf endlich." Im nächsten Augenblick war sie verschwunden.

Laura fielen wieder Natalijas Tagebucheinträge ein. Ihre Großmutter hatte nach dem Tod des Generals den Verdacht geäußert, dass Amino seinen Vater getötet haben könnte. Damals hatte Laura diesen schrecklichen Verdacht Natalijas Verwirrtheit zugeschrieben. Sie hatte sich nicht vorstellen können, dass so ein kultivierter Mann wie Amino Bogdanović zu so etwas fähig sein könnte. Mittlerweile war sie sich nicht mehr so sicher.

Als ihr der Doktor eine Tasse Tee brachte, stellte sie ihm sogleich ein paar Fragen über den Tod seines Vaters.

„Darüber reden wir lieber ein anderes Mal. Sie müssen sich ausruhen, erst einmal wieder zu Kräften gelangen. Wir sollten die Vergangenheit besser ruhen lassen. Zu viele schmerzhafte Erinnerungen sind damit verbunden ...“

Sie fühlte sich zu schlapp, um auf der Beantwortung ihrer Fragen zu beharren.

Als er sie kurz danach allein ließ, war sie sehr erleichtert.

Das Rauschen der Brandung, das bis zu ihr hinauf drang, schläferte sie schließlich ein.

***

Sie öffnete die Augen, konnte aber nichts sehen. Das Atmen fiel ihr schwer. Sie rang nach Luft, wollte sich aufsetzen, doch sie fühlte sich wie gelähmt.

Entsetzt wurde ihr klar, dass sie nicht allein im Zimmer war.

Jemand drückte ihr ein Kissen aufs Gesicht. Verzweifelt schlug sie um sich, traf etwas Hartes, wollte schreien vor Schmerz. Das Kissen erstickte jeden Ton. Sie hätte es kommen sehen müssen.

Laura schreckte aus dem Schlaf hoch.

Im ersten Moment wusste sie nicht, wo sie sich befand. Draußen war es stockfinster. Im Haus herrschte Stille. Sie schätzte, dass es mitten in der Nacht war. Sie schien den ganzen Nachmittag und den Abend verschlafen zu haben.

In ihrem Zimmer war es ungemütlich kalt, aber deshalb war sie nicht aufgewacht. Sie hatte ihrem beklemmenden Traum und den beängstigenden Fantasien, die damit einhergingen, entfliehen wollen.

Mit schwitzenden Händen tastete sie nach ihrem Handy. Sie wollte sich vergewissern, wie spät es war.

Ihre Hände griffen ins Leere, das Telefon lag nicht auf ihrem Nachtkästchen. Laura war sich sicher, dass sie es dorthin gelegt hatte.

Sie machte Licht an und begab sich auf die Suche nach ihrem Handy.

Ihre Beine wollten nicht so recht mitspielen. Sie hatte weiche Knie und ihr wurde wieder übel.

Auf der Psyche ihrer verstorbenen Großmutter stand eine handbemalte Art-Déco-Vase. Sie griff danach, spuckte gelben Schleim in das hübsche Gefäß.

Die Ereignisse der letzten Tage liefen wie in Zeitlupe vor ihrem inneren Auge ab.

Sie musste unbedingt mit Viktor reden. Inzwischen tat es ihr noch mehr leid, dass sie sich ihm gegenüber zuletzt so abweisend verhalten hatte.

Wo war bloß dieses verdammte Handy? Hatte sie es vorhin im Bad mitgehabt? Sie fühlte sich zu schwach, um ihr Zimmer zu verlassen.

Inzwischen verdächtigte sie den Psychiater, ihr mit dem Tee ein Schlafmittel verabreicht zu haben. Jelena hatte sie ja vor ihm gewarnt.

Als sie plötzlich seltsame Geräusche vernahm, ein leises Scharren, Kratzen und Pfeifen, hielt sie den Atem an und lauschte.

Sie konnte nicht ausmachen, woher diese unheimlichen Geräusche kamen, vom Dach oder aus Natalijas Ankleidezimmer nebenan?

Sie spürte, wie das Herz in ihrer Brust krampfhaft schlug. Ihr war klar, dass die Furcht ihre Fähigkeit, klar zu denken, beeinträchtigte. Gleichzeitig kam sie sich lächerlich vor. Wovor fürchtete sie sich?

Sie glaubte weder an Gespenster noch befürchtete sie ernsthaft, dass der Doktor ihr etwas antun könnte. Ihrer Meinung nach gab es für alles eine vernünftige Erklärung.

Wahrscheinlich lieferten sich im Nebenzimmer ein paar Mäuschen eine wüste Schlacht um Natalijas Kleider oder es tummelten sich Siebenschläfer unterm Dach.

## 42.

Als sie Dr. Bogdanović am nächsten Morgen um sein Handy bat, behauptete er, es ebenfalls nicht zu finden. Er vermutete, sie hätten beide Telefone auf dem Boot liegen gelassen, und versprach, demnächst in die Marina zu fahren und nachzusehen.

„Ihre Familie hat momentan wegen des Mordverdachts gegen Ihren Onkel und auch gegen Ihren Cousin genug um die Ohren."

Anscheinend dachte er, sie wollte ihre Verwandten in Rovinj anrufen.

„Ich habe in der heutigen Zeitung gelesen, dass die beiden Mordfälle in Pula kurz vor der Aufklärung stehen", fuhr er fort. „Der Verdacht der Polizei richtet sich gegen zwei Mitglieder einer bekannten Gastronomen-Familie aus Rovinj. Damit können nur die Markovićs gemeint sein."

Laura stöhnte leise.

„Das ist nicht Ihre Schuld. Aber habe ich Sie nicht von Anfang an vor diesen Leuten gewarnt?"

Da sie sich nach wie vor zu benommen und kraftlos fühlte, um ihm zu widersprechen, antwortete sie nicht, sondern kehrte ihm den Rücken zu.

Sofort ließ er das Thema fallen, bat sie sogar um Entschuldigung, dass er sie mit diesem Zeitungsartikel belästigt hatte.

Er hatte ihr Frühstück mitgebracht. Zwieback und Tee.

Laura rührte beides nicht an. Sie war sich sicher, dass sie den Zwieback nicht bei sich behalten würde. Die Vorstellung, sich vor ihm übergeben zu müssen, war ihr unangenehm.

„Was gibst du mir da eigentlich“, fragte sie Amino, als er darauf bestand, dass sie, anstatt des Frühstücks, drei Pillen auf einmal schlucken sollte.

Nach dieser furchtbaren Nacht war Laura zum Du übergegangen. Es schien ihn nicht zu stören.

„Das sind nur harmlose Kohletabletten“, beteuerte er.

Misstrauisch beäugte sie die dunklen Pillen.

„Ich werde sie später nehmen. Momentan bringe ich nichts runter.“

Nachmittags fühlte sie sich eine Spur besser. Die Übelkeit hatte nachgelassen, aber ihr Kopf war dumpf und schwer.

Als Amino ihr riet, Tropfen zu nehmen, die den Kreislauf stabilisierten, und ihr zusätzlich eine Vitaminpille empfahl, schüttelte sie den Kopf.

Auch seine besorgten Blicke konnten sie nicht umstimmen. Sie rührte weder die Tropfen an, noch schluckte sie die angebliche Vitamintablette.

„Du musst bald wieder gesund werden. Ich ertrage es nicht, dich so leiden zu sehen“, sagte er mit weinerlicher Stimme.

Mein Gott, jetzt wird er auch noch theatralisch, dachte sie und fragte ihn in energischem Ton: „Hast du unsere Handys inzwischen gefunden?“

„Nein. Ich habe bisher keine Zeit gehabt, zum Boot zu gehen. Ich finde es außerdem sehr angenehm ohne diesen Kommunikationsterror. Endlich kommen wir beide mal zur Ruhe.“

Spinnt er jetzt komplett, fragte sich Laura.

„Ich muss meinen Vater anrufen. Der ist imstande und kreuzt hier auf, wenn ich mich nicht bald bei ihm melde. Du kennst ihn nicht, er …"

„Pst! Beruhige dich bitte. Ich werde dein Handy schon finden. Vielleicht spaziere ich heute Abend noch in die Marina, obwohl ich mich ebenfalls unwohl fühle. Jelena hat mir einen Milchreis gekocht. Möchtest du auch einen?"

„Pfui Teufel! Ich hasse dieses grässliche Zeug", sagte Laura.

„Du erinnerst mich von Tag zu Tag mehr an deine Großmama. Sie mochte auch keinen Milchreis."

„Kulinarische Abneigungen sind anscheinend erblich", unternahm Laura einen kläglichen Versuch zu scherzen.

Als er sie verließ, dämmerte sie wieder vor sich hin.

In ihrem Kopf herrschte absolutes Chaos. Mehr oder weniger verrückte Gedanken quälten sie. Auf einmal verdächtigte sie Amino ernsthaft, den Notar getötet zu haben. Sie stellte sich vor, wie er die Kanzlei aufsuchte und den Notar zur Herausgabe des Testaments nötigte. Bestimmt hatte er es vernichten wollen. Ohne Testament hätte er die Villa vielleicht doch für sich beanspruchen können.

Garantiert wusste er auch von Natalijas Tagebuch und vermutete, dass sie es ebenfalls dem Notar übergeben hatte, da er es in der Villa nicht gefunden hatte.

Laura nahm an, dass sich der Notar geweigert hatte, ihm Testament und Tagebuch auszuhändigen. Daraufhin war Amino handgreiflich geworden. Natalija hatte ihn als sehr jähzornig beschrieben.

Ja, so könnte es gewesen sein. Kein Mord, jedoch Totschlag, dachte Laura. Aber wenn er den Notar umgebracht hatte, musste er auch der Mörder von Frau Horvat sein. Ein Motiv hätte er gehabt, die Sekretärin wusste vom Inhalt des Testaments, da sie es als Zeugin unterschrieben hatte.

Laura holte die Kopien des Tagebuchs unter der Matratze hervor, suchte die Seite, auf der Natalija ihren Stiefsohn verdächtigte, den General auf dem Gewissen zu haben.

Beim Durchblättern entdeckte sie eine Passage, die sie noch nicht gelesen hatte. Was sie las, warf sie für einen Augenblick völlig aus der Bahn. Sie las die paar Zeilen wieder und wieder. Dann zerknüllte sie das Blatt Papier, starrte eine Weile regungslos auf die Zimmerdecke und fragte sich, ob jedes Detail ans Tageslicht musste. Nichts würde durch eine schonungslose Aufklärung besser werden, für niemanden, nicht für sie selbst, nicht für Nikola und seine Familie und schon gar nicht für die Verstorbenen.

***

Nachdem sich Laura wieder gefasst hatte, beschloss sie weiterzulesen.

Den Tod ihrer Tochter Adriana erwähnte Natalija nur kurz. Vermutlich war sie beim Verfassen jener Zeilen in der Psychiatrie auf Rab gewesen. Nikola hatte sie wahrscheinlich dort besucht und ihr mitgeteilt, dass Adriana ihrer schweren Krankheit erlegen war.

Ab diesem Zeitpunkt richtete sie ihre Worte jedenfalls nicht mehr an ihre Tochter.

Ein halbes Jahr lang gab es keine Aufzeichnungen. Die nächste Eintragung folgte exakt sechs Monate später in Form von Notizen in verschiedenen Sprachen. Alle waren genau datiert. Meistens handelte es sich um Angaben über die Menge an Medikamenten, die ihr Amino verabreicht hatte.

*„100 mg Haldol, 2 Xanor, 1 Ceropram, 1 Valium abends, 1 neues Schlafmittel mit unaussprechlichem Namen …“*

Laura kämpfte sich weiter von Seite zu Seite. Die meisten Notizen waren in kroatischer Sprache und kaum zu entziffern.

Zuletzt entdeckte sie eine Passage auf Deutsch, in der sich Natalija über ihren Stiefsohn beklagte.

***

*Wir haben uns nicht mehr wiedergesehen, mein Liebling, aber ich kann weiter an dich schreiben, auch wenn du längst tot bist. Ich weiß, dass du es nicht mehr bis Kroatien geschafft hast, nachdem du an Leukämie erkrankt warst. Du hast mir vergeben, hoffe ich, und bist ohne Groll gegen mich gegangen.*

*Nach deinem Tod wollte auch ich nicht mehr weiterleben. Ich habe versucht mich mit allen Schlaftabletten, die ich in der Psychiatrie auftreiben konnte, umzubringen. Leider hat Amino mich gerettet.*

*Warum hat er mich nicht sterben lassen? Warum hat er meinen Magen auspumpen lassen?*

*Kurze Zeit nach meinem Selbstmordversuch holte er mich endgültig heim, da er mich zuhause angeblich besser betreuen konnte. Ich würde eher sagen, mich rund um die Uhr bewachen konnte.*

*Anfangs war ich Idiotin erleichtert, bald erkannte ich, dass ich vom Regen in die Traufe gekommen war. Ich fühle mich in meinem eigenen Haus wie in einem Mausoleum. Warum nur, warum hat mich mein Igor in diesem Haus des Schreckens allein zurückgelassen?*

*Die meisten Leute bewundern Amino, weil er sich so fürsorglich um mich kümmert. Wenn die Leute nur wüssten.*

*Er ist ein Meister der Verstellung. Hinter der menschenfreundlichen Fassade verbirgt sich ein Riesenegoist, ein Sadist und Narziss, wie man solche Menschen heute bezeichnet.*

*Es bereitet ihm eine große Genugtuung, dass ich so abhängig von ihm bin. Er lässt mich Tag und Nacht nicht aus den Augen. Die ganze Situation ist unheimlich demütigend für mich. Ich fühle mich regelrecht entmündigt. Wahrscheinlich hätte er mich längst entmündigen lassen, wenn er dazu nicht die Zustimmung meiner Kinder benötigt* hätte. *Von dir, meine liebe Adriana, hätte er sie sowieso niemals bekommen, aber auch mein Nico hätte sicher nicht eingewilligt.*

*Amino ist nicht barsch oder unfreundlich zu mir, er behandelt mich allerdings wie ein Kleinkind. Als ich mich gestern weigerte, den Milchreis vorm Schlafengehen zu essen, begann er mich zu füttern wie ein Baby. Er weiß, dass ich Milchreis verabscheue, aber er zwang mich ein paar Bissen von diesem schleimigen Zeug zu schlucken. Der ekelige Brei kam gleich wieder hoch und landete auf der Bettdecke. Daraufhin schalt er mich aus wie ein schlimmes Kind. Wenn in diesem Augenblick nicht Jelena aufgekreuzt wäre, wer weiß, vielleicht hätte ich ihm den restlichen Milchreis ins Gesicht gespuckt.*

*Manchmal gelingt es mir, die Medikamente so lange im Mund zu behalten, bis er mich auf die Toilette gehen lässt. Dort entsorge ich sie dann im Klo. Wenn er ausnahmsweise einmal außer Haus ist und Jelena auf mich schaut, schlucke ich dieses Zeug sowieso nicht. Sie lässt die Pillen dann unauffällig verschwinden. Das sind meine einzigen Glücksmomente, seit ich hier eingesperrt bin.*

*Leider bemerkt es Amino meistens, wenn ich gewisse Tabletten länger abgesetzt habe. Er kennt natürlich die Entzugserscheinungen.*

*Früher strafte er mich mit Schweigen. Seine Einsilbigkeit war mir nur recht, denn sein ständiger Redefluss geht mir sowieso schwer auf die Nerven.*

*Doch vor kurzem hat er sogar wieder einmal Jelena attackiert. Er hatte sie dabei erwischt, wie sie ein noch fast volles Päckchen Xanor in den Mistkübel warf, und schlug sie ins Gesicht.*

*Ich schrie, er solle sie in Ruhe lassen, bekam es aber mit der Angst zu tun, als er nur höhnisch lachte.*

*Igor hat recht gehabt, der Junge ist verrückt. Und leider ist er kein harmloser Spinner, sondern ein Psychopath.*

***

Die letzten Eintragungen ihrer Großmutter hatten Laura emotional sehr aufgewühlt. Vor Wut und Hilflosigkeit begann sie zu heulen.

Die Tagebuchaufzeichnungen endeten vor drei Jahren. Nachher schien Natalija nicht mehr fähig gewesen zu sein, sie fortzuführen. Wahrscheinlich hatte sie diese Zeit in einer Art Dämmerzustand verbracht, umsorgt von Jelena und vollgepumpt mit den Medikamenten des Herrn Doktor.

Amino hatte ihre Großmutter jahrelang außer Gefecht gesetzt und in der Villa festgehalten. Die arme Natalija war eine Gefangene in ihrem eigenen Haus gewesen. Nicht sie war verrückt gewesen, sondern ihr Stiefsohn.

Nachdem sie Jelenas scheußliches Gebräu zur Gänze geleert und sich noch einmal übergeben hatte, fasste Laura wieder Mut.

Sie verfluchte Amino, schmiedete wüste Rachepläne, wollte ihm heimzahlen, was er Natalija angetan hatte.

Mühsam raffte sie sich auf und begab sich auf zittrigen Beinen in den Salon.

Amino saß in einer dunklen Ecke vor seinem Laptop. Er sprang auf, als sie eintrat.

„Brauchst du etwas?"

„Ja. Ein paar Antworten."

Ohne lange herumzureden, beschuldigte sie ihn, den Notar und seine Sekretärin umgebracht zu haben.

Er wurde weder wütend noch belustigten ihn diese Anschuldigungen.

Gelassen beteuerte er, mit dem Tod des Notars und der Sekretärin nichts zu tun zu haben. Er sei gar nicht in der Kanzlei gewesen, sondern wieder gegangen, als er das große Polizeiaufgebot vor dem Haus erblickt hatte.

„Und mit dem Tod deines Vaters hattest du auch nichts zu tun? Angeblich hast du den Kampf zwischen deinem Vater und Josip Marković vom Fenster aus beobachtet. Warum bist du ihm nicht zu Hilfe geeilt?"

„Bin ich ja."

„Wie bitte? Die Leiche deines Vaters ist erst am nächsten Morgen gefunden worden."

Amino sah ein, dass er nicht länger mit der Wahrheit hinterm Berg halten konnte.

Mit zusammengepressten Lippen gestand er, dass er seinen Vater in jener Nacht gesucht und ihn unten in der Teufelsgrotte im Wasser treibend entdeckt hatte.

„Und du hast ihn einfach im Wasser liegenlassen?" Laura war total außer sich.

„Ich habe keine Polizei geholt, weil jede Hilfe zu spät gekommen wäre. Er war mausetot."

„Wie konntest du das wissen?"

„Du vergisst, dass ich Arzt bin", sagte er in scharfem Ton.

„Hast du ihm etwa beim Sterben zugesehen?“, schrie sie ihn an. „Oder hast du ihn runtergeworfen, als er bereits tot war? Wolltest du ihm eine Seebestattung angedeihen lassen?“ Sie schrie so laut, dass man sie im ganzen Haus hören konnte.

„Warum bist du so erregt? Was ist passiert? Ich denke, du solltest etwas zur Beruhigung nehmen. Ich werde dir ein Sedativum geben.“

„So wie Natalija, die du jahrelang gezwungen hast, Medikamente zu schlucken, auch als sie längst keine mehr brauchte?“

Amino erhob nun ebenfalls seine Stimme, schrie, sie solle sofort still sein, und stürmte aus dem Salon.

Plötzlich fühlte sich Laura schwindlig. Sie stützte sich auf die Armlehne eines Sessels und schloss die Augen. Ein Fehler. Sie spürte, wie sie langsam zu Boden glitt. Dann verlor sie das Bewusstsein.

## 43.

Als Laura mitten in der Nacht in ihrem Bett erwachte, hatte sie Besuch.

Auf ihrem Bett saß Jelena.

Laura wollte schreien.

„Pst!“ Jelena legte einen Finger auf ihre Lippen.

„Du bist in Ohnmacht gefallen. Ich hab dich im Salon am Boden gefunden“, flüsterte sie. „Der Doktor und ich dich heraufgeschleppt und zu Bett gebracht. Er hat wollen dir seine berühmte Medizin geben. Da du nicht da ... wie sagt man?“

„Du meinst, weil ich nicht bei Bewusstsein war, hat er es bleiben lassen?“

„Genau. Schau, dass du von hier wegkommst. Aber zuerst du müssen wieder kräftiger werden.“

Jelena zwang sie, ein grausliches Gesöff zu trinken.

Laura war nach wie vor viel zu schwach, um sich gegen die Alte zur Wehr zu setzen.

„Das nur Tee mit ein paar Kräutern drinnen", beteuerte Jelena mit einem schiefen Grinsen.

„Trink die ganze Kanne! Morgen es dir dann viel besser gehen. Leider ist Goran nicht da. Er kann dich nicht fahren zurück nach Rovinj. Der Doktor ihn weggeschickt."

Laura vernahm ihre Worte wie aus weiter Ferne. Sie war zu müde, um zu reagieren.

Die Alte blieb auf dem Bett sitzen, bis Laura eingeschlafen war. Dann schlich sie auf Zehenspitzen zur Tür und sperrte sie von außen ab.

Als Laura ein paar Stunden später zum zweiten Mal aufwachte, starrte sie in ein anderes vertrautes Gesicht.

„Viktor!"

Sie glaubte sich im Delirium zu befinden. Völlig verwirrt tastete sie ihn ab.

„Du bist es wirklich. Wie kommst du denn hierher?"

„Mit Sirenen und Blaulicht", scherzte er.

„Ich habe in den vergangenen Tagen mehrmals vergeblich versucht dich telefonisch zu erreichen. Ich habe zunächst befürchtet, du willst nichts mehr mit mir zu tun haben und hebst deshalb nicht ab. Aber so schnell gebe ich nicht auf. Als mich deine clevere kleine Nichte kontaktiert und mir gesagt hat, dass sie dich ebenfalls nicht erreicht, haben wir beide begonnen, uns ernsthaft Sorgen zu machen. Dieser Psychiater war der Kleinen nicht geheuer, er hat ihr Angst eingejagt. Und dein Onkel hat behauptet, dass der Doktor ein gefährlicher Spinner sei – ja, so ähnlich hat er sich ausgedrückt."

„Nikola hat leider ausnahmsweise recht."

„Beide haben mich bedrängt, etwas zu unternehmen. Wäre gar nicht nötig gewesen, denn ich war schon auf dem Weg zu meinem Wagen, als ich mit deinem Onkel gesprochen habe. Die beiden wollten unbedingt mit. Ich habe ihnen ausdrücklich verbieten müssen, nachzukommen."

So eine lange Rede hatte Laura fast noch nie von ihm zu hören bekommen.

Sie lächelte ihn schief an und fragte: „Was ist das für ein Lärm im Haus?"

„Meine Kollegen aus Rijeka sehen sich in der Villa um. Ich habe sie von unterwegs aus angerufen und gebeten, sofort hierher zu fahren und alle Anwesenden bis zu meiner Ankunft festzuhalten."

Viktor setzte sich zu ihr, streichelte ihre Hand und sagte leise: „Es ist alles vorbei, Draga! Du musst keine Angst mehr haben. Anfangs hat sich dieser Psychiater mächtig aufgespielt, meinte, er kann den großen Arzt rauskehren. Das arrogante Gehabe habe ich ihm rasch abgewöhnt. Als ich ihn mit der Aussage seines ehemaligen Kindermädchens konfrontiert habe, ist er zusammengebrochen."

„War er es? Hat er die Morde gestanden?", flüsterte Laura aufgeregt.

„Langsam, langsam. Ich erzähle dir alles der Reihe nach, okay?"

„Verschweige mir ja nichts. Du brauchst mich nicht zu schonen. Ich habe nur eine böse Magenverstimmung, ist alles halb so schlimm."

„Die Haushälterin hat gemeint, er hätte dir jede Menge Psychopharmaka verabreicht."

„Das waren nur Beruhigungspillen, nehme ich an. Deshalb fühle ich mich wahrscheinlich so schlapp. Was aber auch an dem scheußlichen Brechwurzelsirup liegen könnte, den mir Jelena aufgezwungen hat. Ich habe zwei Nächte lang gekotzt."

„Mein armer Liebling!"

„Erzähle endlich. Was hat Amino getan? Ich will alles ganz genau wissen."

„Deine Großmutter hat ihm versprochen, dass er die Villa nach ihrem Tod erben wird."

„Ich weiß. Sie wollte ihn bei Laune halten, hat sie in ihrem Tagebuch geschrieben. Aber das ist im Augenblick nicht so wichtig."

„Apropos Tagebuch." Viktor reichte ihr das abgegriffene Büchlein ihrer Großmutter. „Ich habe es nicht zur Gänze gelesen, aber jetzt muss ich nicht mehr über das Leben deiner Großmutter erfahren. Der Fall ist geklärt."

„Danke. Bitte steck es in meine Handtasche."

Sie sprach so leise, dass Viktor sie kaum verstand. Er sah sie besorgt an.

„Hat Amino den Notar und Frau Horvat umgebracht?" Ihre Stimme war nur mehr ein schwaches Flüstern.

„Nein."

„Gott sei Dank!" Sie stieß einen Seufzer aus. „Wer war es dann? Patrik?" Sie blickte ihn argwöhnisch an. Wagte Viktor es nicht, mit der Wahrheit herauszurücken? Sie musste an den Zeitungsartikel denken, den Amino ihr vorgelesen hatte. Onkel Nikola schien wieder auf freiem Fuß zu sein, aber hatte die Polizei jetzt Mateo in Verdacht?

„Später, Liebes. Ich werde dir alles erzählen."

Doch Laura gab keine Ruhe: „Aber den General hat Amino auf dem Gewissen?"

„Er hat weder seinen Vater getötet noch den Notar und Frau Horvat. Im Falle des Generals könnte man ihn vielleicht wegen unterlassener Hilfeleistung drankriegen. Doch dieser Fall ist sehr verworren und längst verjährt, falls es kein Mord war. Ich denke nicht, dass er seinen Vater retten hätte können. Der General ist zwar ertrunken, hatte nach dem Sturz aber jede Menge innere Blutungen, an denen er womöglich auch gestorben wäre. Ich glaube, dass sich dieses Drama folgendermaßen abgespielt hat: Amino Bogdanović hat die streitenden Männer im Garten von seinem Zimmer aus beobachtet. Er schlich sich aus dem Haus und hat die beiden weiter aus sicherer Entfernung beobachtet, ist aber nicht eingeschritten, obwohl er mit den angeschlagenen alten Herren bestimmt fertiggeworden wäre. Doch er hat sie gnadenlos weiterkämpfen lassen. Als sein Vater über das Geländer stürzte und Josip davonlief, ging Dr. Bogdanović zum Lungomare und sah im Schein der Lampe dabei zu, wie sein Vater im Wasser trieb, bis er schließlich versank. Er ist ihm nicht zu Hilfe geeilt, obwohl er zur Teufelsgrotte hinunterklettern hätte können. Ich habe mir die Klippe genau angesehen, da käme ich locker runter. Und er war damals jünger, als ich es heute bin."

„Warum hat er ihn sterben lassen? Ich begreife das nicht."

„Die alte Haushälterin hat gemeint, dass Amino böse auf seinen Vater war, weil der General verlangt hatte, dass er sich endlich eine eigene Wohnung suchte. Der Doktor arbeitete damals noch nicht in der Psychiatrischen Klinik auf Rab, sondern im Krankenhaus in Rijeka."

„Der General war also sicher nicht tot, als er ins Meer stürzte?", fragte Laura wieder.

„Die Autopsie hat jedenfalls ergeben, dass der General nicht den Verletzungen, die ihm dein Großvater zugefügt hat oder die er sich beim Sturz von dem Felsen geholt hat, erlegen ist. Er hat Wasser in der Lunge gehabt, ist also ertrunken. Ich habe mir die alten Akten angesehen."

„Oh mein Gott!“, stöhnte Laura.

„Ich hatte von Anfang an den Eindruck, dass dieser Psychiater nicht ganz richtig im Kopf ist. Dein Onkel hat recht gehabt. Er scheint seit dem frühen Tod seiner Mutter, die er erhängt im Salon der Villa gefunden hatte, fasziniert von Sterbenden gewesen zu sein. Mittlerweile habe ich auch herausgefunden, dass er seit Jahren nicht mehr als Psychiater praktizieren darf. Dr. Bogdanović hat seinen Job verloren oder, besser gesagt, er ist wegen seiner psychischen Probleme in Frührente geschickt worden, da er als behandelnder Arzt nicht mehr tragbar war. Mein Kollege aus Rijeka hat die Spitalsleitung auf Rab zum Reden gebracht. Amino Bogdanović hat eine offizielle Diagnose. Er leidet an einer narzisstischen Persönlichkeitsstörung, einem Kindheitstrauma, einer schweren Zwangsneurose und was weiß ich noch ... Die Liste seiner Krankheiten ist lang.“

„Oh mein Gott! Und ich habe fast nichts bemerkt ... klar, vermutet hab ich schon einiges, Asperger-Syndrom zum Beispiel ...“

„Du bist ja keine Psychologin. Und seine psychischen Krankheiten spielen für uns auch keine große Rolle. Er dürfte jedenfalls schon länger krank sein. Denn die rätselhafte Geschichte von der falschen Todesanzeige, die du und dein Onkel vor Jahren bekommen habt, hat sich ebenfalls aufgeklärt.“

„Da bin ich gespannt!“

„Wie du mir bei unserem ersten Gespräch erzählt hast, war deine Großmutter angeblich in der Psychiatrischen Klinik auf Rab einem Herzstillstand erlegen. Bogdanović gab bei seiner Einvernahme zu, den Brief an dich auf dem Briefpapier des Krankenhauses geschrieben zu haben. Er hat den Stempel der Direktion verwendet und die Unterschrift des Direktors gefälscht. An Nikola hat er nicht nur eine falsche Todesanzeige, sondern auch

eine Urne, gefüllt mit irgendeiner Asche, geschickt."
„Der ist komplett irre. Warum hat er das getan?"

„Um Natalija für sich allein zu haben. In seinen Worten: ‚Nur mehr sie und ich waren übrig. Wir gehörten zusammen bis zu unserem Tod. Nichts und niemand sollte uns mehr trennen.' Damals hat er noch als Psychiater in der Klinik gearbeitet. Er hatte vom Tod deiner Mutter erfahren ..."

„Sie ist ein Jahr zuvor gestorben", unterbrach ihn Laura.

„Und deswegen hat er gedacht, dass sich nun niemand mehr für Natalija interessieren würde. Er hat zwar von deiner Existenz gewusst, aber offenbar hast du in seinen Augen keine Gefahr für seinen Plan dargestellt."

„Und mein Onkel?"

„Den hat er nicht ernst genommen. Beziehungsweise hat er gedacht, ihn leicht hinters Licht führen zu können. Was auch geklappt hat. Sein verrückter Plan ist aufgegangen. Bogdanović wollte in trauter Zweisamkeit mit deiner Großmutter alt werden. Und die letzten Jahre hat er sie ja tatsächlich für sich allein gehabt!"

„Ich fasse das alles nicht."

Laura griff sich an die Stirn. In ihrem Kopf hatte es zu hämmern begonnen.

„Was ist, Liebes?", fragte Viktor und strich ihr über das zerzauste Haar.

„Nichts, alles okay oder, besser gesagt, nichts ist okay. Ich habe schreckliche Kopfschmerzen. Aber sprich weiter."

„Das war's im Grunde. Zuletzt hat er zugegeben, dass er dich unter Drogen gesetzt hat. Du dürftest einige Psychopharmaka geschluckt haben. Er wollte, dass du bei ihm bleibst, als Ersatz für Natalija. Wahrscheinlich träumte er von einem gemeinsamen Leben mit dir in der Villa."

„Dank Jelenas Hexenkräutern scheint nicht allzu viel von dem Zeug in meinem Körper geblieben zu sein“, sagte Laura mit einem kläglichen Lächeln.

„Tapferes Mädchen“, sagte Viktor, der ihr beim Anziehen half.

Er küsste zärtlich ihren Hals, da sie ihm ihre Lippen verweigerte.

„Ich stinke wie die Pest, ich hab heute noch nicht einmal die Zähne geputzt.“

„Dann erledige das schleunigst, ich will einen ordentlichen Kuss“, scherzte Viktor und brachte sie ins Bad. Sie war nach wie vor sehr wackelig auf den Beinen.

## 44.

Nachdem sich Laura notdürftig gewaschen und ihre Zähne geputzt hatte, gingen sie und Viktor gemeinsam hinunter in den Salon.

Laura hängte sich bei ihm ein und hielt sich mit der anderen Hand am Geländer fest.

Zwei Polizeibeamte standen mitten in dem großen Raum und blickten den Kommissar erwartungsvoll an.

Zwischen ihnen saß Amino bekümmert auf einem unbequemen Stuhl und schien, trotz seines warmen Pullovers, zu frieren. Er zitterte, nicht stark, aber Laura bemerkte es. Beinahe tat er ihr leid. Doch als sie daran dachte, was er mit Natalija angestellt hatte, verflüchtigte sich ihr Mitgefühl sogleich.

Sie sprach kein Wort mit ihm. Auch er sah sie nicht an, als sie knapp an ihm vorbei hinaus auf die Terrasse huschte. Sie hatte dringend frische Luft nötig.

Der Kommissar befahl seinen Leuten, den Psychiater festzunehmen.

Amino Bogdanović ließ sich ohne Protest von den beiden Beamten abführen.

Viktor leistete Laura auf der Terrasse Gesellschaft.

Ihre Kopfschmerzen hatten mittlerweile nachgelassen. Sie hatte sich auf einen der verrosteten Gartenstühle gesetzt.

Er lehnte sich ihr gegenüber an das kleine Mosaiktischchen.

„Was wird mit ihm geschehen?“, fragte sie.

„Ich nehme an, er wird zumindest wegen Freiheitsberaubung, Körperverletzung und Urkundenfälschung angeklagt werden. Da kommt einiges zusammen. Da er den Arztberuf nicht mehr ausüben durfte, wird er sicher wegen der starken Medikamente, die er Natalija und dir verabreicht hat, größere Probleme bekommen. Das liegt natürlich im Ermessen des Richters. Ich vermute, der Herr Doktor wird in der Psychiatrie landen. Und zwar dieses Mal als Patient. Wenn ich sein Anwalt wäre, würde ich auf jeden Fall auf Unzurechnungsfähigkeit plädieren.“

„Unzurechnungsfähig, ja, das ist er!“

„Genug! Schau, was ich hier habe.“ Viktor reichte ihr ein Handy.

„Oh, danke! Wo hast du es gefunden?“

„Der Dank gebührt nicht mir. Einer meiner Beamten hat es bei der Hausdurchsuchung in einem Zimmer unterm Dach gefunden. Es war ausgeschaltet. Ich habe wegen der pinkfarbenen Hülle sofort gewusst, dass es sich um deines handelt.“

Laura grinste ihn schief an und aktivierte ihr Smartphone.

Ein Dutzend Anrufe von Mischa, ein weiteres halbes Dutzend von Lily, Onkel Nikola und Viktor und sogar ein Anruf von Mateo sowie unzählige Sprachnachrichten auf ihrer Mailbox.

Sie war gerührt, dass sich doch einige Menschen um sie gesorgt hatten.

„Lass uns diesen unwirtlichen Ort verlassen. Zuallererst bring ich dich zu einem Arzt und dann sehen wir weiter“, sagte Viktor.

„Das mit dem Arzt vergessen wir lieber. Du wirst verstehen, dass ich von Ärzten momentan die Nase voll habe.“

„Aber du solltest ein Blutbild machen lassen. Wer weiß, welche Medikamente er dir verabreicht hat.“

„Später. Ich möchte so rasch wie möglich weg von hier.“

„Okay. Ich bringe dich zu deiner Familie nach Rovinj.“

„Auf keinen Fall.“

„Wohin willst du dann?“

„Nach Hause.“

„Nach Wien meinst du?“

Sie nickte heftig.

„Mein armer Liebling.“ Er nahm sie in die Arme, streichelte ihre feuchten Wangen und küsste sie zärtlich.

„Ich habe eine bessere Idee. Du kommst mit zu mir. Ich werde mir ein paar Tage freinehmen und bei dir bleiben, bis du wieder gesund bist. Ein Jugendfreund von mir ist Arzt. Er wird nichts gegen einen Hausbesuch einzuwenden haben. Er soll dir Blut abnehmen, nur zur Sicherheit ...“

„Von mir aus“, murmelte Laura. „Aber jetzt nichts wie weg.“

Sie verabschiedete sich von Jelena und Goran, umarmte beide und bedankte sich bei der alten Frau für ihre Hilfe. Auf Jelenas Frage, wie es weitergehen solle, sagte sie: „Keine Angst, alles wird gut.“

Für Laura stand fest, dass sie die Villa so schnell wie möglich verkaufen würde. Sobald die Erbschaft geregelt war, würde sie ein Maklerbüro beauftragen. Vielleicht würde sie doch ihren Vater bitten, den Verkauf für sie zu erledigen.

Momentan fühlte sie sich nicht imstande, über geschäftliche Dinge nachzudenken. Von dem Erlös der Villa und des großen Grundstücks würde sie Jelena und Goran eine größere Summe anbieten, sodass sie sich einen angenehmen Lebensabend leisten konnten. Das hatten sich die beiden schwer verdient. Außerdem plante sie, Lilys künstlerische Ausbildung zu finanzieren. Für sie selbst würde genügend übrigbleiben. Sie wollte sich noch nicht überlegen, was sie mit all dem Geld anfangen würde. Trotzdem tauchte kurz der Gedanke an ein kleineres Haus am Meer auf.

***

Als sie die steile Straße zur Autobahn hinauffuhren, warf Laura einen letzten Blick zurück auf die traumhaft schöne Bucht von Rijeka. Leise Wehmut beschlich sie, während die eleganten Villen von Opatija aus ihrem Blickfeld verschwanden.

„Auf Wiedersehen", murmelte sie.

„Von wem hast du dich jetzt verabschiedet?", fragte Viktor.

„Von diesem Paradies, das für mich leider fast zur Hölle wurde."

„Es ist alles vorbei, mein Schatz. Die beiden Morde sind so gut wie geklärt. Dein Onkel ist aus dem Spital entlassen worden und steht nicht mehr unter Verdacht, weder was die Ermordung des Notars noch den Tod von Frau Horvat betrifft. Wir haben in der Toilette der Kanzlei winzige Blutspuren gefunden. Das Blut stammt vom Notar, die Fingerabdrücke stammen von Patrik. Aber seine blutigen Fingerabdrücke an der Wand und auf dem Klodeckel sind nicht die einzigen Indizien."

„Erzähl mir alles. Bitte!"

„Später. Du brauchst vor allem Ruhe."

„Erst wenn ich genau Bescheid weiß, werde ich zur Ruhe kommen."

Widerwillig begann Viktor die Morde für sie zu rekonstruieren.

„Patrik ist mit seinem Onkel in Streit geraten. Höchstwahrscheinlich ging es um Geld und um die Beteiligung von Patrik an der Kanzlei. Laut der letzten Aussage von Frau Horvat hat sich der Notar geweigert, seinen Neffen in der Kanzlei aufzunehmen, geschweige denn ihn als Juniorpartner daran zu beteiligen. Der junge Mann hatte ihn sehr enttäuscht. Er hat ihn öfters wegen seines aufwendigen Lebensstils scharf kritisiert und hatte nicht vor, für seine Schulden geradezustehen. Die Auseinandersetzung zwischen dem Notar und seinem Neffen dürfte handgreiflich geworden sein. Der Notar ist gestürzt und mit dem Kopf auf die versilberte Kante des Schreibtisches gefallen. Er hat stark geblutet, aber er hat noch gelebt. Wir nehmen an, dass Patrik den Tresor geöffnet hat, um das Bargeld seines Onkels zu entwenden. Seine Fingerabdrücke waren überall auf der Tresortür. Der Notar hat es geschafft, sich aufzurappeln, und versuchte Patrik daran zu hindern, den Tresor auszuräumen. Daraufhin hat ihm Patrik mit der Tito-Büste den tödlichen Schlag versetzt! Er dürfte die Bronze nachher abgewischt haben, denn darauf haben wir keine Fingerabdrücke von ihm entdeckt."

„Dafür habt ihr meine und die meines Onkels gefunden. Ich ärgere mich heute noch über meine Blödheit. Warum habe ich Tito unbedingt anfassen müssen", sagte Laura.

Viktor entkam ein Grinsen.

„Dann ist dein unsäglicher Onkel aufgekreuzt. Er scheint Patrik überrascht zu haben. Wir nehmen an, dass er sich auf der Toilette versteckt hat. Deshalb die Blutspuren dort. Dein Onkel hat denselben Fehler begangen wie du, er hat sich über den Toten gebeugt und nachgesehen, ob der Mann noch am Leben ist, und er hat ebenfalls die Tito-Büste angefasst. Wir haben sogar Blutflecken auf seinem Hemdärmel festgestellt. Du wirst inzwischen sicher verstehen, dass er anfangs unser Hauptverdächtiger war."

Laura nickte, war in Gedanken aber woanders. Es fiel ihr schwer, sich auf Viktors Schilderungen zu konzentrieren.

„Außerdem hat Nikola das Geld, das im Tresor verblieben war, und einige Papiere, darunter auch das Testament deiner Großmutter, mitgehen lassen. Kaum hatte er die Kanzlei verlassen, bist du eingetroffen. Da du unten angeläutet hast, war Patrik vorgewarnt. Wir nehmen an, dass er sich im oberen Stockwerk versteckt hat, während du in die Kanzlei gegangen bist. Er dürfte das Haus erst verlassen haben, als du drinnen warst. Patrik hat Nikola entweder bei dem Diebstahl beobachtet oder er hat nachher bemerkt, dass das restliche Geld fehlte. Für ihn war Nikola ein Glücksfall. Er hat ihm nicht nur den Mord unterschieben, sondern ihn auch erpressen können. Die Geldübergabe sollte beim Leuchtturm über die Bühne gehen. Patriks Tod war eindeutig ein Unfall! Bei der Obduktion wurde als Todesursache eine Atemlähmung mit tödlichem Ausgang festgestellt."

„Ich habe nie daran gezweifelt, dass es ein Unfall war", warf Laura ein.

Sogleich bereute sie diese Lüge. Hatte sie nicht anfangs ebenfalls Nikola und sogar ihren Cousin Mateo verdächtigt, schuld an Patriks Tod zu sein? Viktor sprach sehr offen mit ihr über seine Ermittlungsergebnisse, während sie nach wie vor bemüht war, ihre gierigen und verlogenen Verwandten in Schutz zu nehmen.

„Dein Onkel scheint wirklich versucht zu haben, ihn zu retten, und wäre dabei selbst fast umgekommen, wenn er nicht seine Gummistiefel angehabt hätte“, fuhr Viktor fort.

„Und der Tod der Sekretärin ...“, fragte Laura.

„Geht ebenfalls auf Patriks Konto. Ja, es war eindeutig Mord und kein Selbstmord. Patrik hat Frau Horvat ermordet, sie wusste einfach zu viel. Sie hat an jenem Abend nicht nur beobachtet, wie dein Onkel das Haus betrat, sondern einige Minuten danach auch Patrik, wie er das Haus verließ. Zwei Tage später hat sie ein Mail von ihrem Handy aus geschickt, sie wolle wegen der Ermordung des Notars unbedingt mit ihm sprechen. Indirekt hat sie ihn in diesem Mail des Mordes bezichtigt. Wahrscheinlich hatte sie zuerst angenommen, dein Onkel hätte den Notar umgebracht. Nach seiner Freilassung dürfte sich ihr Verdacht gegen Patrik gerichtet haben, der erst nach Nikola das Haus verlassen hatte. Ihr war bewusst geworden, dass er entweder den Mord mitangesehen oder eben selbst seinen Onkel erschlagen hatte.“

„Ihr habt also dieses Mail?“

„Patrik hat es auf seinem Handy gelöscht. Aber er hatte Angst, dass wir das Mail im Account der Sekretärin finden, und wollte es deshalb auf ihrem Handy löschen. Auf der Suche danach hat er das ganze Haus auf den Kopf gestellt. Allerdings umsonst, wir fanden es im Auto. Es war unter den Beifahrersitz gerutscht.“

„Sind das nicht alles reine Mutmaßungen? Patrik ist tot. Er hat kein Geständnis hinterlassen ...“

„Es gibt, wie gesagt, genügend Indizien. Bei der Haaranalyse der Sekretärin konnten K.-o.-Tropfen nachgewiesen werden. Und wir haben eine Zeugin. Die alte Nachbarin von Frau Horvat hat Patrik auf dem Foto, das wir ihr gezeigt haben, erkannt. Er war der Mann, der das Haus von Frau Horvat spätabends verlassen hat und mit seinem großen Wagen weggefahren ist. Außerdem ist sein Alibi geplatzt. Ich habe mir seine Freunde noch einmal alle persönlich vorgeknöpft. Die erste Befragung hatte ein Neuling durchgeführt. Ja, Patrik war auf diesem Junggesellenabschied, aber es gibt ein zeitliches Loch. Zwischen 21 Uhr 30 und Mitternacht hat ihn keiner gesehen, keiner mit ihm gesprochen. Zweieinhalb Stunden: Zeit genug, um einen Selbstmord zu inszenieren. Von dieser Yacht-Bar ist man mit dem Auto in zehn Minuten beim Franziskanerkloster."

Laura seufzte.

Er griff nach ihrer Hand, streichelte sie liebevoll.

„Verzeih, das war zu viel für dich. Ich hätte dich nicht mit all diesen Details bombardieren dürfen."

„Nein, nein, ich wollte ja genau Bescheid wissen."

„Nun, alles Wichtige über diesen Fall ist bereits gesagt. Der Rest wird später geklärt werden. Ach ja, ich habe auch noch eine gute Nachricht. Dein Onkel hat seine Frau gezwungen, das Original des Testaments wieder herauszurücken. Die Vollstreckung ist nur mehr reine Formsache. Sobald du wieder fit bist, kannst du dein Erbe antreten."

„Im Moment ist mir das ziemlich egal, mich belastet, ehrlich gesagt, mehr die Geschichte meiner Familie."

„Es ist ihre Geschichte oder, besser gesagt, die Geschichte deiner Großeltern."

„Trotz allem, was dieser verrückte Amino Natalija angetan hat, bin ich froh, dass er wenigstens keinen

Mord begangen hat. Schließlich bin ich mit ihm verwandt."

„Doch nicht richtig verwandt."

„Oh doch. Amino ist mein Onkel."

Erschöpft lehnte sich Laura am Beifahrersitz zurück, den Viktor fast zu einem Liegesitz umfunktioniert hatte, und nahm das Tagebuch ihrer Großmutter aus ihrer Handtasche. Mit leiser Stimme las sie Viktor die Stelle vor, die sie vor kurzem so aus dem Gleichgewicht gebracht hatte:

*Meine liebe Adriana, du hast am 28. April 1952 im Freien Territorium Triest das Licht der Welt erblickt. So steht es in deiner Geburtsurkunde und in deinem Pass. Aber es stimmt nicht alles, was in deinen Dokumenten geschrieben steht.*

*Josip und ich heirateten kurz vor deiner Geburt. Ich war im siebten Monat schwanger. Schwanger von Igor. Josip wusste Bescheid. Igor nicht. Er war, wie gesagt, damals gebunden und seine erste Frau war ebenfalls schwanger oder gab zumindest eine Schwangerschaft vor. Ich sah keinen anderen Ausweg, als sofort den Kontakt zu ihm abzubrechen. Er erfuhr erst kurz vor seinem Tod, dass er eine wunderbare Tochter hat. Ich habe auch dir nie gesagt, dass Igor dein leiblicher Vater war, weil ich Josip beim Leben meiner Kinder geschworen hatte zu schweigen. Kannst du mir jemals verzeihen, mein Liebling?*

MIX
Papier | Fördert gute Waldnutzung
FSC® C083411
FSC www.fsc.org

Auflage:
4 3 2 1
2026 2025 2024 2023

**HAYMON** tb **279**

Originalausgabe

www.haymonverlag.at



**ISBN 978-3-7099-7926-6**

Inhaltliche Betreuung: Haymon Krimi / Linda Müller
Lektorat: Haymon Krimi / Linda Müller, Veronika Schuchter
Projektleitung: Haymon Krimi / Valerie Meller
Buchinnengestaltung nach Entwürfen von: himmel. Studio für Design und Kommunikation, Innsbruck/Scheffau – www.himmel.co.at

Satz: Da-TeX Gerd Blumenstein, Leipzig
Umschlaggestaltung: Eisele Grafik · Design, München
Umschlagabbildung: Bigstock/biletskiy
Icon am Buchrücken: shutterstock/Wiktoria Matynia (Boot)
Autorinnenfoto: Kurt-Michael Westermann

Gedruckt auf umweltfreundlichem,
chlor- und säurefrei gebleichtem Papier.